Aussicht
auf
bleibende
Helle

Renate Feyl

Aussicht auf bleibende Helle

Die Königin und
der Philosoph

Roman

Kiepenheuer & Witsch

2. Auflage 2006

© 2006 by Verlag Kiepenheuer & Witsch, Köln
Alle Rechte vorbehalten. Kein Teil des Werkes darf in irgendeiner Form
(durch Fotografie, Mikrofilm oder ein anderes Verfahren) ohne schriftliche
Genehmigung des Verlages reproduziert oder unter Verwendung elektronischer Systeme verarbeitet, vervielfältigt oder verbreitet werden.
Umschlaggestaltung: Linn-Design, Köln
Umschlagmotiv oben: Sophie Charlotte von Preußen;
Porträt von Noel III Jouvenet. Mit freundlicher
Genehmigung des Bomann-Museums, Celle.
Umschlagmotiv unten: akg-images / Erich Lessing;
Georges de La Tour, um 1635
Autorenfoto: © Sybille Bergemann / OSTKREUZ
Gesetzt aus der Stempel Garamond
Satz: Pinkuin Satz und Datentechnik, Berlin
Druck und Bindung: GGP Media GmbH, Pößneck
ISBN 10: 3-462-03712-9
ISBN 13: 978-3-462-03712-8

Sophie Charlotte erwartete in Lietzenburg den Reichsfreiherrn von Leibniz. Sie freute sich auf ihn, denn er kam von zu Hause, vom Hof zu Hannover, brachte Nachrichten von der Mutter und dem Bruder und war zudem ein Mann von Verstand. Letzteres schätzte sie besonders, zumal man sich neuerdings darin gefiel, auf jede Torheit stolz zu sein. Sie kannte Herrn Hofrat Leibniz von Kindheit an. Er war der Ratgeber ihrer Mutter, auch Herzoglicher Bibliothekar, wurmte sich Tag und Nacht durch die Bücher, korrespondierte mit fast allen großen Gelehrten Europas und verbreitete so ein philosophisches Air. Ständig beschäftigte ihn ein gewichtiger Gedanke, und gerne ließ er andere daran teilhaben. Beim Servieren einer Feigentorte hatte er ihr einmal erklärt, weshalb alle Dinge universell verknüpft sind, ein andermal nach einem Kirchgang das Prinzip seiner Rechenmaschine erläutert, die im Gegensatz zur Pascalschen nicht nur addieren und subtrahieren, sondern auch multiplizieren und dividieren konnte. Bei einem Spaziergang im Park von Herrenhausen begründete er auf amüsante Art, warum Bewegung notwendigerweise aus Bewegung entstehen muß, und selbst den Nutzen der Maulbeerbäume hatte er ihr mit geradezu glühendem Eifer ans Herz gelegt.

Seit ihrer Heirat an den Berliner Hof vor 16 Jahren war ihr niemand mehr begegnet, der so unterhaltsam über die schwierigsten Materien zu reden verstand. Überhaupt konnte sie hier mit keinem ein Gespräch führen, das nachwirkte und mehr als nur der übliche Wortwechsel war. Die meisten ließen ihre Gedanken in immer derselben Bahn kreisen und kamen nie über die allgemeine Meinung hinaus. Die Interessen konnten noch so weitgesteckt sein – letztlich ging es doch stets um das persönliche Fortkommen, um Posten, Ämter und Aufstieg. Für jeden höheren Zusammenhang fehlte ihnen der Sinn, vom Urteil ganz zu schweigen.

Ihr Gemahl, der Kurfürst von Brandenburg, hatte zwar das große Reich im Blick, verfolgte akribisch die Beziehungen zwischen den Höfen und war unablässig mit politischen Entscheidungen befaßt, aber er sprach mit ihr nicht darüber aus Angst, es könnten ihre Verwandten in Hannover erfahren. In diesen Dingen schloß er sie bewußt aus und hörte allein auf seine Berater. Am liebsten hätte er mit ihr über die Jagd gesprochen, doch davon wollte sie nichts hören. Ihren hirschgerechten Jäger auch nur mit einer Silbe in seiner Waidmannslust zu ermuntern kam für sie nicht in Frage.

Natürlich fehlte es ihr nicht an Gelegenheiten zu reden. In ihrem Audienzzimmer drängten sich die Besucher. Aber sie trugen immer nur Anliegen vor, verfolgten stets einen Zweck, hatten einen Wunsch, eine Bitte, und immer nahm sie entgegen. Es war eine Pflichtkonversation, im besten Falle ein angeregter Austausch von Worten, aber doch nie ein Gespräch. Nichts Zweiseitiges. Nichts, was ihr das Gefühl gegeben hätte, in der eigenen Lebendigkeit und mit den eigenen Gedanken gefordert zu sein. Nichts, wo sie auch einmal etwas von ihrem Wesen und ihren Vorstellungen hätte einbringen können. Immer war sie nur zugegen, mehr nicht. Von morgens bis abends hatte sie sich im Hofwirbel zu drehen, der ihr kaum eine Möglichkeit ließ, auch einmal das zu tun, was sie wirklich tun wollte. Doch das sollte sich nun ändern. Leibniz hätte zu keinem glücklicheren Zeitpunkt kommen können.

Vor kurzem hatte ihr der Gemahl den kleinen Sommersitz, das Schlößchen in Lietzenburg, bauen lassen. Zwar nicht viel größer als ein Gutshaus, aber es war nur eine Meile von Berlin entfernt, recht hübsch an der Spree gelegen, und sie hatte es ganz nach ihren Wünschen einrichten können. Vom Großgeldverwalter Premier Kolbe war ihr für den Hofstaat ein auskömmlicher Etat bewilligt worden, was ihrer Selbständigkeit wohltat. Hier konnte sie ein anderes Leben führen als im düsteren Stadtschloß mit seinen schweren Augsburger Silberspiegeln, seinen dunklen Räumen und dem steifen Zeremoniell, das jede spontane Regung erstarren ließ. In Lietzenburg war sie frei von diesen Zwängen. Nicht daß sie hier ein besonders lockeres oder gar windig sündiges Leben führen wollte, aber sie kannte nun mal von zu Hause den freien Hannoverschen Geist, war gewöhnt, über die neuesten Bücher zu reden und sich mit den schönen Künsten und der Wissenschaft zu beschäftigen. Sich diesen Themen zu widmen hielt sie für weit nützlicher, als den Pflichten eines prunkvollen Protokolls zu genügen. Zwar sah sie ein, daß der fürstliche Gemahl auf diese Demonstration seiner Macht nicht verzichten konnte und seine Herrschaft auch wirksam nach außen zu vertreten hatte, aber sie fand, er mußte ja nicht alles derart übertreiben und auch noch seine Familie damit behelligen. Doch jetzt konnte sie endlich einmal zeigen, daß es über die prächtige Etikette hinaus noch andere Möglichkeiten gab, um zum Glanz eines Fürstenhauses beizutragen.

Als sie kürzlich ihre Mutter in Hannover besuchte, hatte Hofrat Leibniz ihr die Idee unterbreitet, eine Societät der Wissenschaften ins Leben zu rufen, um die besten geistigen Kräfte des Landes zu bündeln. Der Vorschlag gefiel ihr. Gebündelte Lichtstrahlen besaßen die doppelte Leuchtkraft. Griff sie diese Idee auf, stand ihr Hof bald in dem Ruf, ein Förderer geistiger Kultur zu sein. Mochte der Gemahl in der hohen Politik auch das einzig Wahre und Wichtige sehen und allem anderen wenig Bedeutung beimessen – sie setzte auf den Geist. Auch wenn sich damit keine imposanten Augenblickserfolge erzielen ließen und keine Ländereien zu gewinnen waren –, der Geist schuf seine eigene Größe und eigene Macht und trug vielleicht mehr zum Ansehen eines Landes bei, als sich das drüben im Stadtschloß so mancher Minister vorstellen konnte. Sie sah zwar schon jetzt, wie sie von diesen ausgebrannten Wichtigtuern deswegen still belächelt wurde, aber sie zweifelte keinen Augenblick daran, bei ihrem Gemahl dafür Verständnis zu finden. Schließlich war Kurfürst Friedrich für alles zu haben, was Glanz und Reputation des Hauses Brandenburg vergrößerte. Darum hatte er jüngst auch nicht gezögert, eine Akademie der Künste zu etablieren. Ohne Frage, alles sah hoffnungsvoll aus.

Leibniz fuhr in den Schloßhof ein. Er klappte den Tisch zusammen, den er sich eigens in die Kutsche hatte bauen lassen, um auf längeren Reisen arbeiten zu können. Vor noch nicht allzu langer Zeit hatte er an diesem Tisch auf der Fahrt von Hannover nach Wolfenbüttel das Problem von der Linie des kürzesten Falls gelöst und das Ergebnis dieser Preisaufgabe der Leipziger Gelehrtenzeitschrift *Acta eruditorum* zu gleicher Zeit wie Newton eingesandt, was ihm bis heute eine große Genugtuung bereitete. Doch diesmal waren es sonnensatte, feuchtheiße Maitage, und die Temperatur in der Kutsche regte nicht gerade zur Arbeit an. Nicht mal ein Brief über das Kontinuitätsprinzip war ihm geglückt. Die Allongeperücke, die grand in-folio, die ihn ein kleines Vermögen gekostet hatte, drückte schwer. Aber ohne Perücke zu erscheinen, wie ein neumodischer honnête homme, der sein eigenes Haar zur Schau trug, eine solche Geschmacklosigkeit mochte er sich und seinen Mitmenschen nicht zumuten. Die Perücke gab dem Mann etwas Würdevolles, und darauf kam es an. Um so mehr, als ihm die Ehre zuteil wurde, von Sophie Charlotte, der Kurfürstin von Brandenburg, zu einem Antrittsbesuch in ihr neues Schloß gebeten zu sein.

Der Wagen hielt. Er stieg aus und erwartete, vom Oberhofmeister empfangen zu werden, doch überraschend stand Sophie Charlotte in Begleitung ihrer Ersten Hofdame vor ihm. Daß sie an die Kutsche kam, war eine ungewöhnliche Gnade und deutete darauf hin, daß sein Besuch unter einem guten Vorzeichen stand. Seit ihrer letzten Begegnung schien ihm die Fürstin noch schöner geworden zu sein. Er war so gefesselt von ihrem Anblick, daß er bei dem überwältigenden Empfang fast vergessen hätte, sie nach burgundischem Zeremoniell untertänigst zu begrüßen. Doch mit einer Geste gab sie ihm zu verstehen, daß sie hier auf das steife Hofprotokoll keinen Wert legte. Er überbrachte die Grüße und einen Brief der Frau Mama, der verehrten Kurfürstin von Hannover, und war sich in diesem Augenblick wieder einmal bewußt, wie glücklich er sich schätzen durfte, das Vertrauen von Mutter und Tochter, zweier so mächtiger Fürstinnen, genießen zu dürfen.

Sophie Charlotte ließ es sich nicht nehmen, ihn persönlich durch das Schloß zu führen. Zwar fehlte noch die Treppe, weil man sich, wie sie amüsiert anmerkte, bislang nicht einigen konnte, ob es eine Pfeiler- oder Freitreppe sein sollte, aber sie freute sich, daß sie es durchgesetzt hatte, ihre Wohnräume nicht ins Obergeschoß, sondern entgegen dem Protokoll ins Erdgeschoß zu legen. Die Möglichkeit, jederzeit in den Park hinaustreten zu können, empfand sie als befreiend; ebenso den Anblick der Bäume, die sich in ihrem Schlafgemach spiegelten. Leibniz war beeindruckt – alles hell und lichtdurchflutet, nirgendwo düstere Renaissance, wie im Schloß in Berlin, nichts Schweres, nichts Strenges, selbst der Schreibschrank bunt lackiert. Es war, als wehte ihn hier eine andere, eine farbige Luft an. Die Anordnung der Gemälde, die Pilaster und Putten, die Tapisserien, die Deckenbilder, die Porzellane und Fayencepyramiden – alles verriet den ganz eigenen Gestaltungssinn und mehr noch – die Durchsetzungskraft der jungen Fürstin.

Sophie Charlotte bat in ihr Audienzgemach, nahm im Lehnstuhl Platz und ließ Kaffee à la turque servieren. Leibniz blieb im gebührenden Abstand stehen, aber sie wies ihm den anderen Lehnstuhl an. Dabei wäre ein schlichter Hocker, ein Tabouret, schon das allerhöchste gewesen, und nun gar einen Lehnstuhl angeboten zu bekommen, wie er nur Personen gleichen Ranges gebührte – das übertraf alle Erwartungen. Überwältigt von soviel Distinktion nahm er Platz. Mit der Kurfürstin auf gleicher Höhe sitzen zu dürfen schien ihm ein so außerordentlicher Gunstbeweis, daß er nicht recht wußte, ob sie ihn ehren wollte oder ob es nur Ausdruck eines neuen Stils war. Melampino, das Hündchen, sprang auf ihren Schoß.

»Ein munteres, liebreizendes Geschöpf«, sagte er und sah, wie wohl ihr diese Bemerkung tat.

»Und da behaupten einige Gelehrte, ein Hund sei nichts anderes als eine lebende Maschine«, entgegnete sie. »Ein Wesen ohne Sinne, das den Gesetzen der Mechanik folgt! Ginge es nach diesen Doktoren, wäre Melampino nicht mehr als ein bellendes, schwanzwedelndes Uhrwerk. Ich vermute, die Herren haben über ihren vergilbten Papieren vergessen, was man guten Tieren alles beibringen kann. Mir jedenfalls ist noch kein Uhrwerk auf den Schoß gesprungen, und ich hatte auch nie das Gefühl, ich müßte Melampino morgens aufziehen lassen. Sie glauben gar nicht, wie gelehrig, ich möchte fast sagen, wie vernünftig er ist!«

Zwar vermied Leibniz einen direkten Widerspruch, denn er wollte gerade bei einer Antrittsvisite keinen Mißton aufkommen lassen, doch er konnte nicht umhin, dezent darauf hinzuweisen, daß die Liebe zu dem Tier sie zu einer falschen Schlußfolgerung verleitet. »Was Sie als gelehrig bezeichnen und worüber Sie sich zu Recht freuen, Madame, hat äußerlich durchaus eine Ähnlichkeit mit der Vernunft. Aber letztlich kommt das, was der Hund tut, nicht aus dem Verstand, sondern beruht auf seiner Erinnerung an das, was ihm Behaglichkeit verschafft oder Schmerz bereitet hat. Das eine wird er wiederholen, das andere in der Regel unterlassen. Was er auch anstellen mag – er handelt nie aus Kenntnis der Ursachen, sondern aus seiner Erfahrung. Ich muß Sie daher enttäuschen: Melampino mag noch so gelehrig sein, Vernunft hat er nicht.«

»Dann wäre nur zu wünschen, daß alle Menschen, die Vernunft haben, ebenso schnell aus ihren Erfahrungen lernen wie er«, sagte sie. »Ich meine, die tabaksfrohen Herren drüben im Stadtschloß trinken, bis ihnen sterbensübel wird, aber kaum haben sie sich etwas erholt, sitzen sie schon wieder vor der Weinkanne. Bei ihnen scheint bereits die Erfahrung zu versagen, von der Vernunft ganz zu schweigen. Melampino, merk dir, was der Herr Hofrat gesagt hat: Im Gegensatz zu diesen Zechgesellen hast du keine Vernunft, aber du bist gescheiter. Trotzdem, lieber Leibniz, wenn Sie ihm schon keine Vernunft zugestehen – eine Seele werden Sie ihm doch wohl nicht absprechen!«

»Ich nicht«, entgegnete er, »aber Sie wissen ja, es gibt genügend Gelehrte, die es in Frage stellen. Der unsinnige Streit erhitzt noch immer die Gemüter.«

»Und wie man hört, sind es die Philosophen, die sich dabei so unrühmlich hervortun. Offenbar ist es bei ihnen mit der Vernunft auch nicht so weit her. Seien Sie froh, daß Sie ein Mathematiker sind!«

»Gott hat jedem Menschen Vernunft gegeben, aber er hat nicht verfügt, ob und wie er sie gebrauchen soll.«

»So wie ich Sie kenne, sind Sie doch bereits zu einem Ergebnis gekommen. Also treffe ich eines Tages Melampino im Himmel wieder oder nicht?«

Leibniz sah diese herausfordernde Wißbegier in

ihren Augen und wurde für Momente von einer seltsamen Unruhe erfaßt. Ihre Art zu fragen war ungewohnt und faszinierte ihn. Wen interessierten schon derlei philosophische Materien, und wer wollte darüber eine Auskunft von ihm? Der Kurfürstin antworten zu dürfen ehrte ihn nicht nur – es war ihm ein Vergnügen. »Sehen Sie, Madame, alles ist in Bewegung und alles ist Umformung. Wir wissen heute, daß die Tiere und Pflanzen nicht aus Fäulnis und Chaos entstehen, sondern aus Umbildung jener, die vor ihnen gelebt haben. Der Keim des Neuen ist im Alten bereits angelegt, und dieses unzerstörbare, unvergängliche Prinzip der inneren Tätigkeit nenne ich Seele. Sie ist allem Lebendigen immanent. Beim Menschen allerdings kommt noch die Vernunft hinzu. Dadurch ist er in den Zustand versetzt, sich selber zu reflektieren, sich selbst zu empfinden, erhält moralische Qualitäten, Individualität, kurz gesagt: Persönlichkeit. Darum wird der menschlichen Seele Unsterblichkeit beigelegt. Setzen wir voraus, daß Seele und Persönlichkeit des Menschen zusammengehören, bleibt mit der Unsterblichkeit seiner Seele auch seine Persönlichkeit erhalten. Und das ist der Unterschied: Da den Tieren Vernunft und damit Persönlichkeit fehlt, ist ihre Seele zwar unzerstörbar oder unvergänglich, wenn Sie so wollen, aber nicht unsterblich. Am Tage der Auferstehung werden Sie auf Ihren Melampino verzichten müssen.«

»Dann halte ich es lieber mit den Grönländern«, entgegnete sie. »Man sagt von ihnen, sie wollen nur dann in den Himmel kommen, wenn auch ihre Seehunde dort sind.«

Leibniz verneigte sich lächelnd und nutzte die kleine Gesprächspause, um sich endlich dem Kaffee zu widmen. Dieses Getränk war für ihn der Genuß an sich, und unwillkürlich kam ihm der Gedanke, für ihn müßte es im Himmel Kaffee mit einer gehörigen Portion Zucker geben.

»Aber mal im Ernst, lieber Leibniz, wo sind *wir* eigentlich, wenn es mit uns vorbei ist?«

»Nach dem Tod, Madame, sind wir wieder dort, wo die ungeborenen Kinder heute sind.« Mit Behagen führte er das Täßchen zum Munde, und Sophie Charlotte stellte zufrieden fest, daß der philosophische Hofrat sich nicht verändert hatte. Noch immer konnte er leicht und mühelos ein Gespräch beginnen. Sie mochte nun mal keine herumdrucksenden Gelehrten, die erst umständlich ihre Komplimente abarbeiteten und dann vor lauter Tiefsinn und Nachdenklichkeit nicht in der Lage waren, einen einfachen Vorgang auch einfach zu erklären. Bei ihnen hatte sie immer den Eindruck, daß die Last der eigenen Bedeutung ihre Gedanken zu sehr niederdrückte.

Kammerfräulein von Pöllnitz reichte ein Billett herein. Sophie Charlotte überflog die Zeilen. Ihr Sohn ließ sich entschuldigen. Ihm fehlte die Zeit, Herrn Hofrat Leibniz zu begrüßen, denn er mußte zur Reiherbeize. Sie ärgerte sich. Es war immer dasselbe mit ihm. Jagen statt lesen. Zwölf Jahre alt und nichts als Flinten im Kopf. Sie durfte gar nicht daran denken, wie das mit ihm noch einmal werden sollte. Aber sie war der Ermahnungen müde. Achtlos legte sie das Billett beiseite und fragte Leibniz, wie weit seine Akademiepläne gediehen waren. Selbstverständlich hatte er alles pünktlich und wunschgerecht ausgearbeitet, nicht nur die Struktur einer solchen Einrichtung beschrieben, sondern darüber hinaus auch gleich noch Regeln für die Wissenschaft entworfen. Mit alleruntertänigster Ergebenheit überreichte er ihr den Plan und verzichtete nicht darauf, das Wichtigste noch einmal zusammenfassend darzustellen. Sie sollte etwas von der Leidenschaft spüren, die er diesem Vorhaben gewidmet hatte. Denn darauf kam es schließlich an: Ihre Kurfürstliche Durchlaucht mußte begeistert werden.

Natürlich erschreckte er Sophie Charlotte nicht gleich mit den Kosten, sondern betonte erst einmal den weitreichenden Nutzen einer Institution, mit der gleichsam ein Kitt für die Sandkörner gefunden war und die Theorie und Praxis miteinander verband. Immerhin ging es hier nicht allein um Kunst und Wissenschaft, sondern auch um die Verbesserung des Feldbaus, der Manufakturen, des Handels und der Gewerbe.

»Mit der Gründung der Societät geben wir dem neuen Jahrhundert einen glanzvollen Anfang und so sicher, wie die Summe aus eins, zwei, drei und vier zehn ergibt, so sicher wird ihr Erfolg sein«, sagte er. »Die Societät wird die Bildung befördern, ein Münz- und Antikenkabinett, ein chemisches Laboratorium und vor allem eine Sternwarte haben. Jährlich werden statistische Berichte über medizinische Angelegenheiten erarbeitet, auch Prämien für Entdeckungen vergeben und wissenschaftliche Reisen unterstützt. Wichtig ist, daß hier alle verstreuten menschlichen Kenntnisse gesammelt, geordnet und publiziert werden. Damit die Buchhändler die Gelehrten nicht zu ihren Lohnsklaven machen, braucht die Societät natürlich einen eigenen Verlag, der zudem für die Reinheit der Sprache zu sorgen hat.«

Sophie Charlotte unterbrach ihn. Angesichts dieser großartigen Aufgaben konnte sie sich nicht vorstellen, daß ihr Gemahl ein solches Projekt ablehnen würde. »Neuerdings hat sich mein Friedrich in den Kopf gesetzt, auch noch König zu werden«, sagte sie und fügte mit einem Anflug von Sarkasmus hinzu: »Wohl ein zusätzlicher Schmuck für seine Krone.«

Leibniz hatte schon davon gehört, doch jetzt war es aus berufenem Munde bestätigt. Allerdings verstand er ihren spöttischen Ton nicht.

»Er schwelgt schon jetzt in Pracht und Prunk, was will er denn noch!?«

Behutsam versuchte er, ihr diesen leicht abfälligen Unterton auszureden. Leibniz sah den Königswunsch des Kurfürsten in einer größeren Dimension. »Was Ihrer Durchlaucht im Moment als ein Werk der Eitelkeit erscheint, kann sich vielleicht später einmal als Meisterwerk der Staatskunst erweisen. Neben Hannover eine zweite protestantische Macht im Norden Deutschlands zu haben, die sich nicht ständig vor dem König von Frankreich und dem Kaiser in Wien ducken muß, scheint mir mehr als wünschenswert zu sein. Ein protestantisches Königreich im Norden Deutschlands kann zum Segen gereichen.«

Sie sollte schon wissen, daß er nichts auf der Welt für sinnloser hielt, als Kriege wegen eines Glaubens zu führen. Die Folgen des letzten, der dreißig Jahre gedauert hatte, waren auch jetzt, nach zweiundfünfzig Jahren, noch überall zu spüren. Nein, ein Gleichgewicht zwischen Katholiken und Protestanten konnte einen erneuten Krieg vielleicht sogar verhindern.

Leibniz bot an, gleich nach Gründung der Societät ein wissenschaftliches Gutachten über die Frage erstellen zu lassen, was nach geltenden völkerrechtlichen Begriffen zum Königtum erforderlich sei. Besser, das war ihm sofort klar, konnte er sich dem Kurfürsten nicht empfehlen. Und nicht nur das. Es war mehr, viel mehr. Es wehte ihn plötzlich eine Ahnung an, und mit einemmal sah er tief in die Zukunft hinein. Es war wie der Ausblick in ein entgegenkommendes Scheinen, der klar die Konturen eines großen Ereignisses umriß und ihm ein unverhofftes Glück verhieß: Er sah die einmalige Möglichkeit, Berater eines Königshauses zu werden.

Beim Abschied fragte ihn Sophie Charlotte, woran er derzeit arbeite. Diese unerwartete Anteilnahme empfand er geradezu als eine Huldigung der Macht an den Geist und sah sich in seinen heimlichen Hoffnungen bestätigt. Hymnisch gestimmt und mit einer tiefen Verneigung erwiderte er, daß er sich mit dem

Gedanken trage, ein Traktat über die Sprache der Engel zu schreiben.
»Über die Engel? Wie soll ich mir das vorstellen?«
»Als eine höhere Form der Mathematik, Madame.«

Noch immer schien es Sophie Charlotte nicht vergönnt zu sein, sich einmal in Ruhe den eigenen Gedanken zu widmen, geschweige denn auch nur ein Stündchen Muße zu haben. Sie lebte auf einer Baustelle und hatte allmählich das Gefühl, von einem ewigen Provisorium umgeben zu sein. Wo sie auch hinsah – Sandberge, Erdhaufen, Mauersteine, Balken, Walzen, Winden, Gerüste, Ziegel und Bretter. Zwischen Karren und Buden ein Gewimmel von Wasserträgern, Maurern und Zimmerleuten und den ganzen Tag nichts als Hämmern, Sägen und dieses ständige An- und Abfahren der Bauwagen mit dem Geschrei und Geschimpfe der Kutscher. Ein Lärm, der kaum noch zu ertragen war. Sie sehnte den Tag herbei, an dem der östliche Seitenflügel des Schlosses endlich fertig war.
Gleichzeitig mußte sie sich um die Anlage des Gartens kümmern. Was jetzt versäumt wurde, ließ sich später nur noch mühsam nachholen. Sie wollte nicht den üblichen holländischen Schachbrettgarten, der ihr viel zu brav und langweilig erschien. Diese biederen Quadrate, vom Kanal begrenzt, mit Blumen und Statuen überfüllt, mit Buchs und bunter Erde

ausgelegt – das hatte für sie Puppenstubencharakter. Sie wollte etwas Großzügiges, Weites, eine moderne französische Gartenanlage ähnlich der, die sie von Hannover her kannte und die ihrer Mutter mit dem Park von Herrenhausen gelungen war. Auf ihren Rat hin hatte Sophie Charlotte eigens Simon Godeau aus Frankreich kommen lassen, hatte mit ihm Entwurf für Entwurf besprochen, darüber mit ihrer Cousine, der Herzogin von Orleans, korrespondiert und von Le Nôtre den letztgültigen Plan begutachten lassen. Auf sein Urteil wollte sie nicht verzichten. Schließlich hatte kein anderer als er das irdische Paradies von Versailles geschaffen.

Noch keinen Tag hatte sie das Geld gereut, das sie für den Garten aufgewandt hatte, denn er schien von Woche zu Woche schöner zu werden. Die langgestreckten Rasenparterres, die Boskett, der Karpfenteich, die vierreihige Lindenallee – alles war von Godeau aufs prächtigste gestaltet. Die 500 Taler, die sie ihm jährlich zahlte, stockte sie ihm indirekt noch durch die Zahl seiner Mitarbeiter auf, die er selber bestimmen durfte. Er sollte sich nicht unnötig mit praktischen Arbeiten aufhalten, sondern als Kunstgärtner und Gartenintendant sich ganz auf die Ausführungen seiner Ideen konzentrieren. Allmählich kam ihr die Anlage wie ein grünes Ornament vor, das ihr Schlößchen zu schmücken begann, ja es sogar heraushob, schöner und irgendwie auch größer machte. Glücklicherweise waren die Verhandlungen mit Gutsbesitzer von Wilmersdorf abgeschlossen, die angrenzende Wiese war ihm entschädigt und dem Park einverleibt worden, so daß Godeau jetzt den Küchengarten entwerfen konnte. Sie besprach mit ihm jedes Detail. Diesmal dauerte es besonders lange, denn sie erörterte mit ihm ihren Lieblingswunsch – die Pflanzung von Maulbeerbäumen. Er riet zum weißen Maulbeerbaum, dem Morus alba, der 30 Meter hoch wurde, eine schöne Krone bildete und dem Frost standhielt. Sie aber wollte noch den Baum der Klugheit, den schwarzen Maulbeerbaum, den Morus nigra, der zwar nicht zum Seidenbau taugte, dessen Beeren aber schon den alten Griechen schmeckten.

Godeau zeichnete in seinen Riß die Standorte ein, als ihr plötzlich die chère Pöllnitz meldete, daß zwei Reiter der Leibgarde des Gemahls mit dem Kissen heransprengten. Ach dieses Kissen! Schon wieder dieses Kissen! Carmoisinroter Samt mit Gold bordiert und in der Mitte sein hochherrliches Monogramm in Diamanten gefaßt – prächtig und kostbar wie alles, was von ihm kam. Zwar war sie daran gewöhnt, daß ihr Gemahl es liebte, seine Person stets mit großem Zeremoniell anzukündigen, aber daß er neuerdings sogar noch seine Wünsche per Estafette voraussenden ließ, löste dann doch ein fast mitleidiges Schmunzeln aus. Doch wie gern sich ihr kleiner verwachsener Friedrich auch inszenierte – den Wunsch, sich mit ihr im ehelichen Bett zu vergnügen, jedesmal mit einem Kissen anzukündigen hatte zumindest eine recht praktische Seite. Bevor er aus dem Stadtschloß eintraf, blieb ihr auch diesmal noch genügend Zeit, sich für den heiligen Zweck zu rüsten.

Die Dienerschaft kam in Bewegung. Ihre beiden Kammertürken, Friedrich Hassan und Friedrich Ali, sorgten dafür, daß das rotlackierte Teetischchen gedeckt wurde und im Schlafzimmer der Armlehnstuhl, der chaise à bras, für den hochfürstlichen Ehemann am rechten Platz stand und von mindestens zwei Leuchtersäulen umgeben war. Die Kammerjungfrauen besprühten den Betthimmel mit Eau de Lavande, brachten ihr das Pfirsichblütenwasser für Gesicht, Hals und Dekolleté und legten zur Auswahl leichte, seidige Kleider bereit, einige aus Kamlott, andere aus Ferrandine, damit es bei jedem Schritt aufregend rauschte und knisterte, wisperte und flüsterte. Dazu die drei verschiedenfarbigen Unterröcke, den Geheimen, den Bescheidenen und den Schäker, und natürlich die Leibchen. Unter- und Oberleibchen aus feinstem moiriertem Taft, goldbestickt mit Amormotiven, das eine von hinten, das andere von vorne zu schnüren. Darauf kam es an, denn der Gemahl wollte schnüren. Viel schnüren, aufschnüren und zuschnüren, er liebte das Schnüren, vor allem das Aufschnüren, summte beim Schnüren, flüsterte beim Schnüren, tänzelte beim Schnüren – Schnüren war seine Seligkeit.

Die Kammerjungfrauen halfen ihr rasch in das erste Leibchen und verstanden mit viel Geschick, die feinsten Seiden-, Taft- und Spitzenbänder so raffiniert über Kreuz zu schnüren, daß sie nicht ohne Anstrengung gelöst werden konnten. Dann legten sie ihr das Oberleibchen mit den Ärmelschnallen an und darüber ein durchsichtiges drittes, das mit hauchdünner Goldlitze seitlich von einer fast unsichtbaren Doppelschnürung zusammengehalten wurde. Zusätzlich überzogen sie das Kunstwerk mit breiten Schmuckbändern und setzten versteckt kleine Rosetten wie Schönheitspflästerchen auf. Als krönendes Finale drapierten sie das Ganze mit der Stimmungsschleife aus Seidenflor, die sie so banden, daß beim geringsten Versuch, sie aufzulösen, der Knoten sich immer fester zog und nur mit einem Biß zu lösen war. Beißen, das war es. Das gehörte zum vollen Pirschgang für ihren Beutefriedrich. Selbstverständlich wählte sie zu allem noch die passenden Strumpfbänder. Diesmal trug sie die Bänder nicht wie gewohnt und allgemein üblich unter dem Knie, sondern über dem Knie, und zwar ein ganz beträchtliches Stück höher, sogar ziemlich weit oben, um ihm zu zeigen, daß es ihr an Einfällen nicht mangelte und sie für gewagte Neuheiten immer einen Sinn hatte.

Sophie Charlotte ertrug das Ganze auch heute mit der Gelassenheit einer Zuschauerin und hielt es für eine gelungene Zugabe, daß sich diesmal sogar die Seidenschuhe mit den roten Absätzen schnüren ließen, schätzte doch der Herr Gemahl bei dieser Tätigkeit die kleinsten Überraschungen. Zwar harrte sie seinem Wunsch wie einer Pflicht entgegen, aber sie war Pflichten gewohnt, und auf eine mehr oder weniger kam es ihr nicht an. In dieser Hinsicht hatte sie den Pragmatismus ihrer Mutter geerbt, die ihr wiederholt gesagt hatte: Wenn man nicht hat, was man liebt, muß man lieben, was man hat.

Noch mehr Wert allerdings legte sie darauf, ihn glanzvoll zu empfangen. Was hier versäumt wurde, konnte sie mit keiner Kissenstunde wettmachen. Links und rechts der Schloßeinfahrt standen bereits die Trompeter, um ihren Landesherrn mit Fanfaren zu begrüßen. Ihnen waren noch je zwei Pauker beigesellt, deren Paukenfahnen das Wappen Brandenburgs trugen. Groß und unübersehbar der rote Adler mit Zepter und Schwert in den Fängen. Wo er ihn sah, fühlte er sich zu Hause.

Da es draußen schon dämmerte, ließ sie im Schloßhof all ihre Bediensteten mit brennenden Wachsfackeln antreten, damit er durch ein flammendes Spalier ins Schloß schreiten konnte. Sie wußte, was ihrem Frédéric guttat. Vor allem wollte sie ihm zeigen, ihr Hofstaat mochte zwar wegen mangelhafter Etikette verrufen sein – wenn der glorwürdige Gemahl kam, waren die Reihen geschlossen, und alles stand in ehrfürchtiger Erwartung. Und dann fuhr er ein, Staatslenker Friedrich, begleitet vom Hofmarschall, dem Oberkämmerer und dem Pagenhofmeister, zur Rechten und zur Linken eskortiert von den Reitern der Gardes du Corps, alle in goldgalonierten Uniformen, beeindruckend und imposant, die Schweizergarde mit ihren Federbuschhüten bildete den glanzvollen Abschluß. Die Wachen salutierten, die Fanfaren ertönten, das flackernde Licht der Fackeln ließ ihn wie Phaeton im Feuerwagen erscheinen und ganz so, als sei er vom Himmel herabgefahren – was wollte er mehr. Er drängte ins Schloß, aber sie ging mit ihm als erstes in den Garten. Vorher ein bißchen zu spazieren konnte nicht schaden. Immerhin fiel ihr das Laufen mit den enggeschnürten Leibchen leichter als das Sitzen. Außerdem hatte sie ein besonderes Anliegen.

Sie wußte nur zu gut, daß alles Wichtige vorher gesagt werden mußte, denn nach der Schnürarbeit brach er sofort wieder ins Stadtschloß auf, um seine Regierungsgeschäfte fortzusetzen. Diesmal schien er offenbar einen anstrengenden Tag hinter sich zu haben, machte wieder so ein grämliches Gesicht und sprach kaum. Allweil blieb er stehen, betrachtete die Kontur einer geschnittenen Eibe, musterte die Pomeranzenbäume, als messe er in Gedanken die Symmetrie ihrer Anpflanzungen aus, schritt neben ihr wie auf einer vorgegebenen Linie steif und korrekt durch die Laubengänge, während sie überlegte, wie sie auf ihr Anliegen, die Akademiegründung, überleiten konnte, ohne ihn in seinen höheren Betrachtungen zu stören oder damit gar seinen Unwillen zu erregen. Selbstverständlich durfte sie ihn jetzt nicht mit der Fülle organisatorischer Einzelheiten behelligen, die ein so großes Projekt mit sich brachte, sondern entschloß sich, das Ganze als eine aufregende Neuigkeit zu präsentieren, die sein ureigenstes allerpersönlichstes Interesse berührte.

»Haben Sie übrigens schon gehört, mit welcher

Begeisterung sich Hofrat Leibniz für Ihre Königspläne einsetzt? Wo er auch hinkommt, spricht er hell entflammt darüber!« Der Gemahl wandte sich ihr mit einer halben Drehung zu, was für sie der Anlaß war, Näheres über das Projekt zu sagen. »Sollten Sie die Akademiegründung billigen, will Leibniz sofort ein wissenschaftliches Gutachten erstellen lassen, weshalb die Erlangung der Königswürde von historischer Bedeutung und Nutzen für das Land Brandenburg und das Haus Hohenzollern ist.«

Mehr brauchte sie nicht zu sagen. Sie spürte sofort, es hätte keinen besseren Zeitpunkt für ihr Anliegen geben können. Alles deutete darauf hin, daß ihn eine glückliche Nachricht erreicht hatte, denn er war auf einmal wie verwandelt und wurde erstaunlich gesprächig. In der Tat war ihm jede Stimme wichtig, die ihn in seinem Wunsch nach der Krone unterstützte. Doch die Stimme eines Leibniz, die ihr ganz eigenes Gewicht an den Höfen und in der Gelehrtenwelt besaß, zählte doppelt und dreifach. Die kam jetzt mehr als gelegen.

Mit stiller Genugtuung bemerkte Sophie Charlotte, daß diese Neuigkeit auch auf sie ein gutes Licht warf. Gegen die Erwartungen seiner Präsidenten und Herren Großminister, die sie am liebsten fern jeder Einflußsphäre sehen wollten, konnte sie dem Gemahl zeigen, daß sie in ihrem Lietzenburger Château nicht hinter den Ereignissen lebte, sondern die Welt sehr genau im Blick hatte. Und mehr noch: daß sie am Ruhm des Hauses Brandenburg arbeitete. Endlich mal wieder eine günstige Kombination zu günstiger Stunde. Insgeheim war sie aber auch beeindruckt von der Weitsicht des philosophischen Hofrats, der offenbar wußte, was dem Einzelnen, aber irgendwie auch dem Ganzen diente und überhaupt so ein himmlisches Gespür für die Welt hatte.

Schritt um Schritt hob sich die Stimmung des Gemahls. Er wollte noch ein paar Einzelheiten über den Akademieplan wissen, dann hörte er ihren Rock rauschen, hörte es knistern und wispern, sah auch die neuen Seidenschuhe, zählte acht Ösen, sah, was ihm guttat und drängte ins Schloß.

Über ihre Ehe nachzudenken fand sie müßig. Sie waren nun mal wie Sonne und Mond. Wenn er aufstand, ging sie schlafen. Der Rest blieb guter Wille. Aber was sollte sie machen. Eine Wahl hatte sie nie gehabt. Mit 16 geheiratet, mit 17 das erste Kind bekommen, das Wochen später starb, mit 18 eine Fehlgeburt und mit 20 dann den ersehnten Thronfolger geboren, der sie in der Achtung aller steigen ließ. Daß sie ihrem Friedrich gefallen hatte, daran zweifelte sie bis heute keinen Augenblick, denn mit 16 war man immer ein erfreulicher Anblick. Selbst der große Sonnenkönig, dem sie bei einem Besuch ihrer Cousine in Versailles vorgestellt worden war, zeigte sich von ihren Körper- und Geistesgaben, sa beauté et de l'esprit, so angetan, daß er sie gleich an seinen Sohn, den Dauphin, verheiraten wollte. Er hatte ihr sogar ein Geschenk gemacht, das mehr als seine Freigebigkeit bewies, zwölf Knöpfe und zwölf Knopflöcher aus Diamanten, wie man sie derzeit an den Ärmeln trug und damit den Wunsch verbunden, sie bald wiederzusehen. Nein, über mangelnde Vorzüge der Natur konnte sie sich wahrlich nicht beklagen.

Zwar war sie jetzt schon 32 und fand beim Blick in den Spiegel die Vergänglichkeit aller Erscheinungen in Anfängen bestätigt, aber immer noch hielt sich vieles vom Ursprünglichen fest. Das Blau der Augen und das Schwarz der Haare besaßen noch ihren Glanz und wollten ihr offenbar treu bleiben. In Bad Pyrmont, wohin sie damals mit ihrer Mutter gefahren war, hatte sie den Kurprinzen von Brandenburg zum ersten Mal gesehen. Er war mit seiner kranken Frau ins Bad gereist. Bei einem Diner saß sie, das dreizehnjährige schöne Welfenkind, neben ihm. Um gar nicht erst diese gefürchtete Langeweile aufkommen zu lassen, gab sie eine Fabel von Äsop zum besten, was ihren Tischnachbarn so köstlich amüsierte, daß er sich mit ihr bis in den Abend unterhielt. Gewiß, sie haben viel gelacht miteinander, aber sie hätte nie im Traum daran gedacht, daß dieser Mann einmal um ihre Hand anhalten könnte. Doch gleich nach dem Tod seiner Frau stand er in Hannover. Ein Witwer von 27 Jahren. Ein Hohenzoller. Ihre Eltern waren zufrieden. Zwar stammte er aus keinem altehrwürdigen Hause, wie sie fanden, und seine Vorfahren waren nur kleine Markgrafen, nur Grenzwächter, aber er galt als klug und war zumindest nicht katholisch.

Zwei große Vorzüge. Eine bessere Partie gab es nicht. Natürlich verband sich mit dieser Heirat ein höherer, still dynastischer Zweck, die Rivalitäten zwischen Hannover und Brandenburg zu beenden, die beiden Häuser untereinander zu versöhnen und später vielleicht sogar gemeinsam die Gebiete zurückzuerobern, die sich die Schweden so dreist genommen hatten. Doch das war der Blick der Eltern. Ihre Mutter hatte ihr bloß ganz beiläufig gesagt: Nur wenn du eine abgrundtiefe Aversion verspürst, dann mußt du nicht. Aber Sophie Charlotte spürte keine Aversion. Sie spürte gar nichts. Nichts Abstoßendes und nichts Anziehendes. Sie spürte bloß, daß sie nicht enttäuschen wollte. Für sein Aussehen konnte er nichts. Die Amme hatte ihn einmal vom Tisch fallen lassen, seitdem war er verwachsen, ducknackig und mit hochgezogenen Schultern. Aber unterhalten konnte sie sich gut mit ihm. Sein Sinn für Humor hatte was, und die Hochzeit wurde immerhin fast ein ganzes Jahr hindurch gefeiert. Das gefiel ihr. Anschließend brach sie mit ihm ins Feldlager auf, war dabei, als er in den Krieg zog, denn ohne sie wollte er nicht sein, und sie fand dieses Leben recht aufregend und spannend. Zumindest jeden Tag etwas Neues.

Doch als sein Vater, der Große Kurfürst, starb und ihr Prinzgemahl die Regierung antreten mußte, änderte er sich über Nacht. Alles Normale und Lebendige, sein stiller Grundhumor, schien ihn wie ein guter Geist zu verlassen. Er schottete sich ab, hob sich über alles hinaus und umgab sich mit einer Pracht, als hätte er Angst, er könnte ohne sie übersehen werden. Von da an tat er ihr leid. Aber mit ihm darüber zu reden wagte sie nicht, denn er war empfindlich in diesen Dingen. Selbst die leiseste Kritik wollte er nicht hören. Wozu eine Mißstimmung aufbringen, die sich nur gegen sie wandte und von der sie letztlich bloß Nachteile hatte? Er merkte gar nicht, daß er sich immer mehr auf diese Äußerlichkeiten kaprizierte, gab sich steif und würdevoll, so gräßlich würdesteif und tat nur noch wichtig. Sie kannte das von ihrem Vater. Der stolzierte auch immer wie ein Truthahn umher und legte Wert auf jedes Detail der Repräsentation. Ihr Gemahl setzte allerdings noch eins drauf, machte aus der Würde ein Zeremoniell und aus dem Zeremoniell die Pflicht. Für die nebensächlichsten Abläufe ersann er ein akribisches Reglement, sogar wann bei welcher Audienz die Türen offenbleiben konnten und wann sie geschlossen zu sein hatten, wer sich in seiner Gegenwart die Nase schneuzen durfte und wer nicht, so daß jeder Schritt, jedes Wort und jede Geste um ihn herum festgelegt war und die Einhaltung der Rituale als höchste Staatspflicht galt. Darauf verwandte der Ärmste seine ganze Leidenschaft, hielt die anderen in Abstand, erhöhte sich selber, um das Aufschauen zu ihm desto mehr genießen zu können. So gefiel er sich, ihr kleiner Serenissimus, und so war er bis heute.

Hätte der liebe Herrgott ihn doch nur einen halben Kopf größer gemacht! Im stillen mußte sie über ihn lächeln. Sie war nun mal eine spöttische Natur und konnte ihn nicht so recht ernst nehmen. Doch genau das schien er zu spüren, das wurmte ihn innerlich und darum machte es ihm neuerdings auch eine ganz besondere Freude, mit ihr auf dem Protokollweg zu verkehren. Er war eben einfallsreich, wenn es galt, sich huldigen zu lassen. Einen persönlichen Wunsch wie die Aufstockung des Etats für ihre Opernbühne hatte sie jetzt zuerst dem Premierminister vorzutragen, der ihn dann zu einem gegebenen Zeitpunkt Seiner Kurfürstlichen Durchlaucht nahelegen wollte, damit Höchstselbiger irgendwann darüber befinden konnte, wie in dieser Angelegenheit zu entscheiden war. Bestes Pipapo. Sich derart vor ihr aufzuspielen kam einer Moritat gleich, wie sie zwar auf den Verwaltungswegen üblich war, aber den Gemahl in ihren Augen um weitere Zoll kleiner machte. Wahrscheinlich wären seine Tage sonniger gewesen, hätte sie bei ihm um eine Audienz nachgesucht. Doch dieses kleine Glück wollte sie ihm dann doch nicht gönnen.

Anderseits war er tolerant und schränkte sie in ihren neuen Unternehmungen in Lietzenburg nicht ein. Er ließ sie gewähren. Ob dies nun aus Gleichgültigkeit oder aus einer angeborenen Duldsamkeit, so einer milderen Weltsicht geschah – auch darüber wollte sie sich nicht den Kopf zerbrechen. Er ließ ihr ihre Freiheit, und das machte alles erträglich und war überhaupt das Beste an ihm. Und was er sich in Zukunft noch alles so ausdachte, um ihr seine Wichtigkeit vorzuführen – sie nahm es gelassen. Solange er mit dem Kissen zu ihr kam, hatte sie ohnehin ihre ganz eigenen Reserven.

Es war ein Festtag für Leibniz, mitten in der Woche ein Sonntag Jubilate: Er rüstete zur Dankesvisite. Daß er so schnell mit seinem Vorhaben ans Ziel kommen könnte, hätte er sich nicht träumen lassen. Er hielt die Stiftungsurkunde der Societät in den Händen, und Präsident war er auch noch. Er konnte es kaum glauben. Gleichsam über Nacht hatten sich seine Wirkungsmöglichkeiten erweitert. Über die Societät konnte er sich jetzt ganz direkt in die Belange der Zeit einschalten und auf seine Weise Einfluß nehmen. Selbstverständlich erarbeitete er gleich ein Gutachten über die staatsrechtliche Bedeutung der Krone. Es war die beste Art, sich als Präsident der neuen Institution dem Kurfürsten zu empfehlen, allerhöchste Pläne juristisch zu untermauern und dadurch mit neuen Aufträgen rechnen zu dürfen. Vielleicht konnte er sogar über die Societät am Berliner Hof Fuß fassen. An Ideen mangelte es ihm nicht, nur fehlte ihm bislang die richtige Position, um sie umzusetzen. Immerhin stand der Brandenburger Regent in dem Ruf, daß er wie sein Vorbild in Versailles die Wissenschaften schätzte, weil sie der Erhöhung seines Glanzes dienten. Das mochte nicht gerade das edelste Motiv sein, aber die Eitelkeit eines Fürsten schien ihm allemal eine verläßliche Größe. Besser, ein Landesherr wollte sich mit der Wissenschaft als mit irgend etwas anderem schmücken. So zahlreich die Ursachen auch sein mochten – die Wirkung war entscheidend. Womöglich gelang es Leibniz diesmal, seine Ideen zur Verbesserung der Seidenraupenzucht über den Kurfürsten praktisch werden zu lassen. Das war es ja, was er immer gewollt hatte – die Gestaltung der Praxis. Dafür hatte er stets die Nähe zur Macht gesucht.

Natürlich hätte er schon mehrmals eine Professur an einer Universität annehmen können. Vom Katheder herab dozieren, das Wissen salomonisch im Auditorium verkünden, für eine gelehrige Studentenschar zum akademischen Gottvater avancieren – all das hätte ihm durchaus gelegen und seiner Eitelkeit wohlgetan. Allein die Vorstellung, seine kostbare Zeit in einer gelehrten Zitadelle verbringen zu müssen, die bekannt dafür war, daß es in ihr nur zwei Dinge gab – schwarzen Neid und lange Korridore –, die schreckte ihn. Jede Idee von einem ewig zerstrittenen Senatsgremium prüfen zu lassen, bevor sie dann gnädig irgendwann höheren Orts zur Entscheidung eingereicht wurde – dieses demütige Warten, dieses zähe Betteln um eine Befugnis –, all das hätte seine Gedankenenergie aufgebraucht, noch bevor etwas Vernünftiges zustande gekommen wäre. Nein, das wollte er sich nicht antun. Für ihn kam nur das andere in Frage: Wenn schon für das Höhere agieren, dann doch gleich im Zentrum der Macht. Ob an einem Fürsten-, Königs- oder Kaiserhof – hier waren die Wege kürzer. Hier gab es ein direktes Ja oder Nein. Darauf konnte er sich einstellen, was meist schon den Prozeß einer Entscheidung erleichterte; zwar auch nicht immer ideal, aber wenigstens kalkulierbar, sofern man das allerhöchste persönliche Interesse kannte. Er sah es ja jetzt: Wenn der Kurfürst wollte, genügte ein Wort, und alles wurde Wirklichkeit. Einen kürzeren Weg von der Theorie zur Praxis gab es für Leibniz nicht. Aber auch keine größere Befriedigung. Denn das Bewußtsein, daß er es war, der mit seinen Ideen einem Fürsten die Richtung wies, daß nach seinen Vorschlägen auf höchster Höhe gehandelt wurde – das gab seinen Gedanken ein ganz besonderes Gewicht, wenn nicht gar eine ganz eigene Macht. In solchen Momenten fühlte er sich als Cäsar des Geistes und nah am Ziel.

Doch die Freude über das geglückte Projekt, von dem bereits die Zeitungen berichteten, schien diesmal seltsam umgelenkt und sich von der Sache zu entfernen. Tief im stillen gestand er sich ein, daß das Beste an der Gründung der Societät der Umstand war, sich dafür bei Sophie Charlotte bedanken zu können und einen Anlaß zu haben, sie wiederzusehen. Die Freude darüber dominierte alles und ließ sein Gemüt in Bewegung geraten. Natürlich bildete er sich nicht ein, mit seinen 54 Jahren zu einer apollinischen Jugend zurückkehren zu können. Allerdings legte er diesmal auf sein Äußeres ganz besonderen Wert, um Sophie Charlotte auch in dieser Hinsicht angenehm zu beeindrucken. Alles an ihm sollte zusammenstimmen und ein harmonisches Bild ergeben. Eigentlich hätte er in dieser heißen Jahreszeit einen leichten braunen Justacorps tragen müssen, aber Braun wollte er der Kurfürstin nicht zumuten. Braun war die Lieblingsfarbe des pompösen Ludwig, der sich für die Sonne selber hielt, Braun trug inzwischen fast jeder königstreue Untertan, um den gallischen Gockel nachzuahmen. Doch derlei Devotionsgeist lag ihm nicht. Er entschied sich für den schwarzen Rock, der zwar viel zu warm war und dessen Stickereien dem Gewicht von Pferdeschabracken in nichts nachzustehen schienen, unter dem aber wenigstens der Kavaliersdegen gut saß. Er legte ein kühlendes seidenes Halstuch, eine crovate, um und fand sich für den Anlaß passend gekleidet. Bislang hatte er diesen äußerlichen Dingen zwar wenig Beachtung geschenkt, doch für eine Begegnung mit Sophie Charlotte bekam plötzlich alles ein ganz anderes Gewicht.

In der Kutsche überdachte er noch einmal das letzte Gespräch mit ihr und fragte sich, ob er wirklich das Wesentliche über die Seele der Tiere gesagt hatte, ob er anschaulich, ob er gründlich genug war und nichts vergessen hatte. Vor allem überlegte er, wie er ihr danken sollte. Ein schlichtes »Danke, Durchlaucht«, ein »Grand merci, Madame« genügte doch nicht. War zu nüchtern, zu protokollarisch, zu bleiern und trocken und drückte nicht das aus, was ihn wirklich bewegte. Selbstverständlich hob er im Namen aller Gelehrten das bleibende Verdienst hervor, das sie sich als die große Förderin der Wissenschaften erworben hatte. Dieses Lob ging ihm leicht von den Lippen, obgleich es nicht schmeichlerisch klingen oder gar im Ton eines fußfälligen Knechts vorgetragen werden durfte. Doch gleichzeitig überlegte er, wie sich das Offizielle mit dem ganz Persönlichen verknüpfen ließ. Schließlich sollte sie in seinem Dank vor allem seine Bewunderung spüren, wieviel Zeit sie ihm widmete, wieviel Verständnis sie seinen Ideen entgegenbrachte, wieviel Aufmerksamkeit sie ihm schenkte, wie glücklich er sich darum schätzen durfte – das alles mußte hinter seinen Worten durchscheinen und lautlos anklingen. Fern vom steifen Staatston, mit leichtem Elfentritt sollte seine kleine Dankesrede ihr entgegenschwingen, bewegt, poetisch, tief von innen, vom Grunde seines Herzens. Aber dann, als er vor ihr stand, machte ihn ihr Anblick erneut so seltsam ruhelos, daß es ihm schwerfiel, die gewohnte Contenance zu finden, und es ihm Mühe bereitete, sich der Worte zu erinnern, die er sich für diesen Augenblick zurechtgelegt hatte. Doch sie wollte von Dank nichts hören, sondern sagte nur, daß Landbaumeister Grünberg mit dem Bau der Sternwarte bereits beauftragt sei und erste Pläne schon vorlägen.

Leibniz wagte die Frage, ob er die Pläne eventuell einmal sehen dürfe, aber Sophie Charlotte schien im Augenblick dafür wenig Sinn zu haben. Sie erwartete die Wahrsagerin und wollte von dem neuen Akademiepräsidenten nur eines wissen: »Finden Sie es gut, daß ich mir die Zukunft voraussagen lasse?«

Nicht daß diese Frage ihm auch nur die geringste Verlegenheit bereitet hätte oder eine Antwort ihm schwergefallen wäre – aber er wollte diplomatisch und taktvoll sein. Immerhin war die Kurfürstin 22 Jahre jünger als er, und es war doch bekannt, wenn ein junger Mensch sich etwas in den Kopf gesetzt hatte, fragte er nur, um sich seine Meinung bestätigen zu lassen. Noch dazu in einer solchen Position! Anderseits wußte er, wie sehr sie seine Aufrichtigkeit schätzte. Sie durfte ein klares Urteil von ihm erwarten, und deshalb sagte er freiheraus, daß er nichts von der Wahrsagerei hielt, wenngleich er ahnte, daß die verehrte Kurfürstin eine gewisse Zuneigung dafür haben mußte. Wohl nicht zufällig hatte sie ihr Hündchen Melampino nach Melampus, dem Seher, benannt, der sich von Schlangen die Ohren ausputzen ließ, um die Sprache der Vögel zu verstehen. Doch das war etwas anderes, war symbolisch und griechische Mythe. »Einer Wahrsagerin mag ein noch so großer Ruf vorauseilen – sie betreibt das Geschäft zum Broterwerb und kann irren wie jeder andere. Auch sie unterliegt dem Prinzip der unvermeidlichen Unvollkommenheit endlicher Geschöpfe. Wie auch ihr Urteil ausfällt – Ihre Kurfürstliche Durchlaucht richten sich unbewußt auf etwas ein, das nicht notwendigerweise stattfinden muß. Und was bringt es, die persönliche Zukunft zu kennen? Sie liefern sich damit ganz unnötig einem vermeintlich festgelegten Fatum aus. Der Glaube, daß die Zukunft ohnehin das bringen wird, was vorausgesagt ist, engt ein, nimmt den Elan und macht unbewußt jegliches Tun überflüssig. Doch nichts zu tun heißt nichts zu sein und gleicht genaugenommen einer freiwilligen Selbstaufgabe, einem fortgesetzten Lauf ins Leere.«

Aus Sorge, wie ein sonntäglicher Kanzelredner zu wirken, der vor ihr die Gebote der Moral auskramte, hob er das Ganze auf eine abstrakt philosophische Ebene. Schließlich wollte er ihre Erwartungen nicht enttäuschen. »Eines ist unbestritten, Madame: Wenn Sie Ihre Zukunft kennen, dann sorgt das bloß für unnötige Aufregung. Denn davon können Sie ausgehen: Alles, was einer Person widerfahren soll, ist virtuell schon in ihrer Natur oder ihrem Begriff enthalten wie die Eigenschaften des Kreises in seiner Definition.«

»Und wenn man mir Glück vorhersagt«, warf sie ein, »habe ich da nicht allen Grund, mich schon jetzt darauf zu freuen?«

»Freuen? Es ist nichts anderes, als sich einer trügerischen Hoffnung hinzugeben. Wer Ihnen nachmittags die Zukunft voraussagt, müßte schon am Morgen mit Gott gefrühstückt haben.«

Auf einmal schien sie es gar nicht mehr eilig zu haben. Jetzt erst merkte sie, daß sie den Hofrat mit einer Frage überfallen und er stehend geantwortet hatte. Sie bot ihm sofort ein Tabouret an, das neben ihr stand. Weil es so heiß war, ließ sie zur Erfrischung ein Punsch-Eis kommen, einen Punsch à la Glace, der mit einer halben Kanne guten Würzburger Weins angerichtet war. Fast heiter meinte sie, daß sich dabei seine Worte viel besser bedenken ließen. Er atmete auf, denn er hatte schon befürchtet, zu belehrend gewesen zu sein. Glücklicherweise hatte sie ihm seine Offenheit nicht übelgenommen. Im Gegenteil. Nicht daß er sich in falscher Eitelkeit etwas Übertriebenes einbilden wollte – aber er spürte, kein anderer Mensch war ad hoc so aufnahmefähig für das, was er sagte, wie Sophie Charlotte. Sie verstand ihn. Sie hatte einen Sinn für das, was er sagte, und vielleicht sogar eine Zuneigung für seine Art zu denken. Ein stilles Tendre. Allein schon die Vorstellung, daß es so sein könnte, gab ihm ein so großes Gefühl von Steigerung, daß es ihn drängte, zu noch tieferen Begründungen auszuholen. Die ganze Welt vom unendlich Kleinen bis zum unendlich Großen hätte er ihr im Augenblick erklären, ach was – zu Füßen hätte er sie ihr legen mögen! Alles hätte er ihr darstellen wollen, die komplizierteste Materie hätte es sein können, die ganze Schöpfung rauf und runter, kreuz und quer hätte er deuten wollen, denn in ihrer Gegenwart flogen ihm die Worte zu, perlten leicht aus ihm heraus, und alles sprach wie von selber zu ihr hin.

Sophie Charlotte hörte ihm eine Weile fast andächtig zu, dann plötzlich unterbrach sie ihn. »Lieber Leibniz, Sie sagen so viel gescheite Dinge in so kurzer Zeit. Schreiben Sie das auf! Es wäre doch schade, wenn Ihre klugen Worte verlorengingen! Vielleicht kann anderen später einmal Ihre Weisheit nutzen! Seien Sie nicht egoistisch! Tun Sie es mir zuliebe! Ich habe kein so phänomenales Gedächtnis wie Sie. Erst wenn ich etwas lese, prägen sich mir die Dinge ein.«

Selbstverständlich wollte er sofort alles für sie zu Papier bringen, und er entgegnete nur: »Nichts ehrt mich mehr, als Ihnen einen Wunsch erfüllen zu dürfen.«

Weil die Dinge so glücklich auf den Weg gebracht waren, gab Sophie Charlotte zu Ehren des neuen Akademiepräsidenten ein Fest, das sie geschickterweise gleich auf den Geburtstag des Kurfürsten legte, was dem Ganzen ein besonderes Gewicht verlieh und fast in einen kleinen Staatsakt verwandelte.

Natürlich konnte nicht jedes Geburtstagsfest für den Kurgemahl in gleicher Weise mit großer Oper und Ballett verlaufen. Ohnehin hatte er dafür nicht soviel übrig, und sie wollte auch nicht, daß er mit ihren Festen etwas Langweiliges oder Fades verband. Vielmehr hatte sie ihr Vergnügen daran, mit immer neuen Einfällen zu überraschen. Darum saß sie bis spät in die Nacht und dachte sich mit der Pöllnitz ein Jahrmarktsfest aus. Ihr Gemahl, der kleine Sonnenfürst, inmitten von Bauern und Buden – das war auch für ihn neu und versprach großen Spaß. Sie ließ im Schloßpark in Windeseile einen Dorfjahrmarkt aufbauen und teilte den Geburtstagsgästen ihre Rollen als Seiltänzer, Zahnbrecher, Marktschreier und Gaukler zu. Der Kurprinz sollte den Taschenspieler geben, der Bruder des Kurfürsten den Harlekin, sie selber spielte die Doktorin, die einen Wundertrank reichte. Dem Gemahl war die Rolle eines Matrosen zugedacht, der von Bude zu Bude ging, wo es Schinken, Ochsenzungen, Limonade, Wein und Chocolate umsonst zu kaufen gab, aber auch Braunschweiger Mumme, Wittenberger Kuckuck, Delitzscher Kuhschwanz und andere Biere. Leibniz hatte sich als Astrologe zu verkleiden und – mit einem Fernrohr ausgerüstet – den Gästen die Sterne zu deuten.

Die Einladung, die sie ihm überbringen ließ, stürzte ihn in die allergrößte Verlegenheit. Leibniz schwitzte vor Aufregung. Als Sterndeuter in einer Bude zu stehen mit einer spitzen Zuckerhutmütze und einem blauen Gewand voll silberner Monde und goldener Sterne – eine Märchen- und Witzfigur! Was hatte er bei einer solchen Maskerade verloren, außer sich abgrundtief lächerlich zu machen! Er wußte doch, daß über derlei Feste weithin berichtet wurde, und am Ende war in den gelehrten Zeitungen von Frankreich und Italien davon die Rede, daß der Mathematiker und Philosoph Leibniz seine kostbare Zeit damit verbrachte, für die durchlauchten Herrschaften den Sternguckernarr zu spielen, während der große Newton, sein Gegenspieler, sich mit heiligem Ernst den Gesetzen des Universums widmete. Eine winzige Notiz im *Mercure galant*, der in Versailles gelesen wurde, oder im *Journal des savans* reichte doch, um ihn dem Gelächter preiszugeben. Und was sollten die Kollegen der Französischen Akademie dazu sagen! Schließlich war er dort Mitglied, und wenn man an der Akademie in Rom erfuhr, wie er sich zum gelehrten Hanswurst machen ließ, dann war es doch mit allem Respekt dahin! Die Herren und Damen des Hofes mochten dies für ein großartiges Ereignis halten und ganz im Vergnügen aufgehen – er verlor sein Ansehen, und mehr als das besaß er nicht.

Anderseits ehrte es ihn natürlich, daß die Kurfürstin auf diese Weise ihrer Freude über seine Präsidentschaft Ausdruck gab und Anteil daran nahm, so daß er unmöglich ganz und gar fernbleiben konnte, zumal es ja auch der Geburtstag des Kurfürsten war. Jeder hätte es als eine persönliche Auszeichnung betrachtet, zu einem solchen Fest geladen zu sein. Zwar war Leibniz nicht jeder, aber dort zeigen mußte er sich schon. Schließlich zeigte sich dort alles, was Macht und Einfluß hatte, die internationale Diplomatie war auch vertreten, und ein Fernbleiben hätte ihm ohne Frage mehr geschadet als genützt. Auf keinen Fall jedoch konnte er in einer Bude als Sterndeuter stehen. Wenn schon, dann möglichst ungesehen sich als ein Bauersmann unter das Volk mischen, mitten hinein ins Getümmel. Nur sich nicht exponieren! Es ärgerte ihn, in eine Lage gebracht zu werden, die ihn zwang, sich darüber überhaupt Gedanken machen zu müssen, und er atmete auf, als Graf Wittgenstein für ihn einsprang und die Rolle des Astrologen übernahm.

Doch Sophie Charlotte ließ durch ihren Kammersekretär nachfragen, warum Präsident Leibniz nicht den Sterndeuter spielen wollte, was seine Bedrängnis nahezu vollkommen machte. Mit der Beschädigung seines Rufes wollte er es nicht begründen. Schließlich konnte er der verehrten Kurfürstin die Freude an dem Spiel nicht verderben oder gar banal finden, was sie für wichtig hielt. So etwas hätte nur unnötig zur

Verstimmung geführt, die guten Beziehungen zum Hof belastet und dem Start der Societät geschadet. Auch daß es unter seiner Würde war, zur Freude aller in eine Jahrmarktsbude zu klettern und das Kostüm anzulegen, das sie für ihn ausgesucht hatte, konnte er dem Sekretär nicht sagen. Darum begründete er es gesundheitlich. Die Gesundheit war bislang noch immer die glaubwürdigste Ausrede, und er hatte ja gerade erst seinen Kalten Fluß kurieren lassen. Bedauerlicherweise war er von seiner letzten Badekur noch so angegriffen, daß er nicht so lange in einer Bude stehen und das Teleskop halten konnte. Die Ärzte hatten ihm leichte Bewegung empfohlen, und darum wollte er sich lieber unter das Volk mischen und in der Menge auf und ab gehen. Dafür bat er um gnädigstes Verständnis.

Zwar war es ihm peinlich, sich auf Anfrage von Sophie Charlotte mit schwacher Gesundheit herauszureden, was ihm höchst unmännlich erschien und nach einem alten morschen Stamm klang. Aber es war immer noch besser, als die wahren Motive zu nennen. Woher sollte sie wissen, wie es wirklich in der gelehrten Welt zuging, und vielleicht hätte sie ihn dann erst recht als eitlen Feigling verlacht. Wie auch immer – es war ein Elend, zu solchen Festen geladen zu sein.

Jedes Detail der aufregenden Feier berichtete Sophie Charlotte anschließend ihrer Mutter und war überhaupt froh, endlich einmal mit ihr ganz ungestört reden zu können. Sechsspännig und mit großem Troß reisten sie in einer cremoisinsamtenen Staatskutsche, weich gepolstert und bequem, nach Brüssel. Sonst warf ihr der Brandenburger Gemahl ja immer vor, zu viel Zeit mit den Hannoverschen Verwandten zu verbringen und war still eifersüchtig auf jede Stunde, die sie ihnen widmete. Doch diese Reise fand in seinem Auftrag statt. Diesmal hatte er den Tag ihrer Abfahrt kaum erwarten können. Offiziell ließ er verlauten, die Kurfürstinnen von Brandenburg und Hannover seien gemeinsam zu einer Badereise nach Aachen unterwegs, doch in Wirklichkeit fuhr sie mit ihrer Mutter zu Wilhelm von Oranien, dem Statthalter der Niederlanden, der auch König von England war, und zu Max Emanuel, dem Kurfürsten von Bayern und kaiserlichen Statthalter in Brüssel, um sie zu bewegen, den Königsplänen des Gemahls zuzustimmen. Mit aller Pracht und allem Luxus hatte er sie für diese Werbetour ausstatten lassen. Diesmal fand sie den Aufzug nicht verschwenderisch, sondern angemessen. Wenn sie schon die Strapazen einer Reise auf sich nahm und für ihn als Gutwettermacherin unterwegs war, wollte sie nicht auch noch wie eine Bittstellerin oder gar eine arme Verwandte an den Höfen erscheinen. Seit Leibniz ihr geraten hatte, die dynastischen Pläne des Gemahls zu unterstützen, sah sie diesen Wunsch ohnehin in einem ganz neuen Zusammenhang und gab im stillen ihrem Prunkgemahl recht: Das überzeugendste Argument war noch immer die Wahrnehmung durch Augenschein. Sollten alle ruhig staunen und den kurfürstlichen Troß bewundern. Wer so großartig daherkam, war eines künftigen Königtums würdig. Auch die Geschenke, die sie mit sich führten, waren gut ausgewählt und taugten dazu, königliche Freigebigkeit zu beweisen. Bernstein aus Preußen hatte schon ihr Schwiegervater, der Große Kurfürst, immer im Gepäck gehabt. Bernsteinpräsente kamen stets gut an. Doch diesmal gab es für den Oranier und den Bayern noch je ein besonderes Geschenk: eine Berline, ein elegantes Gefährt, leicht konstruiert, mit nur zwei Sitzen und zurückschlagbarem Dach; eine Kutsche, die sich inzwischen die Straßen des Reichs erobert hatte und dem Namen der Residenzstadt alle Ehre machte.

Ihre Mutter war sichtlich verblüfft über all das, was der Schwiegersohn aufgeboten hatte, um Eindruck in Brüssel und Het Loo zu machen. Dennoch hatte sie eine fast diebische Freude daran, daß er ihr inmitten der größten Pracht den wirklichen Luxus nicht bieten konnte: Es war ihr eigener Nachtstuhl. Auch diesmal führte sie ihn bei sich. Ohne ihren chaise percée ging sie nicht mehr auf Reisen. Dieses sperrige Möbel gehörte zu ihr wie eine unverzichtbare Gewohnheit. Sophie Charlotte hielt das zwar für übertrieben, ja geradezu für eine Perversion des Luxus, aber ihre Mutter meinte: »Wenn man aufhört, jung zu sein, bekommen derlei Dinge ein anderes Gewicht und eine andere Bedeutung. Zu guter Letzt zählt nur noch das Wohlbefinden, das allein den Rhythmus aller natürlichen Verrichtungen reguliert.«

Fast war es beruhigend zu wissen, daß die geliebte Frau Mama sich in ihrer Haltung zu den Dingen nicht verändert hatte. 70 Jahre und für jede Lebenslage das passende Zubehör. Sie blieb sich eben irgendwie immer treu. Selbst in der Unterhaltung war dies zu spüren. Glücklicherweise hatten in der Kutsche die Wände keine Ohren, und sie konnte sich mit ihr endlich einmal über all das verständigen, was niemanden sonst etwas anging. Stundenlang sprach Sophie Charlotte über ihren Ehefürsten und Schnürmeister, begründete der Mutter noch einmal, weshalb sie sich nach Lietzenburg zurückgezogen hatte und daß man sich darüber im Stadtschloß nicht grämte, weil man ohnehin vieles vor ihr geheimhielt aus Angst, sie könnte es nach Hannover tragen, und auch die Ehe war nicht das große Glück. Stundenlang hörte die Mutter ihr zu. Doch dann meinte Sophie von Hannover nur, die Tochter solle sich keinen falschen Träumen von der Liebe hingeben und sich keine Illusionen machen. »Ihr hochseliger Herr Vater, der Herzog Ernst August, hat mich seinerzeit aus Liebe geheiratet, war eifersüchtig bis zum Wahnsinn und kannte schließlich kein größeres Vergnügen, als sich nach Italien zu begeben und 300 nackte Mädchen für sich tanzen zu lassen. C'est l'amour. Glücklicherweise war es immer meine größte Neigung, gut versorgt zu sein. Insofern hat sich mir alles erfüllt. Sie sollten auch so denken. Den Kurfürsten zu haben ist besser als nichts.«

Allerdings sagte sie ihr auch, daß es nichts schaden konnte, hin und wieder ihren Kurbrandenburger Gernegroß spüren zu lassen, aus welchem Hause sie kam. Schließlich stammten die Welfen von Heinrich dem Löwen ab. Das Welfenroß war älter als der Brandenburger Adler. Sie sollte den Gemahl auch ruhig mal wieder daran erinnern, daß sie, ihre Mutter, eine Urenkelin der Maria Stuart war und Anspruch auf den englischen Thron hatte. So etwas machte Eindruck bei den neureichen hochgekommenen Hohenzollern. Da mochte Kurfürst Friedrich noch so viel Pracht entfalten und sich alle Kutschen vergolden lassen – die eigentliche Größe war die Tradition, und die brachte seine Hannoversche Gemahlin mit. Das sollte sich ihre Sophia Charlotta immer vor Augen halten. Das kräftigte das Selbstbewußtsein und half über manche laue Ehestunde hinweg.

Kurz vor der Grenze sprengte eine Estafette heran und brachte den Troß zum Stehen. Einer der Reiter näherte sich ihrer Kutsche und übergab ihr ein versiegeltes Schreiben. Sophie Charlotte nahm es mit großer innerer Unruhe entgegen, hatte sie doch mit dem Gemahl vereinbart, nur für die allerdringlichsten Fälle über Estafette in Verbindung zu bleiben. Sie gab jedem der Reiter ein so stattliches Präsent, daß der Stafettenführer sein Pferd aus dem Stand angaloppieren und als Dank die Pirouette machen ließ. Dann brach sie das Siegel auf. Der Kronprinz teilte der verehrten Frau Mama mit, daß er in seinem Wildpark bei Wusterhausen den ersten Damhirsch mit einem Blattschuß erlegt hatte, und ließ vielmals grüßen.

Sophie Charlotte fragte sich, ob der Thronfolger verrückt geworden war. Als ob es nichts Wichtigeres gab! Erst neulich ließ er sich wegen der Reiherbeize entschuldigen, dann schoß er auf der Hochfläche des Teltow seinen ersten Hasen und gab dafür mehrere Freudenschüsse ab, und nun meldete er per Estafette den gänzlich unnützen Blattschuß! »Wenn er keine anderen Interessen hat, sehe ich schwarz für die Zukunft Brandenburgs«, sagte sie und legte verärgert den Brief zur Seite. Sie verstand ihren Sohn nicht. Sie begriff nicht, wieso er diese Nachricht überhaupt als mitteilenswert empfand und sie damit auch noch behelligen konnte! Die ganze Jägerei war in ihren Augen so überflüssig wie ein Kropf. Ginge es nach ihr, wäre dieser lächerliche Zeitvertreib längst abgeschafft. Hundertmal hatte sie ihm empfohlen, endlich den *Télémaque* von Fénelon zu lesen und sich mit dem *Historischen und Kritischen Wörterbuch* Pierre Bayles zu befassen, aber ihr Friedrich Wilhelm wollte offenbar ganz anders sein als sie, wollte ein grober Knollen werden, um sich womöglich eines Tages damit zu brüsten, die edlen Manieren eines Landsknechts zu haben. Sie hätte vom kurprinzlichen Sohn zumindest noch einen Hinweis erwartet, wann er mit seinem Erzieher Graf Dohna in Holland eintraf, um wie geplant die Reise mit ihr gemeinsam fortzusetzen. Schließlich wollte sie mit ihm den berühmten Pierre Bayle in seinem Rotterdamer Exil besuchen. Und nun das!

Ihre Mutter verteidigte den Enkelsohn, diesen süßen kleinen Cupido, und erinnerte Sophie Charlotte an ihren Herrn Bruder, der jetzt das Haus Hannover regierte und offenbar auch kein größeres Vergnügen als die Jagd kannte. »Fast könnte ich Georg Ludwig verzeihen«, sagte sie, »wenn er nicht ständig so abfällig über Leibniz reden würde.«

Sophie Charlotte horchte auf. Darüber wollte sie mehr wissen. Jedes Detail, jede Bemerkung interessierte sie. Doch die Mutter winkte nur ab. »Es ist leider so: Ihr verehrter Herr Bruder schätzt den Hofrat nicht. Von wegen der große Leibniz! Für ihn ist er nur der Magnus Leibnitius, das Hannoversche Haus- und Hofgenie, Tag und Nacht um den Beweis bemüht, daß alle Haare auf unserem Kopfe gezählt sind. Was er als Justitiar und Historiograph für das Haus der Welfen geleistet hat, ist für den neuen Kurfürsten Schnippschnappschnurr. Alles nur Schnippschnappschnurr.«

Zufällig hatte die Mutter diese Bemerkung des Sohnes aufgeschnappt und ihn dafür gehörig zur Rede gestellt, aber er verstand ihre Empörung nicht. »Manchmal habe ich den Eindruck, alles Geistige ist für Ihren Bruder nicht nur ein notwendiges Übel, sondern das Übel an sich. Anstatt Leibniz endlich zum Kanzler oder Vizekanzler zu machen, betrachtet er ihn voller Mißtrauen und wirft ihm vor, weder richtig protestantisch noch richtig katholisch zu sein. Für ihn ist er der Lövenir, der Glaubenichts. Neuerdings läßt er sogar seine Briefe öffnen.«

Sophie Charlotte wunderte es nicht. Ein so übergreifender freier Geist wie Leibniz, der sich mit Franzosen, Engländern und Italienern verständigte, der mit Scholastikern, Cartesianern, mit Jesuiten, Pietisten und strengen Lutheranern korrespondierte, mußte notwendigerweise Verdacht bei denen erregen, die schlichter gewebt waren und alles klar in Freund und Feind unterschieden haben wollten. Schwarz oder weiß – auf derlei Zuordnungen verstand sich ein simples Gemüt. Sie schämte sich für ihren Bruder. Auch so ein Sturmbock und Jägersmann! Er konnte ihr leid tun. Die Vorstellung, Leibniz könnte sich enttäuscht in aller Stille vom Hofe zurückziehen, in einen Elfenbeinturm einschließen und auch ihre Einladungen ausschlagen, diese Vorstellung beunruhigte sie. Gelehrte waren ja für ihre wunderlichen Eigenheiten und ihren übereilten Stolz bekannt. Noch dazu ein so heller Denker wie Leibniz, der wußte, daß er ein paar Karat schwerer als all die anderen wog. Unter diesen Umständen hätte sie ihm das nicht einmal verdenken können. Daß er ihr nichts von den Schwierigkeiten angedeutet hatte, kein Wort der Klage, keine Anspielung darauf, nichts – das zeigte schon, wie er darüber dachte: Verächtliche Materien hielt er keiner Wahrnehmung für wert.

Sie ärgerte sich über den Bruder. Er hätte besser daran getan, ab und an einen Rat von Leibniz einzuholen. Es wäre nur zu seinem Vorteil gewesen. Vermutlich glaubte der neunmalgescheite Georg Ludwig nicht nur, alles zu kennen, sondern alles viel besser zu kennen. Anders ließ sich diese anmaßende Gleichgültigkeit gegenüber Leibniz nicht erklären. Aber schließlich war sie ja auch noch da. Zwar wurde ihr gerade gemeldet, daß Wilhelm von Oranien den Kurfürstinnen zur Begrüßung entgegenritt, doch bevor er eintraf und der große Trubel begann, öffnete sie rasch ihre Reisekanzlei, schrieb Leibniz ein paar Zeilen und ließ den Brief durch Courier abgehen.

Überraschend war Leibniz vom Kaiser nach Wien befohlen worden, um an einer Geheimen Konferenz zu Kirchenfragen teilzunehmen. Seit Wochen berieten die Vertreter der deutschen Staaten, wie der Parteienstreit zwischen den Katholiken und Protestanten wenn nicht beseitigt, so doch wenigstens gedämpft werden konnte, denn er schwächte die Staaten und gefährdete am Ende gar den Reichszusammenhang. Eine Einigung war noch immer nicht in Sicht.

Leibniz schlug vor, die Amtsträger der Konfessionen, diese zänkischen verstopften Pfaffen, die im Kanzleistil des Himmels die reine Lehre verkündeten und damit die Gräben zwischen den Parteien noch tiefer aufrissen, von den Kanzeln fernzuhalten und den aufgeklärten gebildeten Laien das Wort zu überlassen. Männer, die weder Petrisch noch Paulisch sein und überhaupt keiner Partei angehören wollten – die waren imstande zu versöhnen. Die sollten predigen. Aber sein Vorschlag wurde zurückgewiesen.

Leibniz begriff nicht, warum keiner umdenken

und die Vernunft respektieren wollte. Nein, er verstand diesen unheiligen blinden Eifer nicht, mit dem Katholiken und Protestanten gegeneinander stritten, um letztlich nichts anderes zu bewirken, als dem großen Gemeinsamen, dem Christentum zu schaden. Es gab für ihn kein größeres Übel als diesen Glaubenskrieg. Im Verlangen nach der eigenen Seligkeit sich gegenseitig totzuschlagen schien ihm so absurd, so jenseits aller Vernunft, daß er es trostlos fand, sich mit einer solchen Materie überhaupt befassen zu müssen. Diese Konferenz machte ihm aber auch die geistigen Entfernungen deutlich. Er konnte nun mal das Entgegengesetzte nur als Einheit begreifen, sah die Teile als Ganzes, so wie ihm umgekehrt auch in allem bewußt war, daß es mindestens zwei Töne geben mußte, um Harmonie zu erzeugen. Für ihn gab es nur eins: in den Worten die Klarheit, in der Sache den Nutzen. Dafür lohnte der Einsatz an allen Schöpfungstagen. Nur so ging es voran. Doch mit dieser Auffassung stand er jenseits der Lager, stand in der Mitte, eben dort, wo die Vernunft war und wohin ihm offenbar niemand folgen wollte. Wieder stand er allein. Weit neben draußen. Er täuschte sich nicht: Die Anwesenden wollten gar nicht wirklich etwas auf den Weg bringen. Sie wollten, daß alles so blieb, wie es war.

Am liebsten wäre er auf der Stelle abgereist, aber er mußte ja noch bis zum Jahresende in Wien als Berater zur Verfügung stehen. Kein Geringerer als der Beichtvater des Kaisers hatte ihm diese Nachricht überbracht und hinzugefügt, sie brauchten jetzt einen Mann wie ihn, einen protestantischen Philosophen mit dem globalen Denken eines Katholiken, einen Mann von Urteil, der in der Lage war, zwischen den verfeindeten Glaubensparteien zu vermitteln. Leibniz begriff: Sie brauchten einen Friedensstifter. Das klang zwar sehr ehrenvoll, aber er ahnte, auch in zwei Monaten stritten die Geheimkonferenzler noch hitzig über Details und Formulierungen, anstatt endlich eine gemeinsame Denkschrift zu verabschieden. Dieses fanatische Schulgezänk offenbarte ihm lediglich, daß die Wurzel des Übels in der Beschränktheit der Geschöpfe lag und für eine solche Erkenntnis zu streiten fand er nur noch ermüdend. Verlorene Zeit, verlorenes Leben.

Er saß in der komfortablen Wohnung, die er sich nahe der Hofburg gemietet hatte, dachte über all das Gesagte nach, begriff all diese siebenseltsamen Begründungen nicht und schaute fast schuldbewußt zu seinem Schreibpult hinüber, auf dem sich die Arbeit türmte. Er mußte für die *Acta eruditorum* die versprochene Abhandlung über den Substanzbegriff liefern, hatte auf allerhöchsten kaiserlichen Wunsch Vorschläge für den neuen Gesetzestext, den Codex Leopoldinus, zu erarbeiten, von den Bergen der Korrespondenz, die es abzutragen galt, ganz zu schweigen. Aber er konnte sich nicht recht überwinden, das Tintenfaß zu öffnen und die Feder in die Hand zu nehmen. Er war mißgestimmt, ohne Glut, ohne Eifer und hatte keine Lust, auch nur irgendein Wort aufs

Papier zu setzen. Er fand es trostlos, in dieses ferne kalte November-Wien verschlagen zu sein. Jetzt erst fiel ihm auf, daß sein Zimmer schlecht geheizt war. Er ließ sich seinen pelzgefütterten Nachtrock, die Pelzstrümpfe und statt der Pantoffeln die großen grauen Filzsocken bringen. Zusätzlich ließ er zwei Glutpfannen aufstellen, denn hier auch noch frieren zu müssen wäre der Gipfel aller Zumutungen gewesen. Kälte brachte den Blutumlauf ins Stocken, würgte jeden Gedanken ab und setzte seine Vorstellungskraft reflexartig außer Kraft. Eine Tortur, wenn man zur falschen Jahreszeit in der falschen Stadt sein mußte! Aber er hatte es ja nicht anders gewollt. Das Leben, das er führte, war eben nur um den Preis von Einerseits und Anderseits zu haben, und jedem Ruf aus Wien mußte er folgen. Schließlich hatte ihn der Kaiser vor sechs Jahren in den Reichsfreiherrnstand erhoben, was keine geringe Ehre war und Vorteile brachte, auf die er nicht mehr verzichten wollte. Seitdem unterstand er dem Kaiser direkt. Befahl der Allergroßmächtigste ihn nach Wien, mußte sich der Hannoversche Kurfürst fügen und ihn für die gewünschte Zeit beurlauben. So weh das seinem Dienstherrn Georg Ludwig auch tun mochte – ihm, Leibniz, bereitete es jedesmal eine stille Genugtuung, daß anderswo und vor allem höheren Orts sein Urteil geschätzt wurde. Zudem bekam er vom Kaiser noch ein schönes Jahresgehalt, stattliche 2000 Reichsgulden, was überaus beruhigend wirkte, denn er hatte hohe Ausgaben. Nicht daß er nach Luxus trachtete, aber er mußte seine mechanische Werkstatt und seine wissenschaftlichen Instrumente erhalten, mußte einen Sekretär, einen Schreiber, einen Diener und Heinrich, den Kutscher, bezahlen, ganz zu schweigen von dem Leben am Hofe, das beträchtliche Ausgaben erforderte. Das Haus in Hannover hatte er nur gemietet, seinen Garten am Aegidientor nur gepachtet. Da er aber ohne Familie und ohne Erben war, sah er keinen Grund, sich mit teurem Eigentum zu belasten. Viel wichtiger war es, sich finanzielle Rücklagen zu schaffen. Aus Erfahrung wußte er, daß die Jahresgelder von Wien und Hannover oft unregelmäßig eintrafen. Wurde vergessen, sie auszuzahlen, mußte er sehen, wie er die mageren Monate überbrückte. Das Wörtchen *von*, das er seitdem vor seinen Namen setzen durfte, bedeutete in der Gelehrtenwelt nichts. Allerdings nahm sich dieses nichtbeugbare Verhältniswort gut auf einer Bildunterschrift oder dem Titelblatt einer Denkschrift aus, was ihm wieder einmal bewies, daß letztlich doch alles für einen sinnvollen Zweck geschaffen war.

Leibniz zündete zusätzlich ein paar Wachslichter an, ging an sein Schreibpult und zwang sich, passend zur Jahreszeit wenigstens ein paar herabblätternde Gedanken zu Papier zu bringen, als sein Sekretär unerwartet einen Courier der Kurfürstin von Brandenburg meldete. Kaum daß dieser Name gefallen war, stand Leibniz schon an der Tür, begrüßte den Courier wie einen Ehrengast, ließ sofort einen heißen Rum für ihn kommen, unterhielt sich gut aufgelegt mit ihm, nahm dann aber voller Ungeduld den Brief entgegen und zog sich damit zurück. Er goß sich ein großes Glas Rotwein ein. Da er ihm stets zu sauer war, mischte er auch jetzt gezuckerten Kirschsaft darunter. Er mochte nun mal alles Süße und fand, dieser Kirschsaft gab dem Wein noch eine besonders schöne Farbe, was den Geschmack für seine Begriffe ganz wesentlich verbesserte. Dann stellte er einen fünfarmigen Leuchter auf den Kaminsims, setzte sich in den Fauteuil und öffnete den Brief. Bevor er ihn zu lesen begann, stand er noch einmal auf und schloß die Zimmertür ab. Um nichts auf der Welt wollte er jetzt gestört werden, wollte allein sein mit ihren Worten und sich von ihnen berühren lassen wie von einem Sonnenstrahl, der ins Zimmer fiel. Schon die Anrede erwärmte sein Herz: Grand Leibniz! Wunderbar, von einer mächtigen Fürstin so geschätzt zu werden. Er sah sie vor sich, hörte ihre Stimme, und plötzlich war sie im Raum gegenwärtig, war bei ihm, klopfte tief in seinem Innern an und ließ ihn alles vergessen, was die Tage an diesem fernen Ort so düster machte. Sie schrieb nicht viel, nur daß sie ihn gleich nach ihrer Rückkehr aus Holland sehen wollte und daß er etwas von seinen neusten Arbeiten mitbringen sollte, damit sie darüber reden konnten.

Er schloß die Augen. In der knappen Mitteilung schwang etwas Ungesagtes mit, das sein Blut in Bewegung brachte. Er trank den Wein, wiederholte ihre Worte und ließ jedes einzelne von ihnen nachklingen. Weil sie von ihr kamen, waren sie schön, und schöne

Worte waren für ihn wie eine schöne Musik. Herrlich, so ein Seelenbesuch. Die Kälte wich aus dem Raum, alles in ihm lebte auf. Er konnte sich nicht erinnern, in letzter Zeit einen so geselligen Abend verbracht zu haben. Daß der Brief in keinem andern, sondern genau in diesem Moment kam, wo er sich so weit neben draußen fühlte, konnte kein Zufall sein. Es mußte eine höhere Bedeutung haben. Vielleicht war es ein Zeichen, ein Wink der Vorsehung, vielleicht auch nur die Macht der wirkenden Ursache. Er wußte es nicht. Er spürte nur, hinter diesen Worten lag etwas, das tief in das Leben seiner Empfindungen drang.

Er sprang auf, ging ans Pult und antwortete ihr. Bis zum Jahresende hatte er leider noch in Wien zu tun. Dann aber wollte er selbst den Martermonat nicht scheuen und in der tiefsten Januarkälte von der Donau an die Spree eilen, um so bald wie möglich in Lietzenburg zu sein, denn sie sollte wissen: »Niemand kann meine Ergebenheit Ihnen gegenüber übertreffen.«

Die Ereignisse überstürzten sich. Kaum daß Sophie Charlotte zu Hause angekommen war, mußte sie schon wieder aufbrechen. Nie hätte sie gedacht, daß sich der Krönungswunsch des Gemahls so schnell erfüllen würde. Zwar hatte auch sie ihren Teil dazu beigetragen, wenn auch weniger aus Überzeugung als mehr aus ehelicher Pflicht, denn hin und wieder zu zeigen, daß seine Interessen auch ihre Interessen waren, hob die Sonne-und-Mond-Entfernung zwischen ihnen recht wohltuend auf. Nun aber war sie über die Entwicklung der Dinge doch verblüfft. Freilich sah sie im stillen in der Königswerdung des Gemahls noch immer ein Werk seiner Eitelkeit. Die große politische Dimension, von der Leibniz gesprochen hatte, vermochte sie nicht so recht zu erkennen. Eines jedoch wurde deutlich: Ihr Brandenburger Adler besaß Entschlußkraft – eine Eigenschaft, die ihm insgeheim seine Minister so gerne absprachen. Nun bekamen sie zu spüren: Was er wollte, setzte er durch. Vielleicht war es sogar eine Fügung Gottes, die da hieß: Was einer werden soll, das wird er auch. Aber darüber nachzudenken, blieb ihr nicht die Zeit. Der ganze Hof fieberte dem großen Ereignis entgegen. Alles war nur noch auf den einen Tag und den einen Ort fixiert: 18. Januar 1701 in Königsberg. Im Herzogtum Preußen. In der Stadt, in der er geboren war, wollte er sich krönen. Niemand zweifelte daran, daß das Jahrhundert mit diesem Tag seinen Anfang nahm und eine neue Zeitrechnung begann.

Sophie Charlotte wohnte in diesen hektischen Tagen auf Wunsch des Gemahls nicht draußen in Lietzenburg, sondern im Stadtschloß, um von ihm jederzeit Instruktionen auf dem kürzesten Wege empfangen zu können. Um sie herum herrschte eine aufgeregte Geschäftigkeit. In allen Abteilungen war ein Kommen und Gehen bis spät in die Nacht. Fast stündlich wurden neue Anweisungen ausgegeben. Alles war nur noch dringlich, wichtig, brandeilig und geheim. Die Mienen bloß noch bedeutsam, die Schritte gestelzt, selbst die Worte hatten nur noch Festklang. Der Geheime Staatsrat tagte ununterbrochen, eine Besprechung jagte die andere, und der Gemahl fand kaum Zeit, mit ihr in Ruhe Tee zu trinken. Saß er dann am Tisch, sprach er von nichts anderem als dem bevorstehenden Jahrhundertereignis, so daß sie manchmal den Eindruck gewann, das neue Jahrhundert habe nur ihm zu Ehren begonnen und würde sich allein seiner Sinngebung fügen. Im Moment hielt sie alles für möglich. Noch nie hatte sie ihn in einer solchen Euphorie erlebt, aber sie spürte auch, daß sie jetzt nichts tun durfte, was seine Begeisterung schmälern konnte. Passend zum Jahrhundertereignis sprach sie ihn mit »mein Jahrhundertgemahl« an, und er bemerkte noch nicht einmal die Ironie. Daran sah sie, wie ernst es ihm mit allem war. Zweifelsohne bewegte er sich schon jetzt im Vorgefühl majestätischer Würde. Um so mehr achtete sie darauf, daß er seine Vorfreude unbeschadet genießen konnte.

»Leibniz nennt Sie schon jetzt eine Zierde des Saeculums«, warf sie beiläufig ein, und als sie sah, wie wohl ihm diese Bemerkung tat, wie er sich unter diesem Sätzchen reckte und streckte, war sie zufrieden. Sie hatte nicht nur Leibniz erneut ins Gespräch gebracht, sondern sich damit auch zur Überbringerin wohltuender Worte gemacht. Im Moment zählte jedes Blatt am Lorbeerkranz. Sie mußte klug sein. Klüger als alle anderen. Bloß keine Mißtöne in Sonnenstunden! Sie hallten ewig nach und vertieften still die Gräben. Schließlich hatte sie nichts davon, wenn der Mann wie Frost auf ihrer Seele lag. Auch diesmal wurde ihre Teestunde unterbrochen. Premier Kolbe meldete die Ankunft der Kaiserlichen Stafette aus Wien. Der Gemahl sprang freudig auf. Sie ahnte, daß mit ihnen die sehnsüchtig erwartete Ratifikationsurkunde des Kronvertrages eingetroffen war.

Herr von Kolbe schien überhaupt im Moment allgegenwärtig zu sein, und es wunderte sie nicht, daß Wartenberg seine Stunde nutzte, um sich der kommenden Hoheit unentbehrlich zu machen. Er wich nicht mehr von seiner Seite, ließ niemanden zu ihm vor und wachte eifersüchtig darüber, daß kein anderer als er die Schleppe des Krönungsgewandes tragen durfte. Statt ihren Friedrich in seiner Prachtliebe zu zügeln, steigerte er sie ins Maßlose. Jedesmal, wenn Sophie Charlotte am Fenster stand und in den Schloßhof blickte, sah sie, wie Kiste um Kiste in die bereitstehenden Wagen geladen wurde und hatte den Eindruck, als sollte das ganze Schloß mit all seinen Kostbarkeiten abtransportiert und in Königsberg zur Schau gestellt werden. Plötzlich war für alles Geld da, und die Schatullen schienen sich wie von selbst zu öffnen.

Über Nacht ließ Kolbe die gesamte Dienerschaft mit gold- und silberbetreßten Livreen neu einkleiden. Selbst die Tafel-, Küchen-, Kellerei-, Konditorei- und Waschbediensteten – sie alle sollten in ihrer äußeren Erscheinung eines preußischen Königshauses würdig sein. Baudirektor Eosander war mit seinem gesamten Stab schon nach Königsberg aufgebrochen, um vor Ort für die nötige Prachtkulisse zu sorgen. Auch das Heroldsamt war verwaist. Sämtliche Herolde hatten sich bereits mit ihren geschmückten Pferden in Marsch gesetzt, um das Ereignis rechtzeitig auf den Straßen und Plätzen Königsbergs bekanntzugeben. Daß allerdings die Beamten der Silberkammer mit den Silberdienern, Silberknechten und Silberwäschern per Sondereskorte das gesamte kostbare Tafelgeschirr für die Prunkessen in die Krönungsstadt verbrachten, verhieß ihr nichts Gutes und ließ ahnen, was auf sie zukam: an seiner Seite Stunde um Stunde, Tag um Tag von morgens bis abends und abends bis morgens sitzen, essen, trinken, lächeln und dasein. Einfach nur dasein. Anschließend im Prachtgewand sich bewundern lassen und die Ehrerbietung der staubgeborenen Untertanen entgegennehmen. Schon die Aussicht, den Pflichten des Zeremoniells Tage und Wochen genügen zu müssen, ohne auch nur für ein paar Momente entrinnen zu können und sich selbst gehören zu dürfen, dämpfte ihre Stimmung so sehr, daß sie immer weniger Sinn für die Pracht hatte, mit der Kolbe das Ereignis in Szene setzen ließ. Für den Gemahl mochte das ja alles von höchster Notwendigkeit getragen sein und zum Glanz eines Herrschers gehören – für sie war es nur ein prächtiger Zwang, und darauf hätte sie liebend gerne verzichtet.

Zunehmend verdrossen probierte sie nun schon

zum dutzendsten Male das Krönungskleid an. Es gefiel ihr nicht. Sie fühlte sich in ihm unbehaglich; eingezwängt und klobig wie eine geschmückte Karyatide. Aber sie mußte Drap d'or anlegen, denn alles sollte auf das Krönungsgewand des Gemahls abgestimmt sein, sich zu höchster Farbharmonie vereinen und den Glanz des Augenblicks vollkommen machen. Er im hermelingefütterten Mantel aus Purpursamt mit Kronen und Adlern bestickt. Sie im Goldstoff mit Ponceau-Blumen durchwirkt und alle Nähte mit Diamanten besetzt. Das Kleid trug sich schwer und kratzte auf der Haut. Es gab nichts Lästigeres als diese Anproben. Zu allem Übel behelligte sie auch noch täglich mehrere Stunden der Coiffeur, um endlich die Frisur herauszufinden, auf der die Krone am besten saß. Mit so viel nichtsnutzigen Dingen die Zeit verbringen zu müssen war eine Tortur. Auf dem Toilettetisch lag ein Band des Bayleschen *Wörterbuchs,* in das sie ab und an wie zur Erholung ein paar Blicke warf. Aufrührerische Gedanken, die das Bestehende in Zweifel zogen, die allen ewigen Wahrheiten mißtrauten, ja sich sogar die freche Frage erlaubten, ob Gott nicht auch lügen könne und überhaupt sein Werk womöglich bloß ein Irrtum sei – die taten ihr jetzt gut. Sie brauchte so ein Gegenlicht, denn allmählich kam ihr das Ganze nur noch wie ein großangelegtes Theaterspektakel vor. Wäre sie nicht selber involviert gewesen, hätte sie sich darüber amüsiert, doch so blieb ihr keine Chance, sich dem Geschehen zu entziehen, im Gegenteil: Ihr kam eine Hauptrolle zu, und ehe sie sich versah, stand sie mitten auf der Bühne.

Mit 300 Karossen und Rüstwagen brachen sie im tiefsten Schneegestöber auf. 30 000 Vorspannpferde standen bereit, um den Riesentroß durch Kälte und Frost hinauf in den Norden, nach Königsberg, in sein geliebtes Regiomontanus zu bringen. Der Troß glich einem nicht enden wollenden Heereszug, der sich weithin sichtbar durch das Land bewegte. Die Oberhofmeister, Kammerherren, Kammerfrauen, Hofdamen, Hofmeister, Pagenmeister, Stallmeister, Kellermeister, Küchenmeister, Jägermeister, Jagdjunker, die Büchsenspanner, die Rentmeister, die Tanzmeister, die Fechtmeister, die Wagenmeister, die Leibköche, die Leibkonditoren, der Reisebäcker, die Mundbäcker, die Mundschenken, die Kammerfouriers, die Kammerpagen, die Kammertürken, die Mitglieder des Geheimen Staatsrats, die Beamten der Kriegskanzlei, die Schreiber, die Hoftrompeter, die Leibschneider, die Hofbarbiere, die Perruquiers, die Leibapotheker, die Sekretäre, die Kuriere, die Läufer, die Knechte, die Wäscherinnen, die Träger, die Kammerheizer, die Militärs, die Minister, die Räte, die Ambassadeure mit ihrer eigenen livrierten Dienerschaft – sie alle waren im Train.

Sophie Charlotte saß bis zum Kinn in schwere Pelzdecken gehüllt in der Kutsche, nahm die Welt um sich herum nur noch mit der Nasenspitze wahr und fragte sich, warum der Gemahl ausgerechnet in der grimmigsten Januarkälte zu seiner Krönung fahren mußte. Es wußte doch jeder, daß eine Reise im Winter keine Reise, sondern ein Angriff auf die Gesundheit war. Ihre Hände steckten in einem Muff, in dem noch zusätzlich ein Säckchen mit heißen Kirsch- und Pflaumenkernen lag, die ihr ein Restgefühl von Wärme gaben. Sie war so dick angezogen, in aufgerauhten Brachent und Pelzröcke gehüllt, daß jede Bewegung schwerfiel und das Aus- und Einsteigen zu einer großen Anstrengung wurde. Die Filzstiefel, ein Geschenk von Zar Peter, sahen zwar klobig aus, aber waren in dieser Eiseskälte die reine Wohltat. Sie war froh, nicht reden zu müssen, denn die Luft, die sie einatmen mußte, war so schneidend, daß es schmerzte. Sie kaute wacker ein Stück Kampfer, das vor gefährlicher Ermüdung schützte und den Blutumlauf in Bewegung hielt. Für den Fall, daß sie irgendwo zum Stehen kamen, daß sie aussteigen und in der Kälte warten mußte, hatte sie Tücher und Handschuhe mit Hasenfett bei sich, um Fromötungen vorzubeugen. Die Tinte in der Reisekanzlei hatte sie vorsorglich mit Branntwein versetzen lassen, damit sie nicht einfror und sie wenigstens Leibniz ein paar Zeilen schreiben konnte. Sophie Charlotte beneidete alle, die jetzt nicht unterwegs sein mußten, und hätte gerne mit Melampino, ihrem Hündchen, getauscht, das in Lietzenburg bleiben durfte, weil ihm eine solche Polarfahrt niemand zumuten wollte.

Ab und an, wenn es auf bewohnte Gebiete zuging,

stieg der Gemahl gutgelaunt zu ihr in die Kutsche. Fröhlich wie nie, fast heiter himmlisch summte er streckenweise vor sich hin wie beim Schnüren. Summen ohne zu schnüren gab ihr eine Ahnung, wo seine Steigerungen lagen. Im Gegensatz zu ihr hoffte er, daß sie um Gottes willen in kein Tauwetter kamen. Er wollte lieber frieren, als im Schlamm steckenbleiben, denn in spätestens zwölf Tagen mußten sie in Königsberg sein. Die Dörfer hatten schon Festschmuck angelegt, die Menschen kamen an die Kutschen gerannt, liefen ein Stück daneben her, junge Mädchen hatten sich trotz der Kälte als Göttinnen verkleidet, um ihm Glück für den großen Tag zu wünschen, und bereits jetzt war der Zug von Jubel, Begrüßungssalven und Freudenfeuerwerken begleitet. Das gefiel ihm, und er lebte von Tag zu Tag auf. Sie allerdings war froh, heilfroh, daß sie immer nur bis zur Mittagsstunde fuhren. Danach gab es an jedem Ort Feste und Empfänge. Sie konnte diese Aufenthalte kaum erwarten, denn schon das Betreten der kleinsten Räume kam ihr jedesmal wie eine Auferstehung aus der Kälte vor. Der Gemahl dagegen schien von den Beschwerlichkeiten nichts zu spüren und gebärdete sich so, als führte der Weg durch die schönste sommerliche Landschaft: sonnenhell die Felder, blütensatt die Luft und überall taumelnde Falter.

Diesmal gehörten zu seinem engsten Gefolge nicht nur die vier Leibärzte, der Zeremonienmeister und der Grand maître de la garde-robe, sondern auch der Tranchiermeister, den er unbedingt in Sichtweite haben wollte, denn ohne ihn, der die Kunst des Tranchierens so genial beherrschte, konnte ein preußischer König keine wirklich prunkvolle Tafel präsentieren. Immerhin wurde von 500 Gängen gesprochen. Auch seine beiden Hofprediger fuhren in den Wagen hinter ihm, was seiner seelischen Beruhigung diente. Ursinus, den Reformierten, und von Sanden, den Lutherischen, hatte er rasch noch zu Bischöfen ernannt. Eine Krönungszeremonie ohne Bischöfe hätte ein wenig armselig ausgesehen. Schließlich kam es darauf an, in Protokollfragen den prachtvollen Krönungen der katholischen Könige in nichts nachzustehen. Dafür hatte er den beiden gleich noch ihr Jahresgehalt auf 8000 Taler erhöht, war überhaupt in Geberlaune, und sie zweifelte nicht daran, wenn der Tranchiermeister seine Arbeit bei diesem hochherrlichen Anlaß zur Zufriedenheit erledigte, ließ er ihn anschließend in den Adelsstand erheben. Sie kannte ihren Sonnenfürst und wußte, jetzt zählte für ihn jede geglückte Kleinigkeit, jedes Detail in seiner Perfektion, die das große Bild der Pracht herrlich zur Entfaltung brachte.

Der ersehnte Augenblick war da: Friedrich stand im Audienzsaal des Schlosses vor dem silbernen Thronsessel, in gebührendem Abstand dicht an dicht die Würdenträger, die höchsten Beamten des Staates und die Abgeordneten der Stände, die in ihren ausgesteiften Röcken allesamt vor Ehrfurcht erstarrten. Es herrschte eine erwartungsvolle Stille. Keine Regung, kein Laut. Alle Blicke waren auf Kurfürst Friedrich gerichtet, als müßte jeden Moment der Funke eines himmlischen Feuers auf ihn niedergehen und er sich in die leibhaftige Erleuchtung verwandeln. Auf einem Prunkkissen wurde ihm die Krone gereicht. Er setzte sie sich auf, nahm Zepter und Reichsapfel entgegen, und Sophie Charlotte wußte, was das Protokoll jetzt von ihr verlangte: Sie ging mit ihrem Gefolge bis an die Tür ihres Vorgemachs, und als sie ihn mit seinem Gefolge und der für sie bestimmten Krone kommen sah, dachte sie bloß: Gleich was kommt, Hauptsache nicht vor ihm knien müssen. Das wäre etwas zuviel der Ehre gewesen und hätte in Hannover keinen guten Eindruck gemacht. Schließlich hatte ihre Mutter Anspruch auf den englischen Thron. Doch glücklicherweise verlangte er es nicht. Sie blieb nur vor ihm stehen, neigte sich leicht nach vorn, fühlte eine diamantene Schwere auf dem Kopf, und dann war auch sie gekrönt und Königin in Preußen. Die Stille wich, die Fanfaren ertönten, Trompeten und Pauken stimmten ein, die Glocken läuteten, die Vivatrufe brandeten auf. Ehe sie sich versah, schritt sie unter einem prächtigen Baldachin, dessen sechs Stangen und vier Kordons von Grafen Generalmajors, Geheimen Räten, Titularkammerherren und Obristen getragen wurden, zur Schloßkirche, wo die Salbung bevorstand. Für ihn der größte aller großen Momente, die wahre Weihe seines Gründerglücks. Sophie Charlotte ging langsam, aus Angst, die Krone könnte verrutschen.

Sie war aus massivem Gold und wog schwer. Wenigstens war die Karkasse mit feinen Löchern versehen und so gearbeitet, daß hinterher die Juwelen wieder herausgenommen werden konnten. Das fand sie sehr praktisch. Auf diese Weise konnten die 147 Diamanten, die 25 Brillanten, die 8 Birnperlen und die 48 runden Perlen weiter benutzt werden und mußten nicht in irgendeiner Schatzkammer verstauben.

In der Schloßkirche war es kalt. Sie saß neben ihm vor dem Altar, jeder unter einem Thronhimmel, und fror. Gesang und Gebete wollten kein Ende nehmen. Sie dachte an ihre Cousine, die Herzogin von Orleans, die ihr jüngst geschrieben hatte, daß in Versailles die Gebete kurz und die Bratwürste lang waren, was sie jetzt geradezu als beneidenswert empfand, denn die Krönungspredigt mit ihren übertrieben weihevollen Worten war langweilig und fad. Plötzlich spürte Sophie Charlotte, daß sie niesen mußte. Aus Angst, die heilige Andacht zu stören, nahm sie ganz unauffällig eine Prise Schnupftabak. Doch schon stand der Kammerherr neben ihrem Thron und ließ ihr vom König ausrichten, daß sie sofort das Schnupfen einzustellen hatte. Es verletze die Würde des Augenblicks. Wie das der Gemahl gesehen haben konnte, blieb ihr ein Rätsel. Vermutlich hatte er in diesem Gründermoment tausend Sinne und tausend Augen. Nach dem Ende der Predigt legte er Krone und Zepter ab, kniete am Altar nieder und ließ sich salben. Sie hingegen durfte die Krone aufbehalten, während auch ihr die Stirn mit den symbolischen Bewegungen eines Kreises geölt wurde. Als sie aufstanden, setzte machtvoll der Lobgesang ein. Ein nicht enden wollendes Hosianna tönte ihr aus dem Kirchenschiff und von den Emporen entgegen. Sie stand neben dem Gemahl und glaubte plötzlich, zu ihm aufschauen zu müssen, weil sie den Eindruck hatte, daß er gewachsen war. Er genoß sichtlich die wunderbare Verwandlung, und sie wußte, daß der Text für die Medaille schon in Auftrag gegeben war: Kurfürst Friedrich III., zum König von Preußen gesalbt und gekrönt im ersten Jahr, im ersten Monat und am 18. Tag des 18. Jahrhunderts nach der Menschwerdung des Königs der Könige. Er war am Ziel. Rex Borussiae. König in Preußen. Die Köpfe neigten sich so tief, daß sie meinte, nur noch auf Rücken zu schauen, und ganz sicher war, wenn Gott selber vom Himmel herabgestiegen wäre, hätte man ihm keine größere Ehrerbietung erweisen können.

Als sie endlich ins Freie treten konnten, atmete sie auf. Die Glocken läuteten. Von den Wällen ertönten die Gewehrsalven, die Kanonen donnerten, überall nichts als Jubel und die ganze Stadt voller Fackeln und Fahnen. Wo sie auch hinsah – Menschen über Menschen. Die Straßen, durch die sie gingen, waren mit Triumphbögen aus Tannenreisig geschmückt, auf den Dachgiebeln der Häuser prangte der schwarze Adler. Aus den Brunnen flossen Fontänen mit Weißwein und Rotwein, auf den Plätzen drehten sich gebratene Ochsen am Spieß, die mit Schafen, Rehen, Ferkeln, Hasen und Hühnern gefüllt waren – es war als schritte sie durch ein Schlaraffenland.

An der Spitze des Zuges ging ihr Sohn, die Zukunft, le Prince royal, begleitet von seinem Hofmeister. Sie fand, die Uniform stand Friedrich Wilhelm gut. Er wirkte in ihr sehr männlich, fast schon erwachsen. Das sah nach Hoffnung aus. Offenbar lagen seine Rüpeljahre hinter ihm. Vorbei die Jähzornsausbrüche, die Wutanfälle und Unbeherrschtheiten. Daß er vor kurzem noch seinen Lehrer geschlagen hatte, nur weil er nicht länger mit lateinischer Grammatik traktiert werden wollte – auch das gehörte nun wohl der Vergangenheit an. Immerhin hatte der Kronprinz diesmal zumindest seine Kleidung akzeptiert und war damit vorher nicht in den Kamin gekrochen, was er so gerne tat, wenn er etwas nicht tragen wollte, weil es ihm zu luxuriös und zu prächtig erschien. Diamanten in der Uniform fand er ganz abscheulich, nutzlos und verschwenderisch – nichts als öden Glitzerkram. Doch diesmal wagte er nicht, die kostbare Uniform mutwillig zu beschmutzen, sonst hätte es Ärger mit seinem Vater gegeben. Diesmal, das wußte er, verstand der allerdurchlauchtigste Herr Papa keinen Spaß.

Die Kammerherren leerten ihre Lederbeutel und warfen für 10 000 Taler Gold- und Silbermünzen, die eigens für die Krönung geprägt worden waren, in die Menge. Ihrem Sohn war anzusehen, daß es ihm nicht paßte und er sich am liebsten gebückt hätte, um die Taler wieder einzusammeln. Erst neulich hatte sie bei ihm ein Buch, *Rechnung über meine Dukaten*, entdeckt und fragte sich, woher er diese Anlage zum

Geiz hatte. Aber wenigstens jetzt, im Krönungszug, verhielt er sich korrekt, schritt diszipliniert über die Münzen hinweg, achtete desto mehr auf die Gardes du Corps, die links und rechts den Weg säumten, prüfte mit inspizierendem Blick, ob sie auch schnurgerade ausgerichtet waren, und kam so wohl doch noch auf seine Kosten.

Der Zug bewegte sich auf das Schloß zu, wo in Kürze das große Krönungsmahl begann. Sie schaute auf ihren Fridericus Rex, der vor ihr unter seinem samtroten Baldachin majestätisch und zeptersteif schritt, und dachte daran, daß es in den kommenden Wochen wohl keine Chance für sie geben würde, sich dem Zeremoniell zu entziehen, geschweige denn irgendwann in einem Buch zu lesen. Auch jetzt blieb ihr nur eine halbe Stunde, um sich in die Gemächer zurückzuziehen und ein wenig auszuruhen, bevor sie im Moskowiter Saal den Platz an der Tafel einnehmen mußte.

Sie nutzte die kurze Pause, ließ sich Pelzdecken bringen, um sich aufzuwärmen, und sandte hastig an Leibniz zwei Zeilen: »Glauben Sie nur ja nicht, daß ich die Pracht liebe und die Kronen und Würden, von denen man hier so viel Wesens macht, dem Reiz unserer philosophischen Unterhaltungen vorziehe. Ihre Königin.« Sie betrachtete ihre Unterschrift mit einer gewissen Genugtuung. »Ihre Königin« – das nahm sich recht gut aus. Sie sprach es laut vor sich hin. Zwar klang es noch etwas ungewohnt, aber irgendwie hatte es auch Größe.

Auf einmal mußte sie an ihren Bruder denken. Er war nur Kurfürst, aber sie war Königin. In der Welt ging es doch sehr gerecht zu.

Die Ankündigung des Rückreisetermins ließ sie aufleben, denn nun war das Ende der Feste und Feiern absehbar, und sie hatte Hoffnung, wieder zu ihrer Natur zurückkehren zu dürfen. Audienzen, Empfänge, Diners, Soupers, Galatafel, Schaugerichte, Großes Staatsessen, Kleines Staatsessen – sie konnte keinen gedeckten Tisch mehr sehen. Es war ja an sich schon anstrengend, die Zeit auf Dinge verwenden zu müssen, deren Sinn sich ihr nicht erschließen wollte, aber essen zu müssen, wenn man satt war, glich einer Tortur. Bloß an der Tafel zu sitzen und in ihrer neuen Würde präsent zu sein genügte nicht. Sie mußte mit den anderen essen, Schüssel um Schüssel, Teller um Teller, galt es doch als eine Dokumentation des guten Einvernehmens zwischen Königshaus und Landeskindern. Für die anderen mochte es ja ein einmaliger Höhepunkt sein, mit der Königin zu speisen. Doch für sie wiederholte sich das Ganze oft schon Stunden später, wenn die nächste Abordnung von Staatsdienern, Diplomaten und anderen ranghohen Gästen darauf wartete, die Ehre zu haben, mit ihr an der Tafel sitzen zu dürfen. Für sie ging dann alles wieder von vorne los: Austern, saftige Braten, fette Saucen, Ragouts, Pasteten, Torten, Trüffel und Konfekt – das Gourmetmartyrium nahm seinen Lauf. Es kam ihr so vor, als würde sie von Mal zu Mal unbeweglicher und schwerer, steifer und hartleibiger werden. Das Völlegefühl nahm so bedrohlich zu, daß ihr nichts weiter übrigblieb, als zu ihrer »kleinen Tröstung« Zuflucht zu nehmen und sich einmal am Tag ein Klistier setzen zu lassen. Leinöl war am wirksamsten, bekam sie doch jedesmal schon kurz darauf eine gallsüchtige Gesichtsfarbe, die ihr zeigte, daß der Prozeß erfolgreich eingeleitet war. Dann ging sie ungeduldig in ihren Gemächern auf und ab, fühlte sich wie kurz vor dem Zerplatzen, hundeelendübel, und wartete darauf, daß endlich der Tripsdrill, der ersehnte Durchfall, einsetzte. Kam er nicht schnell genug oder steigerten sich die Blähungen, diese lästigen Vapeurs, zu nicht mehr als einer Windkolik, trank sie noch rasch eine große Kanne Pflaumenbrühe oder nahm einen Rhabarbersyrup, den sie für diese Zwecke immer in ihren Karaffen bereithielt. Wollte es partout nicht werden, griff sie zu stärkeren Mitteln, zu Brechwein und Chinarinde, denn immer stand sie unter Zeitdruck, die Verstopfung so schnell wie möglich loszuwerden, wartete doch schon das nächste Protokollessen auf die Anwesenheit der Königin. So viele schöne Worte ihr auch an jeder Tafel gesagt worden waren, bislang war kein einziges Mal auch nur der leiseste Anhauch eines Wohlgefühls aufgekommen.

Erst als sie in der Kutsche saß und es unwiderruflich nach Hause ging, wußte sie sich vom Theatrum tavolae, diesem leidigen Tafeltheater erlöst. Die Gewißheit, in Lietzenburg endlich wieder so leben zu können, wie es ihrer Natur und ihren Gewohnheiten entsprach, löste eine solche Vorfreude aus, daß ihr die Rückreise wie ein sonniger Frühlingsspaziergang anmutete. Am neunten Tag allerdings kam der ganze Train in Oranienburg zum Halt. Sie erfuhr, daß in Berlin noch an den Vorbereitungen für den feierlichen Einzug des Königspaares gearbeitet wurde und der ganze Hof im Schloß Oranienburg darum mindestens noch vier Wochen warten mußte, bis die Triumphstrecke fertig war. In diesem Augenblick beneidete sie jeden darum, dem es erspart geblieben war, eine öffentliche Erscheinung zu sein, und hätte viel darum gegeben, auf ein weiteres Spektakel verzichten zu können, aber in Berlin war es dann doch noch ganz anders.

Die Stadt lag im Taumel. Menschen in den Straßen, auf den Dächern, in den Bäumen, auf den Wällen. Alles voller Blumen, voller Farben, voller Fahnen, alles in Bewegung, alles wie aufgebrochen und alles ein einziger Freudenrausch. Sie hatte so etwas noch nicht erlebt. Mit feierlicher Langsamkeit schritt der Zug durch die sieben Ehrenpforten, die die Bürger dem König gestiftet hatten und die als Sinnbilder von Künstlern gestaltet waren. Vor der zweiten Pforte am Georgenthor war sogar der Galgen abgebaut worden, damit sein Anblick die Freude nicht trübte. Und was für ein Zug! Vorab die Reiterei, die Grands Mousquetaires in scharlachgoldener Montur, dann die sechsspännigen Staatswagen und Handpferde, die Deputierten der Provinzen, die Königlichen Minister, die Kutschen und Handpferde des Hofes und der fremden Fürsten, danach der gesamte Hofstaat mit den Hoftrompetern und Hofpaukern, hinter ihnen der Königsgemahl auf einem Pferd, das mit einer herrlichen Wappendecke geschmückt war, und natürlich war er auch diesmal von seiner buntglitzernden Schweizergarde, seinen 100 schönen Helvetiern, flankiert. Der Kronprinz gleichfalls hoch zu Roß und anschließend folgte sie in einer achtspännigen Kutsche, auf jedem Vorderpferd ein geschickter Pikör. Nach ihr kamen die Gardes du Corps, ihnen folgten die acht Kutschen ihrer Hofdamen. Den krönenden Abschluß bildeten die Berliner Fleischer mit ihrer Cürassier-Compagnie und den herrlichen Pferden, an deren Sätteln die Kasketts hingen. Die prächtigen Uniformen erregten Aufsehen: hellpolierte Cürasse, vergoldete Harnischkragen und elendlederne Collette, die in der warmen Maisonne glänzten. Die Fleischer waren der Stolz der Berliner. Sie wußte ja vom Kronprinzen, daß sie die schönste aller 39 Bürgercompagnien stellten, schöner als die der Kaufleute, die eigens für diesen Anlaß auf ihren roten Grenadiersmützen in Holz geschnitzt den Preußischen schwarzen Adler trugen.

Um drei Uhr nachmittags erreichte der Zug die Stadt. Alle Glocken begannen zu läuten, der Donner von 200 Kanonen erscholl, die Jachten und Fregatten, die dicht an dicht auf der Spree lagen, schossen Salut, vom Marienturm wurden Schwärmer geworfen, Musiker auf den Plätzen spielten auf, die Trompeter des

Zuges stimmten ein, und es schien, als würde der Jubel aus allen Steinen brechen. Sie hatte erfahren, daß 15 000 Menschen von überallher in die Stadt geströmt waren, die Hälfte aller Einwohner Berlins, und nun säumten sie alle miteinander dichtgedrängt den Straßenrand, winkten ihr zu, ließen Blumen auf ihre Kutsche regnen, riefen und sangen, und ihre Freude war so elementar, kam so tief von innen, daß sie ansteckend wirkte. Das war anders als in Königsberg. War aufwühlend und mitreißend, war erwachender Mai. Mit einemmal glaubte sie, all die Gesichter zu kennen, ihnen allen schon einmal begegnet zu sein. Jeder am Straßenrand kam ihr vertraut vor, war ihr nah, sie fühlte sich ihm zugehörig, fühlte sich von allen getragen, spürte nicht die Schwere des Krönungsornats, merkte nicht, daß sie schon mehrere Stunden beide Hände zum Winken erhoben hatte, sie ging auf in der Freude der anderen und meinte, mit den Menschen am Straßenrand eins zu werden. Ihr war, als sei sie jetzt erst richtig angekommen in der Stadt und trete neu in die Welt ein. Plötzlich spürte sie körperlich, was Aufbruch, was Hoffnung, was Neubeginn hieß. Ein solches Gefühl mit allen teilen zu dürfen entschädigte für vieles. Jetzt wußte sie, was Freude wirklich war und welchen Ausdruck sie haben mußte, um einmal mit der Welt im Einklang zu sein. Plötzlich war ein Bild in ihr, das sie nicht mehr missen wollte.

Spätabends gab es zwei Stunden lang am Leipziger Tor ein Feuerwerk. Dann wurde die Nacht zum Tag. Alle Häuser waren erleuchtet, alle Lampen in den

Gassen brannten, auf den Plätzen loderten die Freudenfeuer, und überall wurde im Schein der Fackeln zum Tanz aufgespielt.

Sophie Charlotte stand im Schloß am offenen Fenster, um die Lieder und die Musik zu hören, die aus den Straßen wie von Ferne zu ihr drangen. Ihr schien, als hätten die Berliner schon lange auf einen König gewartet. Ihre Gedanken gingen auf einmal zu Leibniz, der die größeren, die historischen Dimensionen des Krönungswunsches vorausgesehen hatte. Sie bedauerte, daß er so fern war. Liebend gerne hätte sie im Augenblick mit ihm über all das reden mögen. Es hätte die Freude vollkommener gemacht.

Plötzlich stand der Gemahl neben ihr, legte den Arm um sie und sagte, überwältigt von einem solchen Empfang: »Morgen lasse ich in den Kirchen meines Landes von den Kanzeln herab den 64. Psalm verlesen: Alle Menschen, die es sehen, die werden sagen, das hat Gott getan und merken, daß es sein Werk sei.«

Sie sagte nichts, lauschte auf die Musik, sah auf die lichterfunkelnde Stadt, die wie ein Sternenhimmel vor ihr lag, und dachte nur, wenn das Königsglück einen zärtlichen Mann erschuf, hatte die Krönung neben der vermeintlich großen Weltbedeutung wenigstens auch noch ihre kleine private Dimension.

Die Hoffnung, endlich das tun zu können, wonach ihr zumute war, erwies sich als Illusion. Sophie Charlotte kam nicht zur Ruhe. Jedermann glaubte, sie mit irgendwelchen Nichtigkeiten behelligen zu müssen, und hatte offenbar nichts weiter im Kopf, als seine Rang- und Etikettensorgen zu pflegen. Frau von Wartenberg fühlte sich zurückgesetzt und in ihrer Stellung am Hofe gemindert, weil sie bei der Krönung Sophie Charlotte die Schleppe nicht hatte tragen dürfen. Ständig schickte sie ihren Mann vor, der für sie einen Empfang bei der Königin erwirken sollte, damit sie für die schmerzhafte Nichtbeachtung entschädigt wurde. Jedesmal fing Kolbe davon an, und jedesmal lenkte Sophie Charlotte auf ein anderes Thema. Sie sah nicht ein, sich von irgendwem vorschreiben zu lassen, wem sie ihre Beachtung zu schenken hatte. Schließlich war das Tragen der Schleppe kein geringes Privileg. Sie hatte schon selber bestimmen wollen, wen sie dieser Auszeichnung für würdig hielt. Es reichte doch, daß Herr von Wartenberg ein wichtiges Amt nach dem andern übernahm und jetzt sogar noch mit dem Erbpostmeisteramt belehnt wurde. Nicht nur, daß dies ein höchst einträgliches Pöstchen war, jetzt hatte er das diskrete Recht, die Briefe zu öffnen und unter dem Siegel der Verschwiegenheit sich noch mehr Macht anzumaßen. Sein Aufstieg zum mächtigsten Mann des neuen Königreiches war schon atemberaubend genug und hätte genügend Anlaß zur Befriedigung ihres Ehrgeizes geben können. Aber offenbar besaß die Wartenberg ein Naturell, dem nichts genügte. Dabei hatte Friedrich vor noch nicht allzu langer Zeit seinen Oberstallmeister Kolbe in den Reichsgrafenstand erheben lassen, weshalb er sich seitdem Graf Kolbe von Wartenberg nennen durfte, hatte ihn jetzt auch noch zum Marschall von Preußen ernannt und mit dem Jahresgehalt von 128 000 Talern belohnt – eine Sternensumme, von der Sophie Charlotte für ihre eigene Hofhaltung nur träumen konnte. Wenn der König seinen Kolbe in den Himmel hob, nur weil er ihm so entschlossen und erfolgreich zur Krone verholfen hatte, dann mußte sie als die Königin doch nicht gleichfalls seiner Frau alle Ehren erweisen, zumal sie nicht sah, welche Verdienste die Dame haben sollte. Im Gegenteil: Sie lebte in einem Wahn von Größe, spielte sich als die Regierende Gräfin auf, mischte sich in alles ein und meinte, überall mitreden zu müssen, obgleich sie von nichts eine Ahnung hatte. Was ging es die Wartenberg an, welche Erziehung Sophie Charlotte für ihren Sohn bestimmte! Dohna war ein aufgeklärter Kopf, hatte seinerzeit in Coppet keinen Geringeren als Pierre Bayle zum Lehrer gehabt und bändigte den wilden Sproß so gut es ging. Es stand der Wartenberg nicht zu, allerorts über die »Moralapotheke« zu spotten, die dem Kronprinzen verabreicht wurde, und hinter vorgehaltener Hand zu verbreiten, er werde aufs Hannöversche abgerichtet. Für wen hielt sie sich denn, daß sie sich derartige Urteile erlauben konnte! Zwar war Sophie Charlotte weit davon entfernt, jemandem aus seiner Herkunft einen Vorwurf zu machen. Dafür konnte nun wahrlich keiner. Aber dumm zu bleiben oder nicht – das allerdings hatte schon jeder selber in der Hand, und danach konnte er bemessen werden. Mit diesen kleinen primitiven Leuten war es doch immer dasselbe: Wenn sie nach oben kamen, verloren sie jedes Maß. Sie kannte doch den Heldenweg der Wartenberg: Tochter eines Winkelwirts aus Emmerich im Klevischen, drall und kess, was die Tabaktrinker anlockte und für guten Umsatz sorgte. Einem Kammerjunker, der zufällig in der Schankstube abgestiegen war und von ihr gewiß mehr als einen Gerstensaft bekam, gefiel sie so sehr, daß er sie auf der Stelle heiratete und mit an den Hof brachte. Hier entdeckte dann Kolbe die Frau, die ihm entsprach, und zeugte mehrere Kinder mit ihr. Glücklicherweise tat der kränkliche Kammerjunker allen den Gefallen, rechtzeitig zu sterben, so daß einer Heirat mit der trauernden Witwe nichts mehr im Wege stand. Nun nannte sie sich Gräfin von Wartenberg, lief umher wie eine angestrichene Isabella, trug goldgestickte Handschuhe, erzählte allen, daß sie ihre Stoffe aus Paris kommen ließ, prahlte mit ihrem Schmuck, den kostbaren Perlenhalsbändern, legte Wert darauf, in Mode und Geschmack am Hof die Maßstäbe zu setzen und wollte nur noch eins: von der Königin empfangen werden. So etwas machte Eindruck im Klevischen, und der Wirtshauspapa sollte stolz auf sie sein. Doch Sophie Charlotte fand, daß man diese eiteldummen Naturen, die aufwärts flogen wie leichte Spreu, nicht auch noch mit einer Wahrnehmung würdigen sollte.

Aber Kolbe, der unumstritten neue Kryptokönig, bedrängte sie von Mal zu Mal mehr, seiner Frau endlich eine Audienz zu gewähren. Er zögerte die

Begründung nicht länger hinaus: Dann hatte seine Eheliebste einen ganz anderen Stand am Hofe und fühlte sich ganz anders akzeptiert, was erheblich zur Verbesserung der Stimmung im Stadtschloß beitragen konnte.

Letzteres fand Sophie Charlotte allerdings vermessen. Daß sich diese Frau auch noch für einen Gradmesser der Stimmung hielt, bestätigte ihr nur, wie anmaßend sie war. Anscheinend hielt sie sich für das Zentralgestirn des Hofes, um das sich alles zu drehen hatte. Sophie Charlotte fragte sich zwar, ob die Gräfin an Selbstüberschätzung oder nur an heiliger Einfalt litt – aber sie wollte daran keinen weiteren Gedanken verschwenden. Es lohnte nicht. Doch Kolbe kam erneut und bat um eine Unterredung sub rosa. Er wollte die Angelegenheit nun endlich vom Tisch haben und machte ihr ganz unumwunden ein Angebot auf kaufmännischer Ebene: Er erhöhte ihr den Jahresetat für ihren Hofstaat, wenn sie sich einen Ruck gab und nun endlich seine Frau empfing. Die Summe, die er nannte, klang verheißungsvoll. Sophie Charlotte begriff sofort, damit konnte sie ihre Opernbühne vergrößern, noch mehr Musiker, Tänzer und Sänger bezahlen und auch die Deckengemälde in Auftrag geben, die Eosander, ihr Lieblingsarchitekt, als besonders dekorativen Raumschmuck empfohlen hatte. Die Musen gediehen nun mal dort am besten, wo sie Bares sahen. Es wußte doch jeder, daß ohne das Geld vom großen Ludwig die Theaterstücke Molières, das Ballett und die Oper Lullys nie entstanden wären, und gerade erst hatte Louis le Grand den unvergleichlichen Couperin zu seinem Organisten ernannt. Nicht daß sie sich in irgendeiner Weise mit dem Sonnenkönig vergleichen wollte, damit machten sich schon genügend andere deutsche Fürsten gründlich lächerlich – doch in ihrem kleinen Château Lietzenburg ließ sich noch vieles verbessern und darum durfte keine Gelegenheit versäumt werden, hier kunstfördernd tätig zu werden.

Sie nannte dem Großschatullier Kolbe die Stunde, da sie in Gottes Namen die Gräfin empfangen wollte, und schon stand Frau von Wartenberg einen Tag später vor ihr, geschmückt wie ein Maibaum und mit goldener Feilspäne im Haar. Sophie Charlotte fragte sich, was sie mit ihr reden sollte. Mit dem Wetter zu beginnen fand sie nicht passend, denn Wetter war immer eine Verlegenheitslösung. Auch die Gesundheit kam nicht in Betracht. Schon eine Frage danach wäre viel zu persönlich gewesen und hätte eine Anteilnahme vorgetäuscht, die sie für diese Frau nicht empfand. Kinder wären ein dankbares Thema gewesen, aber Sophie Charlotte wollte der Gräfin keine neue Nahrung für abfällige Bemerkungen geben. Auch in Sachen Politik mußte sie vorsichtig sein, denn was immer sie ihr gegenüber äußerte – schon die kleinste Nebenbemerkung landete gewiß drüben im Stadtschloß, und am Ende hieß es gar noch, die Königin mische sich unbefugt in Regierungsgeschäfte ein. Nicht einmal über das Naheliegende, über die neusten Bauvorhaben des Schlosses, die sie von Quirini in Hannover begutachten ließ, konnte sie mit ihr reden, denn das hätte doch nur das Vorurteil bestätigt, sie sei von Hannover gesteuert. Blieb bloß die Bewunderung des Schmuckes, denn die diamantene Agraffe der Gräfin blitzte unübersehbar im Sonnenlicht des Nachmittags. Doch die Gewißheit, mit ihr dann über die neusten Juwelengeschäfte der Hofjüdin Liebmann reden zu müssen, war Grund genug, auch diese Materie nicht zu berühren, zumal es ohnehin nur zu dem falschen Schluß geführt hätte, sie würde Interesse an diesen Dingen haben, ja schlimmer noch: dieses Interesse mit Frau von Wartenberg teilen.

Genaugenommen ließ sich über nichts mit ihr reden. Aber da Sophie Charlotte ohnehin bei Audienzen nur Französisch sprach, hatte selbst der esprit de bagatelle noch eine gewisse Verbindlichkeit und Eleganz. Sophie Charlotte bat sie, Platz zu nehmen, was schon eine besondere Auszeichnung war. Aber die Gräfin verstand offenbar die freundliche Geste nicht und blieb stehen. Schon nach wenigen Sätzen merkte Sophie Charlotte, daß die redselige Dame des Französischen nicht mächtig war, und meinte beiläufig freundlich – natürlich auch in Französisch –, daß am Hof bislang genug Zeit gewesen sei, sich diese Sprache anzueignen. Es gab genügend gute Lehrer dafür. Es wußte doch jeder, daß der König und sie viele französische Flüchtlinge aufgenommen hatten, die in ihrer Heimat wegen ihres Glaubens verfolgt wurden, daß er ihnen in Brandenburg sogar zehn Jahre Steuerfreiheit gewährte, damit sie sich eine neue Existenz schaffen konnten und daß ganz hervorragende Gelehrte, Künstler, Handwerker und Ärzte unter ihnen waren. Der französische Hofprediger, der treffliche Beausobre, würde sie ganz bestimmt gerne in seine Muttersprache einweihen.

Doch was Sophie Charlotte auch sagte – es blieb ein Selbstgespräch. Die Gräfin war sichtlich verlegen und wurde mit jedem Wort, das die Königin an sie richtete, nervöser. Sie lächelte hilflos, tupfte sich mit einem Spitzentuch die Stirn, machte ein paar schüchterne Versuche, doch noch in Deutsch das Gespräch zu führen, aber Sophie Charlotte ging nicht darauf ein, sondern fuhr in der Sprache des Protokolls fort und wollte von ihr wissen, in welcher Form denn *sie* die französischen Flüchtlinge unterstützen würde. Comment aidez-vous les réfugiés?

Frau von Wartenberg merkte zwar am Tonfall, daß es sich um eine Frage handeln mußte, doch die Peinlichkeit, kein Wort zu verstehen und nicht antworten zu können, gleichsam sprachlos vor der Königin zu stehen, war so groß, daß ihr die Hilflosigkeit unübersehbar im Gesicht geschrieben stand. In stotterndem Deutsch erwiderte sie, die Zeit Ihrer Majestät nicht länger in Anspruch nehmen zu wollen und bat darum, die Audienz beenden zu dürfen. Oberhofmeisterin von Bülow geleitete sie zur Tür. Sophie Charlotte sah zwar, daß die Gräfin degoutiert aus dem Raum rauschte, aber sie hatte den Wunsch des Kryptokönigs erfüllt und atmete auf. Daß Kolbes Frau kein Französisch verstand, dafür konnte sie nichts. Sie jedenfalls hatte sich an die Abmachung gehalten, und der Etat mußte nun erhöht werden. Außerdem konnte der Premier ihr jetzt nicht mehr vorwerfen, daß sie nichts zur Verbesserung der Stimmung am Hofe beigetragen hätte. Immerhin hatte sie mit dem Empfang offiziell den Stand der Gräfin von Wartenberg am Hofe gestärkt. Allerdings wußte die Dame jetzt auch, daß sie noch viel lernen mußte, wenn sie mit einer Königin reden wollte.

Wieder einmal wurde Leibniz bewußt, daß er nicht Herr seiner Zeit war. Er hätte sich eine bessere Erkenntnis gewünscht. Schon mehrmals hatte Sophie Charlotte nach ihrer Rückkehr angefragt, wann er endlich kommen würde, doch er mußte in Hannover bleiben und diese elende Sukzessionsakte bearbeiten, dieses trostlos trockene Zeug, das noch dazu eine hochheikle Materie war, denn damit stand die Übernahme des englischen Throns für die Kurfürstin von Hannover bevor. Seinem Dienstherrn hatte er darüber auch noch wöchentlich Bericht zu erstatten und konnte darum nicht einmal ein paar Urlaubstage nehmen, um die Königin zu besuchen. Selten hatte Leibniz das Amt als eine solche Fron empfunden.

Wäre er ein reicher Mann gewesen, mit einträglichen Gütern gut versorgt, dann hätte er das Glück gehabt, hoffrei zu leben, ohne Anstellung und Dienstpflicht. Dann hätte er sich jetzt auf der Stelle in die Kutsche geworfen und wäre nach Berlin geeilt, um sie endlich zu sehen und mehr noch: um sich Ihrer Majestät zu Füßen zu werfen und ihr zu sagen, daß es kein größeres Vergnügen für ihn geben konnte. Doch er mußte in seiner Schreibstube hocken. Statt von Büchern sah er sich nur noch von Spinnweben und Eiszapfen umgeben. Seite um Seite quälte er sich durch die Akte und zwang sich, diesen ungeliebten Auftrag so schnell wie möglich zu erledigen. Aber die Gewißheit, daß Sophie Charlotte ihn sehen wollte und er nicht kommen konnte, stürzte ihn in eine so große innere Unruhe, daß er trotz aller guten Vorsätze mit seiner Arbeit nicht vorankam.

Seine Gedanken drängten zu ihr hin, er verwandelte ihre Abwesenheit in Anwesenheit und spürte, wie wohl ihm dabei wurde. Er vergaß allen Zeitdruck. Der graue Papierkram rückte in die Ferne, die festgefügten Denkstrukturen verloren sich. Jeder Zug einer strengen Beweisführung verschwamm. Alles um ihn herum wurde hell und geräumig, bekam Farbe und Duft. Ihm war, als würde er zwischen Wiesen und Wolken wandeln. Wie aus einem Zaubernebel stiegen mit einemmal Worte in ihm auf, die ganz von selber zu einem Gedicht gerieten. Ein Gedicht für Sophie Charlotte, ein paar Zeilen Poesie, direkt in ihr Herz gehaucht. Es waren Augenblicke, die ihm der Himmel schenkte.

Er kannte sich selbst nicht mehr. Dabei hatte er doch immer geglaubt, zu denen zu gehören, die nichts anderem als nur der Vernunft erliegen konnten, der nackten Vernunft und nun das! Es war, als gingen unbekannte Tiefen in ihm auf. Nicht daß er etwa ein knochentrockener Stubengelehrter gewesen wäre, so ein verstopfter akademischer Knasterbart, der fern der Wirklichkeit lebte und sich auf nichts weiter verstand, als das Formelwerk des Aristoteles auswendig herzubrabbeln. Er kannte die Welt und die Menschen schon ganz gut. Er war in Frankreich, England und Italien gewesen, hatte an den Höfen viele schöne Frauen getroffen, kleine Aphroditen, die leicht für ein Abenteuer zu haben waren und mit denen sich durchaus auch über Bücher reden ließ. Aber keine hatte ihm nur irgendeine Aufmerksamkeit abgeluchst, die über den Augenblick der Begegnung hinausgeführt hätte.

Sophie Charlotte dagegen hielt sein Gemüt in Atem. Sie trug etwas in ihn hinein, das ihm andere Bilder und eine andere Stimmung gab. Gewiß, an Vorzügen der Natur mangelte es ihr nicht, und eigentlich wäre das schon ein ausreichender Grund gewesen, ihr zu erliegen. Doch es ging weit darüber hinaus. Es war ihre Anteilnahme an seinen Ideen, die ihn fast süchtig nach ihr machte. Sie ging geistig mit ihm mit. Sie zeigte Interesse. Dies empfand er wie eine allerhöchste Bestätigung seines Denkens, lag doch gerade im Denken seine ganze Kraft. Die hatte sie erkannt, die fühlte sie, und das war der sinnliche Reiz, dem er nicht widerstehen konnte. Noch nie war ihm eine solche Anteilnahme entgegengebracht worden. Er erlebte sie wie eine große Zärtlichkeit. Natürlich schmeichelte es ihm auch. Schließlich war sie die mächtigste Frau im Lande, und von ihr so viel Aufmerksamkeit geschenkt zu bekommen tat doppelt gut, hob dreifach heraus. Zwar begegnete man ihm, dem weitgerühmten Mann, allerorts mit Hochachtung und Respekt, und er leugnete es nicht, stolz darauf zu sein. Er hatte sich diesen Ruhm erarbeitet. Nichts war ihm geschenkt worden, geschweige denn zugefallen. Es gab keinen Grund, vor den Großen dieser Welt sein Licht unter den Scheffel zu stellen. Im Kriechgang hatte ihn noch kein Mächtiger kommen sehen. Leibniz kannte seinen Wert. An die Nähe zu den Königen hatte er sich längst gewöhnt. Er genoß sie auch, denn sie gab seinen Gedanken ein größeres Gewicht und ihm mehr Einfluß. Aber Sophie Charlotte war nicht irgendeine Königin. Sie war mehr, war etwas anderes. Sie drang in das innere Leben seiner Seele und gab ihm eine Ahnung, daß er bislang womöglich unerträglich vernünftig gewesen war. Sie hob seine Einseitigkeit auf. Vielleicht barg sie das Arcanum regium. Er wußte es nicht. Er wußte nur: Niemand konnte seine Lust am Denken mehr steigern als sie.

Er las das Gedicht noch einmal durch und spürte voller Genugtuung, daß sie ihm mit jeder Zeile einen Laut seines Wesens entlockt hatte. Doch ihr dieses kleine Poem zu überreichen wagte er nicht. Es hätte ihn geniert, sich ihr von dieser Seite zu offenbaren, zumal sie anderes, Ernsthaftes, eine neue philosophische Arbeit von ihm erwartete. Er hatte ihr vor längerem bereits eine Abhandlung über die

Sprache der Engel angekündigt und war noch immer nicht dazu gekommen, etwas darüber zu Papier zu bringen. Zwar beschäftigte ihn derzeit wie Newton die Rechnung mit unendlich kleinen Größen, doch damit konnte er die Königin nicht langweilen. Das Mathematische war viel zu speziell für sie und lag ihr nicht. Er war eh schon verschrien, der Tyrann in der Geometrie zu sein. Die Sprache der Engel als die Sprache der Harmonie, die alles mit allem verband, diese Sprache des Unsichtbaren und Ungesagten, die das Vorherbestimmte barg, die stieß ganz gewiß bei ihr auf Interesse. Darüber konnte er mit ihr reden.

Er ließ sich ein Täßchen schwarzen Tee kommen und spritzte ein paar Tropfen Eau de Cologne hinein, was dem Ganzen dieses herrlich belebende Aroma gab. Die Lust, ihr eine Freude zu machen, war so groß, daß er nicht daran zweifelte, wenigstens einen Teil der Abhandlung in einem Guß formulieren zu können. In glücklicher Schreibstimmung schwebte er an das Pult und hörte schon jetzt die Feder über das Papier rauschen – ein Geräusch, das ihm das liebste war, weil es von der Freiheit kündete, die er sich selber schuf. Plötzlich sah er draußen seine Kutsche vorfahren. Er schaute zur Uhr und erschrak. Er hatte vergessen, daß er zur Berichterstattung bei Kurfürst Georg Ludwig erwartet wurde. Es war, als würde er gewaltsam in die Welt zurückbeordert. Die Amtsgaleere rief, und der Himmel verdüsterte sich.

Leibniz ließ alles stehen und liegen, warf sich in

seinen Staatsrock, setzte die Perücke auf, raffte die Akten und Aufzeichnungen zusammen und stürmte aus dem Haus. Als er in den Wagen stieg, fand er es müßig, über seine Lage nachzudenken. Er wußte mit einemmal, warum keine Seligkeit unter dem Mond reifen konnte, und gab seinem Kutscher ein Zeichen, sich zu beeilen.

Sophie Charlotte drängte darauf, sich wieder in ihr Lietzenburger Kastell zurückziehen zu dürfen. Es warteten drei neue Operninszenierungen auf sie, es gab viel zu tun, doch der Gemahl wünschte, daß sie die ersten Monate nach der Krönung im Stadtschloß wohnte. Alle sollten sehen, daß eine neue Ära begann. Schließlich war er nicht mehr der Kurfürst von Brandenburg, sondern der preußische König. Damit änderte sich das gesamte Hofreglement, und auch dem Zeremoniell kam eine neue Bedeutung zu. Es war ihre Pflicht, Aufgaben der Repräsentation wahrzunehmen. Sophie Charlotte verstand ihn richtig: Sie hatte sich zur Darstellung königlicher Würde bereitzuhalten. Sie hatte anwesend zu sein und beizuwohnen. Sie wußte zwar, daß gewisse Rituale notwendig waren, um seine Macht zu befestigen, seine Widersacher zu zähmen, vor allem diese anmaßenden Minister in Abstand zu halten, aber auch, um ihm den Nimbus von Größe und Überlegenheit zu geben – nur die Regelmäßigkeit, mit der ihr das abgefordert wurde, war zermürbend. Tag für Tag zur selben Zeit am selben Ort dieselben Schritte, dieselben Gesten blicklos und stumm auszuführen – das zehrte an den Kräften und nahm die Lebensfreude. Sich in dieses ewig gleiche Protokoll zwängen zu müssen war so, als würde sie vor aller Augen ihre Lebendigkeit aufgeben. Kein Lachen, kein Wort, nichts von ihr durfte zum Vorschein kommen. Alles mußte unterdrückt werden. Eine hölzerne Puppe hätte es auch getan. Manchmal hatte sie gar den Eindruck, als wollte man mit dieser Übung im Ritual gegenseitig Abbitte dafür tun, daß man nicht in der Lage war, sich auf verdienstvollere Weise vom Rest der Welt abzuheben. Mochte sich dem Gemahl auch in jedem Detail des Zeremoniells ein höherer Sinn erschließen – für sie war dieses aufgeblähte Zelebrieren einfacher Vorgänge nichts anderes als der Zwang, tatenlos zuzusehen, wie die eigene kostbare Zeit zerrann und Stunde um Stunde, Tag um Tag ins Leere lief. Wo da für einen vernünftig denkenden Menschen auch nur die Spur eines Selbstgenusses liegen konnte, blieb ihr ein Rätsel. Für sie war alles nur langweilig und stupid, und es kostete sie eine immer größere Überwindung, sich der Anwesenheitspflicht zu fügen.

Zwar gefiel ihr das Stadtschloß jetzt äußerlich weit besser. Baudirektor Schlüter hatte ihm eine neue Fassade gegeben, die alles heller und irgendwie freundlicher machte, doch dahinter sah es wie eh und je düster aus. Alles war dem neuen Reglement untergeordnet. Die einzige Bewegung, die hier ohne Vorschrift blieb, durfte die der Uhrzeiger sein. Alles andere war festgelegt und eingeteilt. Schon der Gedanke an das Mittagessen genügte, um sich schlecht zu fühlen. Gaben die Paukenschläge auf beiden gegenüberliegenden Balkonen das Zeichen zum Auflegen der Couverte, drehte sich ihr jedesmal der Magen um. Ertönten die Pauken zum zweiten Mal, wußte sie, daß der Tisch gedeckt war, und es gab nur noch eins: alles stehen- und liegenlassen, Fächer und Handschuhe nehmen und bis an die Tür ihres Audienzgemaches gehen. Dort stand pünktlich auf die Minute ihr Eheherr, le Roi de Prusse, begleitet von seinen Brüdern, den Markgrafen nebst ihren Frauen und dem Sohn, um sie zum Mittagessen abzuholen.

Der Gemahl stand nicht einfach nur zeptersteif vor ihr, wie sie es seit der Krönung gewohnt war. Neuerdings stand er fast reglos. In Ehrfurcht vor sich selbst erstarrt. Ein Denkmal schon jetzt, die ruhende Achse der Welt, um die sich alles drehte. Früher hätte sie noch ein paar Bonmots mit ihm austauschen können. Dafür war er immer aufgeschlossen gewesen. Jetzt schien die lebendige Epoche seines Lebens beendet. Er war nur noch Majestät. Majestas Domini. Durch und durch Hochherrlichkeit. Eigentlich hätte sie vor Respekt ersterben müssen. Aber sie kannte ja ihren Schnürmeister. Glücklicherweise gab es den auch noch. Nur mit Gelächter wäre dies alles auszuhalten gewesen, aber Lachen verletzte das Protokoll. Auch das lockere nebeneinander Schlendern war nicht gestattet. Sie ordneten sich zum Zug. In familiärer Prozession schritten sie zum Mittagstisch, zum Altar des Genusses. Vorweg der Gemahl, sie zwei Schritte hinter ihm und nach ihr die Zukunft, Kronprinz Friedrich Wilhelm, ihr kleiner Hasenjäger; anschließend die Verwandten. Nie fehlte einer im Zug. Immer erschienen sie vollzählig. Auch der Weg war Tag für Tag derselbe. Immer durch den Saal der Garden zum Speisesaal. Eine kleine mittägliche Weltreise in einem Schloß von 600 Zimmern, die ihr jedesmal so vorkam, als wechselte sie von einem Meridian zum anderen.

Die Pauken ertönten erneut. Jetzt allerdings im Verein mit 24 Trompeten. Sie signalisierten, daß im Speisesaal aufgetragen wurde. Um sie herum entstand geordnete Bewegung, was dem Herrn Sohn sichtlich gefiel. Zwei Gardes du Corps und sechs von der Schweizergarde nahmen im Laufschritt Besitz vom Speisesaal. Die Gardes du Corps stellten sich hinter die beiden Fauteuils, den Platz des Königs und der Königin. Die Schweizergarde, die Partisanen in der Hand, bezog Posten zu beiden Seiten der Tafel. In ihrem blauroten Samt mit Silber livriert nahmen sie sich wie ein bunter Tafelschmuck aus und boten Mittag für Mittag das gleiche Bild. Für ihre Opernbühne hätte es nicht besser inszeniert werden können. Der Oberkammerherr, den Stab in der Hand, meldete, daß aufgetragen war. Das kulinarische Hochamt begann. Nun durfte sie kein normaler Mensch mit normalem Appetit mehr sein. Von diesem Augenblick an hatten sie und der Gemahl als kleine Götterwesen zu agieren, als Seine Majestät und Ihre Majestät. Die Öde nahm ihren Lauf.

Als erster schritt Seine Majestät in den Saal. Er gab dem Kammerherrn vom Dienst Hut und Stock ab. Sie folgte dem Gemahl und gab dem Kammerherrn vom Dienst Fächer und Handschuhe ab. Hinter ihr betrat der Kronprinz den Saal, gefolgt von den Verwandten. Erst die Brüder Ihrer Majestät und dann deren Frauen. Im Saal hatte sich bereits der Hofstaat versammelt, um stehend dem Glorwürdigen und seiner Familie beim Essen zuzusehen und einen Blick von ihm zu erhaschen.

Ab jetzt hatte jeder Blick, jeder Handgriff, jedes Kauen, jedes Schlucken, jedes Räuspern nach Vorschrift zu geschehen, denn alles war Staatsakt. Himmelhochheilig und maßstabsetzend. Liebend gerne hätte sie auf die ganze Darbietung verzichtet. Vor aller Augen ihre Suppe löffeln zu müssen war ihr jedesmal unangenehm. Geradezu peinlich.

Zwei Kammerjunker präsentierten Seiner Majestät Waschwasser in einem Vermeilbecken. Zuerst reichten sie ihm eine Serviette zum Abtrocknen der Hände, dann reichten sie ihr eine Serviette zum Abtrocknen der Hände. Nur Seine Majestät und Ihre Majestät hatten das Privileg, sich vor dem Essen die Hände reinigen zu dürfen. Sie bedauerte, daß dies dem Sohn nicht auch erlaubt war. Er hätte es am nötigsten gehabt. Erhaben und wie vom Himmlischen gesandt schritt der Gemahl an die Tafel. Er vorweg, sie einen viertel Fuß hinter ihm. Der Obermarschall nahm gegenüber Seiner Majestät in der Mitte der Tafel Aufstellung, schlug mit seinem Stab auf die Tafel und machte eine Verbeugung. Der Page, der neben ihm stand, verneigte sich ebenfalls und sprach das Tischgebet. Das Amen tönte im Chor. Jeden Mittag das gleiche Gemurmel. Anschließend nahmen Seine Majestät und Ihre Majestät in ihren weichen Fauteuils Platz. Der Rest der Familie mußte hart sitzen. Für den Kronprinzen und die Verwandten gab es nur Stühle mit Rückenlehnen. Jeder sollte sehen, auch auf höchster Ebene gab es Unterschiede.

Auf ein Zeichen des Obermarschalls näherte sich der Vorschneider. Sorgsam rieb er die Teller und Schüsseln, die für Seine Majestät bestimmt waren, mit Brot ab, das er Stück um Stück vor aller Augen probierte. Dann kostete er nacheinander die Speisen. Sie fand diese Kontrolle nicht unnütz, denn der Gemahl mußte vorsichtig sein. Gerade erst hatte der Papst die Königskrönung in Preußen als freches und gottloses Attentat bezeichnet und seine fromme Christengemeinde aufgerufen, sie nicht zu dulden. Wenn der Heilige Vater meinte, nur ihm hätte Gott das Recht gegeben, Könige zu schaffen, und sich jetzt in seiner Autorität verletzt fühlte, nur weil er nicht gefragt worden war, dann durfte sein Zorn nicht unterschätzt werden. Es war ja bekannt, wie schnell das Successionspulver in die Speisen geraten konnte und wie sicher man mit diesem Gift zum lieben Herrgott kam. Der Vorschneider bediente zuerst Seine Majestät und dann Ihre Majestät und alle weiteren nach Rang. Das zog sich hin. Gesprochen wurde nicht. Nur Tabernakelstille. Wahrscheinlich war es das einzig Mögliche, denn die Umstehenden lauerten bloß darauf, die kleinste Bemerkung aufzuschnappen, um sie anschließend vielfach verändert, wenn nicht gar als allerneustes Orakel in Umlauf zu bringen. Mag sein, daß das Schweigen ein Selbstschutz war, aber ihr ging es aufs Gemüt. Es trübte ihre Wahrnehmung und raubte auch noch den letzten Rest eines letzten Appetits. Selbst was serviert wurde, nahm sie nur beiläufig zur Kenntnis. Die Speisen mochten noch so kunstvoll angerichtet sein, es war ihr egal. Ob getrüffelter Truthahn, geschmorter Kapaun, Kastanienpüree, überbackene Austern oder Hahnenkamm als so geschätztes Aphrodisiakum – für sie schmeckte immer alles nach Fisch. Immer hatte sie in dieser Atmosphäre das Gefühl, es müßte ihr eine Gräte im Halse steckenbleiben. Doch lustlos auf dem Teller herumzustochern konnte sie sich nicht leisten. Das Essen womöglich gar unberührt stehenzulassen hätte die Arbeit der Köche verhöhnt. Das aber wollte sie nicht. Die Köche waren exzellent und immer auf ihr Wohl bedacht. Auch heute hatten sie ihr wieder diskret und unauffällig weiche Feigen auf Eis bereitet, die sie stets vor dem Essen nahm, weil sie gut für die Verdauung waren und das Klistier ersetzten. Nein, auf ihre Köche ließ sie nichts kommen.

Wie immer nach dem Hauptgang wünschte Seine Majestät zu trinken. Er sagte es dem Pagen. Der Page sagte es dem diensttuenden Kammerjunker. Der ging zum Büfett, brachte Wein und Wasser in zwei Karaffen auf einem goldenen Teller und überreichte es dem Kammerherrn. Der Kammerherr kostete beides, goß dann den Wein in das Glas Seiner Majestät und anschließend den Wein in das Glas Ihrer Majestät. Dabei verneigte er sich jedesmal so tief, daß die Haarspitzen seiner Perücke ihr Glas berührten, was sie wenig appetitlich fand. Sie fragte sich, warum der Gemahl noch nicht auf die Idee gekommen war, wie am Spanischen Hof kniend servieren zu lassen. Seine Majestät erhob als erster das Glas und trank auf die Gesundheit Ihrer Majestät. Dann erhob sie das Glas und trank auf die Gesundheit Seiner Majestät. Damit war das Schlimmste überstanden, denn anschließend verbeugte sich der Gemahl gegen den Obermarschall und gab damit das Zeichen, daß sich der versammelte Hof aus dem Saal zu entfernen hatte. Das darstellende Essen war beendet. Im Saal blieben nur noch die wenigen, die beim Dessertgang zu bedienen hatten. Sie brachten die Zuckerblumen und die Konfektpyramiden und jetzt erst, ohne diese Wächterblicke all der Neugiernasen, hatte sie Lust, zuzulangen.

Endlich durften auch ein paar Worte gewechselt werden. Selbstverständlich nur behutsam, fast buchstabenweise hatten sie von den Lippen zu tröpfeln. Nichts Anstrengendes, nichts Gewichtiges, was womöglich zu einem Gespräch auswachsen konnte. Eine Äsopsche Fabel wäre ein Fauxpas gewesen. Nur Leichtes und Schlichtes, nur Papperlapapp, passend zur Nachspeise. Premier von Wartenberg kam mit dem Garderobenmeister und dem Kapitän der Garde, um Befehle entgegenzunehmen, falls Seine

Majestät ausfahren wollte. Kaum daß sich der Gemahl von der Tafel erhob, gab der Obermarschall dem Kammerherrn ein Zeichen, sofort das Wasser zum Ausspülen des Mundes zu präsentieren. Auch Ihrer Majestät wurde aus einer Lavoirkanne Wasser in einen Becher gegossen, der in einer Trembleuse stand, und eine goldene Schale zum Spucken gereicht. Sie war froh, daß das nicht auch noch vor aller Augen zu geschehen hatte. Dann formierte sich wieder der hoheitliche Zug der Familie und geleitete sie über die Schloßmeridiane in ihr Appartement zurück. An der Spitze Seine Majestät, ducknackig erhaben und zufrieden. Sie protokollgerecht zwei Schritte hinter ihm, gelangweilt und unzufrieden. Dann der Kronprinz, der seinen Eltern zu verstehen gab, daß ihm das Essen immer nur dann schmeckte, wenn in der Zubereitung nichts verschwendet worden war, und hinter ihm die Verwandtschaftskolonne, dankbar, einen Bruder zum König zu haben. Ein wunderbunter satter Mittagszug.

Angekommen an ihrem Appartement, zeigte der Gemahl auch heute wieder einen Restbestand seines Grundhumors und wünschte ihr mit einem Anflug von Ironie einen wohlbekömmlichen philosophischen Nachtisch. Dann verabschiedete er sich von ihr so zeremoniös, als wollte er zu einer großen weiten Staatsreise antreten. Dabei zog er sich bloß zum gewohnten Mittagsschlaf nach nebenan in seine Gemächer zurück. Sie atmete auf, endlich die Türen hinter sich schließen zu können und allein zu sein. Endlich allein. Einen Moment lang kam sie sich entkräftet vor. Sie brauchte eine Weile, um sich von den Strapazen der Langeweile zu erholen und das zu tun, wonach ihr zumute war. Dann stürzte sie sich auf die Bücher und Zeitschriften, die schon bereitlagen und die sie unbedingt lesen mußte. Die neusten Angriffe Bayles gegen Leibniz waren spannend. Darin lag Stoff zum Nachdenken. Von wegen philosophisches Naschwerk! Sollte sich der Gemahl doch lustig darüber machen – er hatte keine Ahnung, wovon er sprach. Nichts war so langweilig und leer wie seine Repräsentationsspiele. Die Vorstellung, künftig Mittag für Mittag an dieser Zwangsspeisung vor aller Augen teilnehmen zu müssen, machte sie krank. Sie war nun mal nicht zur Knechtliese geboren! Sie hatte andere Erwartungen an das Leben, als sich von Vorschriften zuschütten zu lassen. Sie war aufs Wesentliche aus. Das Leben war schließlich dazu da, daß man eine Erkenntnis aus ihm zog und es nicht in einer Art Halbschlaf verdöste. Ihre Tante Elisabeth, die Äbtissin von Herford, hätte ihr recht gegeben. Auch sie hatte dieses Tendre für Philosophie und korrespondierte ein Leben lang mit Descartes über Fragen des Zweifels, der Wahrheit und des menschlichen Geistes. Ihr hatte er seine *Meditationen über die Grundlagen der Philosophie* gewidmet und selber gesagt, daß so mancher Gedanke ohne sie nicht entstanden wäre. Irgendwie lag das Interesse am Geistigen in der Familie. Ihre Mutter hatte ja auch sehr früh das Geniale an Leibniz entdeckt und ihn für den Hannoverschen

Hof gewonnen. Nein, Sophie Charlotte wollte sich nicht einen Augenblick länger von Tätigkeiten vereinnahmen lassen, deren Existenz durch keinerlei Notwendigkeit begründet schien. Denn das hatte Leibniz ihr mehr als einmal gesagt: Nichts war notwendig, dessen Gegenteil möglich war.

Nach jedem dieser Mittagessen steigerte sich ihre Entschlossenheit, und sie wußte, wenn sie in Übereinstimmung mit sich leben wollte, dann gab es nur eins: sich fern vom Königshof, fern vom Stadtschloß halten und rigoros auf ihren Landsitz zurückziehen. Anders hatte sie keine Chance, sich ihren eigenen Aufgaben zu widmen. Sie mußte es dem Gemahl nur richtig begründen: Es geschah nicht zu ihrem, sondern zu seinem Nutzen. Lietzenburg, das künftige Sommerpalais, diente der Repräsentation seiner Macht. Darum hatte sie schon neue Pläne und wollte sich vor Ort um den weiteren Ausbau kümmern. Eine monumentale Dreiflügelanlage schwebte ihr vor. Großartig und einmalig. Ganz auf eine königliche Residenz ausgerichtet. Er mußte nur spüren: Sie war selbstlos, wenn es galt, den Glanz Seiner Majestät zu erhöhen. Es sollte sie wundern, wenn er für diese Töne nicht empfänglich war.

Leibniz wußte nicht, wie ihm geschah. Seit Tagen fieberte er dem Antrittsbesuch bei Sophie Charlotte entgegen. Er wollte der neuen preußischen Königin in aller Form huldigen, hatte sich von Stunde zu Stunde euphorischer ausgemalt, wie er sich ihr in tiefster Verehrung nähern würde, doch plötzlich fand er sich in ihrem Schreibkabinett auf einem Lehnstuhl, mußte still sitzen und geradeaus schauen.

Sophie Charlotte hatte eigens ihren Hofmaler bestellt, der auf ihren Wunsch und ihre Kosten den Herrn Präsidenten der Akademie porträtieren sollte. Leibniz war diese Überraschung sichtlich unangenehm. Aber sie meinte vergnügt, sollte er demnächst wieder für so lange Zeit unabkömmlich sein, dann hatte sie wenigstens ein Porträt von ihm, das sie ersatzweise betrachten konnte. Außerdem wollte sie eine Vorlage für ein paar Kupferstiche haben, und die Brüder Huaut sollten eine Emailleminiatur fertigen, bevor sie sich gänzlich zur Ruhe setzten. Sophie Charlotte war gut aufgelegt. Sie schaute dem Maler zu, wie er in großen Zügen mit schwarzer Kreide eine Skizze auf die Leinwand warf und amüsierte sich, daß Leibniz still sitzen mußte. Fast übermütig bemerkte sie, daß er glücklicherweise kein Universitätsrektor war und eine goldene Amtskette trug, denn Schmuck zu malen kostete extra. »Das ist in der Gilde neuerdings so üblich, seit sich herumgesprochen hat, daß van Dyck sich jede Perlenkette gesondert honorieren ließ«, sagte sie, und der Maler schmunzelte.

Leibniz fühlte sich unwohl. Hätte er gewußt, daß er für ein Porträt sitzen sollte, hätte er wenigstens eine weiße Spitzencroate umgebunden. Weiß gab dem Porträt eine freundlichere Note. Kam das Gesicht so aus dem Dunkeln, machte das auf den Betrachter einen unsympathischen Eindruck. Zudem war er gerade von Wetzel in Hannover gemalt worden. Lieber hätte er ihr davon eine Miniatur anfertigen lassen, als jetzt auf diesen Stuhl gezwungen zu sein und geradeaus schauen zu müssen. Leibniz gab sich Mühe, seinen Unmut zu verbergen, denn da das Bild der Königin gehören sollte, wollte er am Ende nicht auch noch mit einer gallsüchtigen Gesichtsfarbe auf seinem Konterfei verewigt werden. Er kannte doch das gedankenleere Gepimpel von Malern, deren Bilder nichts von der wahren Natur ihres Gegenübers zum Ausdruck brachten, weil sie unfähig waren, das eigentliche Bild hinter dem Bild zu schauen. Und so was hing dann an den Wänden und sollte auch noch gerne betrachtet werden!

Er zwang sich, an etwas Erfreuliches zu denken. Immerhin war es eine große Ehre, auf Wunsch einer Königin porträtiert zu werden. Noch dazu mit einer solchen Begründung! Wenn er wieder abreisen mußte, wollte sie wenigstens ein Bild von ihm in ihrer Nähe haben. Das sagte sehr viel. Sagte mehr als genug. Schon darum mußte er sein Gemüt aufhellen, um dem Maler eine Vorlage zu geben, die zumindest annähernd etwas von seinem Wesen zum Ausdruck brachte. Er versuchte es mit einem Lächeln. Doch kaum hatte er es aufgesetzt, schämte er sich, vor Sophie Charlotte derart zu posieren. Am Ende glaubte sie gar noch, einen Stutzer, so einen läppischen petit maître vor sich zu haben! Was er auch tat – es war ihm peinlich, sich in ihrer Gegenwart malen zu lassen. Wäre er allein mit dem Künstler gewesen, hätte er mit ihm reden und in eine Beziehung zu ihm treten können. Ein Porträt wurde doch nur dann gut, wenn es auch etwas von seinem Gegenüber hatte. Schließlich mußte ein Maler mehr als ein Verhältnis zum Sichtbaren aufbauen. Aber so saß auch noch die Königin ihm gegenüber, und er wußte im Augenblick nicht, meinte sie es ernst oder machte sie sich einen Spaß mit ihm. Wollte sie wirklich ein Porträt von ihm oder wollte sie ihn nur zum eigenen Vergnügen in seiner Eitelkeit erleben, um sich den Beweis zu holen, daß er sich darin in nichts von all den anderen männlichen Wesen unterschied. Leibniz begann zu schwitzen. Er wußte nicht, wohin er schauen sollte, zum Maler oder zu ihr oder von beiden weg in die erhabene Ferne. Er hatte Sorge, den Kopf falsch zu halten, eine Gelehrtensteife anzunehmen oder durch ein zu stark erhobenes Kinn womöglich nur selbstgefällig zu wirken, ganz in der lächerlichen Pose der Großwesire der Zeit, und sich damit vor ihr vollends zum Gespött zu machen. Welche Haltung er auch annahm – er ahnte, am Ende bekam sie ein Porträt von ihm mit den knorrigen Zügen eines Landbarons. Furchtbar, in einer solchen Situation einem Maler ausgeliefert zu sein! Ihm war, als würde er durch die Tortur geschraubt.

Sophie Charlotte sah ihm das Unbehagen an. Amüsiert fragte sie sich im stillen, wie man an einer so angenehmen Aufgabe derart leiden konnte, aber sie wußte ja von ihrer Mutter, wie empfindsam er war. Glücklicherweise kam der Maler rasch zu Ende. Als er sich auf der Skizze die Farbenwerte notierte, wußte sie, daß er nun in Ruhe an die Ausführung gehen konnte und Leibniz, zumindest für diesmal, erlöst war. Um das Gemüt des Geplagten aufzuheitern, bemerkte sie ganz beiläufig, daß auf ihr Betreiben hin die Akademie das Privileg erhielt, als einzige Institution im Lande Kalender drucken und verbreiten zu dürfen, womit ihre Finanzierung gesichert war. Eine bessere Nachricht hätte es für Leibniz nicht geben können. Er stand auf, um sich mit dem schuldigsten Respekt zu bedanken, doch sie sah darin einen ganz selbstverständlichen Dienst an der Wissenschaft, der keiner weiteren Worte bedurfte.

Im Raum nebenan hatte sie schon etliche Bauzeichnungen ausgebreitet, um mit ihm die Pläne für ihre neue Winterwohnung zu besprechen. Er war so froh, endlich wieder in seine eigentliche Existenz zurückkehren zu dürfen, daß er ihr unablässig neue Vorschläge zur Raumanordnung unterbreitete, ja aus Angst, noch einmal zum Modellsitzen gerufen zu werden, gar nicht mehr aufhören wollte, über ihre Bauvorhaben zu reden. Doch Sophie Charlotte drängte es, ihm etwas ganz Besonderes, einen architektonischen Effekt vorzuführen, und bat ihn in den Ovalen Saal. Die hohen Bogenfenster gaben allem eine imposante Größe und Weite, aber die Innenseiten der Arkaden waren so raffiniert verspiegelt, daß darin die Bäume und Ziergebüsche von draußen im Park so erschienen, als wären sie in den Raum gepflanzt. Leibniz verschlug es die Sprache. Er hatte den Eindruck, sich in einem freistehenden Pavillon zu befinden. Mitten in die barocke Pracht war eine lauschige Gartenlaube gezaubert worden. Es fehlte nicht viel und er hätte den Wind gespürt und die Blätter um sich herum rauschen gehört. Noch ehe er Worte dafür finden konnte, war schon der Tisch im Salonpavillon gedeckt, und sie bat ihn, Platz zu nehmen. Ihre Kammertürken, Friedrich Hassan und Friedrich Ali, brachten den Wein.

Sophie Charlotte schien sichtlich vergnügt, den Meister aller Wissenschaften mit diesem kleinen Effekt in ein so großes Staunen versetzt zu haben. »Typisch Lietzenburg! Draußen die Wirklichkeit und drinnen die Reflexion«, sagte sie heiter und erhob das Glas. Leibniz stand noch einmal auf, verneigte sich in aller Form und trank auf das Wohl seiner Königin. Auch wenn ihre Art so erfrischend locker, geradezu familièrement war, wollte er um so korrekter sein und zeigen, daß er sich der außerordentlichen Gnade, mit ihr allein zu Abend speisen zu dürfen, sehr wohl bewußt war.

Sie kam auf das Fürstenkollegium zu sprechen, das sich nach Unterzeichnung der großen Allianz im Haag treffen wollte, zu dem auch schon die ersten Minister des Hofes abgereist waren und fragte ihn, was er davon erwarte. Fast übermütig gab er wieder, was ihm ein hoher Freund gerade dazu geschrieben hatte: »Mit Protest erscheinen wir. Erschienen beginnen wir Kompetenzstreite. Unter Kompetenzstreiten beraten wir. In der Beratung fangen wir Verwirrung an. In der Verwirrung beschließen wir. Das Beschlossene verwerfen wir. Und des Vaterlands Wohl beraten wir untätig, gewalttätig und nur im Wein wahrhaft tätig.«

Sie trank ihm amüsiert zu und meinte, wer wie er mit so vielen gelehrten Häuptern korrespondiere, müsse eigentlich Präsident aller europäischen Akademien sein. Diese Bemerkung fand er so schmeichelhaft, daß er sogleich in allem Ernst auf ihre Frage einging. Dabei erfaßte ihn ein stiller Ehrgeiz, dies besonders gründlich zu tun, nichts unbedacht zu lassen und alle Für und Wider in Betracht zu ziehen. Schließlich galt er als ein Mann von erweiterter Denkart, und diesem Ruf wollte er gerecht werden. Gerade vor ihr, ganz besonders vor ihr. Mit jeder Überlegung und jeder Begründung wollte er ihr gefallen. Draußen zog die Dämmerung herauf. Sie gab den gespiegelten Bäumen im Raum noch schärfere Konturen und ließ eine sublime Atmosphäre entstehen, die seine Argumentationslust noch steigerte. Doch offenbar wollte sie gar keine politische Analyse von Leibniz, sondern leitete zielstrebig zu Bayle über. Fast hatte er es erwartet, denn er kannte ja ihre Begeisterung für den Franzosen und wußte, daß die Lektüre seines *Wörterbuchs* ihr großen Genuß bereitete.

»Bayle ist radikal«, sagte sie. »Er nennt die Religion die moralische Tugend der Elefanten. Großartig! Welcher Schriftsteller wagt das schon! Alle halten ihr Denken an der Schnur. Bayle löst sich davon und zweifelt an den kirchlichen Dogmen. Solche Gedanken braucht unsere Zeit. Infragestellen all der hehren Glaubenssätze, die unser Denken einengen. Sie sollten ihm auf seine Angriffe antworten und allen erklären, warum Sie die Welt so schön finden.«

Die Koketterie, mit der sie das so leichthin in den Raum stellte, reizte ihn. Bislang hatte ihn ja noch keiner am Hofe darauf angesprochen, geschweige denn, daß er sich mit jemandem über die Angriffe Bayles gegen ihn unterhalten konnte. Sie allerdings nahm die Gedanken beim Wort. Er spürte, diese junge Königin war für Aufsässiges zu haben. Sie lauerte geradezu darauf. Sie wollte es um sich herum brodeln und zischen sehen. Sie war auf Bewegung und Veränderung aus. Wollte Feuer an die Gedanken legen. Von der göttlichen Vernunft hielt sie nicht viel, und die Glaubensformen waren ihr zu eng. Sie war ein Kryptoatheist. Eine Rebellin unter der Krone.

»Wieso nennen Sie Gott weise und vernünftig, wenn er doch so viele Übel in der Welt zuläßt? Wenn er uns nach seinem Ebenbilde geschaffen hat, müßten wir doch die reinsten Engel sein. Lieber Leibniz, sind Sie ein Engel?«

Ach, dieses Lächeln in ihren Augen! Dieser heißblütige Blick! Dieser sinnliche Übermut! Halb Triumph, halb Herausforderung und über allem die Freude, ihn mit seinen Gedanken aus der Reserve zu locken und auf der Stelle zur letzten Auskunft der Dinge zu zwingen. Für einen Moment überlegte er, ob es besser war, ihr draufgängerisch direkt oder besänftigend und nachsichtig zu antworten. Selbstverständlich konnte er ihr aus dem Stand ein paar getrüffelte Sätzchen präsentieren, weshalb er kein Engel war, weder Seraphim noch Luzifer, konnte genauso provokant und aufbegehrend erwidern. Doch in dieser blätterrauschenden Atmosphäre des Pavillons sich Wort für Wort einander hochzuranken, sich von ihr Proben seines Scharfsinns abtrotzen zu lassen, ihn in eine geistige Erregung zu treiben, die vielleicht dann unversehens in einer persönlichen Bemerkung endete, ganz nah, ganz respektlos – das durfte nicht passieren. Leibniz zwang sich, gefaßt zu bleiben und machte ihr deutlich, daß Bayle, dieser höchst respektable Denker, im Vorzimmer der Wahrheit stehengeblieben war. »Sie haben recht, Majestät, Bayle greift mich an, weil ich die Existenz Gottes trotz der Übel in der Welt rechtfertige. Aber er vergißt dabei eins: Gott hat den Menschen das Licht der Vernunft gegeben und ihnen das Mittel verschafft, allen Schwierigkeiten entgegenzutreten. Wenn der Mensch seine Vernunft nicht gebraucht, ist es seine eigene Schuld.«

»Aber Sie sagen doch selbst, Gott ist die Vernunft an sich. Offenbar gebraucht auch er sie nicht, sonst hätten wir keine Übel in der Welt. Wenn schon Gott seine Vernunft nicht gebraucht, wie wollen Sie dann dem Menschen daraus einen Vorwurf machen! Nein, Gott selber ist unvernünftig, denn er läßt die Übel zu. Jedenfalls gibt es keinen Grund zu behaupten, daß er ein Wohltäter ist!«

Leibniz sah sie an und wußte im Augenblick nicht, ob Sophie Charlotte mehr seine Sinne oder seinen Verstand vergnügte. Allerdings meinte er auch, daß aus einem richtigen Vorsatz keine falschen Schlüsse gezogen werden durften und daß sie den Fehler machte, das Übel absolut zu setzen. Das konnte er so nicht stehenlassen. »Sehen Sie, alles was wir mit unseren Sinnen wahrnehmen, ist beschränkt und zufällig. Da ist nichts, was aus sich selbst heraus die Notwendigkeit und Ewigkeit seiner Existenz rechtfertigt. Diese Welt ist zufällig und andere Welten, die ebenfalls alle ein Recht auf Existenz haben, sind ebenso möglich. Daher muß Gott, die Ursache der Welt, nicht nur unendlich mächtig sein, sondern auch Verstand haben. Nur durch ihn kann er sich eine Idee von den möglichen Welten machen und sich am Ende für die beste entscheiden. Gäbe es eine bessere Welt als die unsere, so hätte Gottes Weisheit sie erkannt und seine Güte sie gewollt. Nein, aus allen möglichen Welten hat er die beste für uns ausgewählt. Aber das Beste ist nicht das absolut Vollkommene oder das Gute. Das Übel in der Welt ist durch die Existenz der Welt bedingt, weil sie nun einmal aus unvollkommenen Wesen besteht, und solange die Menschen keine Götter sind, werden sie wohl mit ihren Unzulänglichkeiten leben müssen. Doch das Übel ist nicht das Böse, denn ein geringeres Übel ist eine Art von Gut und ein geringeres Gut, das einem größeren im Wege steht, ist eine Art von Übel. Am Handeln Gottes wäre nur dann etwas zu berichtigen, wenn es möglich wäre, es besser zu machen. Es ist wie in der Mathematik. Gibt es weder Maximum noch Minimum, wird alles gleichförmig, oder es kommt überhaupt nichts zustande. Gleiches trifft auch auf die höchste Weisheit zu. Hätte es unter den vorhandenen möglichen Welten keine beste gegeben, hätte Gott überhaupt keine geschaffen. Außerdem sind die Übel bei weitem nicht so zahlreich, wie es gemeinhin wahrgenommen wird. Schließlich bringt das Leben mehr Freuden als Schmerzen mit sich. Auch die Leiden sollte man nicht nur als Übel ansehen, befördern sie doch oftmals das Gute. Und selbst das Böse ist notwendig, um die Harmonie des Ganzen zu erhalten. Denn ohne das Böse gäbe es das Gute nicht.«

Die Worte standen im Raum. Leibniz nutzte den Augenblick, um sich seiner geliebten Pistaziencreme zuzuwenden, doch als er ihr skeptisches Lächeln sah, war er nicht sicher, ob er sich klar genug ausgedrückt hatte und fügte ergänzend hinzu: »Gott hat im Universum alles ein für allemal vorherbestimmt und alles zueinander in Harmonie geordnet. Daran kann ebensowenig geändert werden wie an einer Zahl, oder es ist ein anderes. Fehlt ein Übel, so ist es nicht mehr die Welt, die der Schöpfer als die beste erwählt hat. Selbst wenn es kein Leid gäbe, würde die Welt dadurch nicht besser werden. Noch gibt es mehr Gutes als Böses in der Welt, mehr Häuser als Gefängnisse, und wir haben allen Grund, zufrieden zu sein.«

»Mir scheint, Gott hat Sie mit ziemlich viel Optimismus ausgestattet«, sagte sie.

»Ich bin kein Optimist, ich bin Realist«, wagte er zu verbessern.

»Sie sind kein Realist, Sie sind ein Idealist.«

»Sagen wir besser, ich bin Realidealist, Majestät«, entgegnete er und verneigte sich. Aber sie gab nicht nach. »Ihre schönen Ausführungen ändern meine Zweifel nicht. Ich bleibe dabei: Sie behaupten, daß Gott für uns die beste aller Welten geschaffen hat, und ich behaupte, daß dies meiner Erfahrung gründlich widerspricht. Und dafür haben auch Sie keine wirkliche Lösung!«

Auch wenn er sich nichts anmerken ließ – dieser aufsässige Unterton brachte ihn in Rage. Es klang so triumphal, so unverbesserlich weiblich, daß er sich nun doch aufgefordert fühlte, Sa Majesté la Reine, der schönen Regentin, die Stirn zu bieten. Nicht daß er den weisen Salomo vor ihr herauskehren wollte, aber wenn sie mit ihm auf den Grund der Dinge steigen wollte, sollte sie es haben. Dann mußte er ganz von vorn anfangen und ihr sagen, daß niemand die Vernunft kleinreden konnte. Denn sie barg die zwei wichtigsten Prinzipien des Denkens: Das Prinzip des Widerspruchs und das Prinzip des Grundes. Er bat um Verständnis, ihr das jetzt erklären zu müssen, aber sie sollte schon wissen, was er damit meinte, denn ohne exakte Begriffsbestimmung redeten sie bloß aneinander vorbei: »Ersteres besagt, daß von zwei kontradiktorischen Sätzen der eine wahr und der andere falsch sein muß und letzteres besagt, daß nichts ohne Ursache, nichts ohne Grund geschieht.

Und Gott, Majestät, ist der erste Grund der Dinge.« Dann trank er ihr zu und trat mit glühenden Wangen den Gottesbeweis an.

Fast vergnügt stellte sie sich darauf ein, daß jetzt nichts anderes von ihm als der Beweis kommen konnte, daß die Sonne viereckig war. Einem Mathematiker wie ihm traute sie alles zu. Schließlich kannte er sich aus im Kosmos der Zahlen. Erwartungsvoll lehnte sie sich zurück, um zu sehen, wie dieser Mann aus der Reserve kam, wie er sich herauswand und sich abmühte, dem lieben Herrgott eine Gestalt zu verleihen, doch was er dann sagte und wie er assoziierte, verschlug ihr fast die Sprache. Wie er auf die vielen möglichen Welten des Universums kam, die durchaus von glücklichen Geschöpfen bewohnt sein konnten, wie er das unendlichfach Unendliche als eine Vielheit in der Einheit faßte und deutlich machte, daß hier alles mit allem verknüpft und alles in Bewegung war, daß das eine stets als die Ursache des anderen begriffen werden mußte, daß im Großen noch Größeres, im Kleinen noch Kleineres war und letztlich alles auf dem Prinzip der universellen Harmonie gründete – das war so atemberaubend, daß sie jeden Einspruch vergaß.

»Sie können rechnend in das Unendlich Kleine oder das Unendlich Große vordringen und werden feststellen, daß hier wie dort die gleichen Gesetze gelten. Aber sie werden an einen Punkt kommen, wo auch die Zahlen keine Erklärung mehr geben können und sie mit ihrer Weisheit trotz der fortgeschrittensten Kenntnisse am Anfang stehen und begreifen müssen, daß dieser Anfang nur Übergang zu etwas anderem ist.«

Sophie Charlotte sog jedes Wort von ihm auf und lauschte ihm wie eine Schülerin. Jetzt erst bekam ihre Umgebung den Glanz, der ihr gemäß war. Jetzt erst weihte sie den Pavillon mit seinem Reflexions-Effekt in angemessener Weise ein. Alles um sie herum bekam dieses knisternde Feuer, das das Leben so flammend machte, das über alles hinaustrug und den ganzen läppischen Hofkram vergessen ließ. Es war, als hätte er für sie den Gesang der Welt angestimmt. Jetzt wußte sie, worauf er mit seinem Beweis hinauswollte: Gott war nicht der gütige alte Mann mit dem langen weißen Bart, Gott war das Göttliche – das universelle Prinzip, war innere Tätigkeit, allgemeine Harmonie, unendliche Vernunft. Wer sich um die Erkenntnis der Gesetze seiner Schöpfung bemühte, dem offenbarte er sich. Allerdings mußte man dann schon selber etwas dafür tun, stand es doch jedem frei, seinen Verstand zu seinem Glück zu gebrauchen. Wenn Leibniz das mit der besten aller Welten meinte, dann war das keine Rechtfertigung des Bestehenden, sondern ein Aufbruch zu den Möglichkeiten des Menschen, und sie konnte ihm folgen. Stundenlang hätte sie ihm zuhören können.

Und doch war ihr plötzlich so, als würde sie ein Privileg mißbrauchen. Sie bedauerte es fast, mit ihm allein zu sein. Viele hätten das von ihm hören, viele ihre Begeisterung teilen sollen. Hätte ihr Bruder auch nur einen Halbsatz von dem vernommen, was Leibniz ihr so freihändig entwickelte, wäre es vorbei gewesen mit seinem blöden Schnippschnappschnurr. »Was Sie jetzt gesagt haben, lieber Leibniz, das müssen Sie unbedingt zu Papier bringen und öffentlich machen. In Ihrer Entgegnung auf Bayle beantworten Sie eine der spannendsten Fragen der Zeit.«

Leibniz hörte das wie von Ferne, sah ihre Augen leuchten und meinte, in ein großes Auditorium zu schauen. Sicherlich war alles, was er ihr erläutert hatte, das Ergebnis eines langen Nachdenkens, dennoch fühlte er, nur die Intuition des Augenblicks ließ es zu einem so geschlossenen Vortrag werden. Jetzt erst merkte er, daß er fast nichts gegessen hatte und sagte nur wie zur Entschuldigung: »Bislang habe ich immer geglaubt, ich bin ein Barbar, denn niemand versteht mich. In Ihrer Gegenwart, Majestät, ist alles ganz anders.« Jedes weitere Wort überließ er dem geheimen Spiel der Vorstellungen und war wie berauscht, als sie sagte: »Ich erwarte Sie morgen zur gleichen Stunde.«

Sophie Charlotte zweifelte nicht daran, daß die meisten Männer anspruchslose Geschöpfe waren. Die Frau als schöne Ansicht genügte ihnen. Ihre Blicke richteten sich immer auf das Gleiche und es war kein Kunststück, ihre Aufmerksamkeit zu erregen. Sie sah es ja an sich selbst: Trug sie das Haar hochgesteckt, entdeckten sie gleich ihren weißen Nacken, trug sie das Haar offen, bemerkten sie schwärmerisch die volle Pracht, erschien sie mit Dekolleté, standen sie wie zittrige Zwerge vor ihr, rauschte sie mit dem Taftrock, wurde ihr Atem schwer, nahm sie ihr Tuch von der Schulter, sahen sie sich schon unter dem Betthimmel liegen. Dieses ewig lauernde Jägergeschlecht hatte doch für nichts anderes Augen und nichts anderes einen Sinn. Doch genau das langweilte sie. Wald- und Wiesenmänner, fad und abgestanden. Zum hundertsten Male von ihnen ein Lob für ihre schwarzen Haare, ihre blauen Augen und ihre weißen Zähne zu bekommen, fand sie zum Gähnen. Daß die Natur bei der Ausstattung ihrer Person nicht geschlafen hatte, freute sie zwar, und sie wußte es natürlich auch zu schätzen, aber ständig darauf angesprochen zu werden, als fiele ihnen nichts anderes zu ihr ein – das schien ihr mehr als kümmerlich, ja geradezu trostlos. Wenn dies die einzige Form der Wahrnehmung war, dann hatten sie einen falschen Blick auf sie. Vielleicht genügte der ihnen, und sie wollten gar kein anderes Bild von ihr. Doch ihr kam es jedesmal so vor, als sollte sie reduziert werden in dem, was sie wollte und was sie wirklich war. Ein Versuch, sie kleinzuschauen. Es wunderte sie nicht. Aber jeder Ärger darüber war unnütz. Ihre chère Pöllnitz gab ihr recht: Von Lustjägern konnte man nichts anderes erwarten. Quantité négligeable.

Mit keinem sprach sie so offen darüber wie mit ihr. Sie war längst mehr als ihre Erste Hof- und Staatsdame. Sie war ihre Freundin und Vertraute. Nicht daß sie eine fromme Tugendschwester gewesen wäre, die das Leben als eine stille Betstube betrachtet hätte, im Gegenteil: Sie kannte sich aus mit den Männern. Sie scheute die prallen Kavalleristenschenkel nicht und besaß genügend Witz, um sich über all die kleinen Schnauzhähne und Prachtsöhne der Schöpfung lustig zu machen. Außerdem belebte sie mit ihrem Kunstsinn die ganze Umgebung und kam aus Hannover, was das Band zwischen ihnen nur noch enger machte.

Sophie Charlotte saß mit ihr im Schreibkabinett. Auf dem Tisch lagen die Partitur und das Libretto von Ariostis Oper, die sie zu Ehren des ersten Geburtstags des Königs in ihrem *Teatro di Lietzenbourg* aufführen ließ. Die Zeit dafür drängte. Sie war froh, daß ihre chère Pöllnitz auch diese Inszenierung besorgte, denn dafür hatte sie ein goldenes Händchen, und die Wirkung war nicht gering. Seit der Gemahl sich zum Federico primo gewandelt hatte, liebte er es, königlich gefeiert zu werden, und diese kleine Haushuldigung wollte sie ihm gern zuteil werden lassen. Schließlich lebte eine ganze Reihe Künstler davon.

Sie besprachen die Vertonung einer Arie mit Laute und gezupften Violinen, die ihrer Pöllnitz zuviel lyrische Momente enthielt, doch Sophie Charlotte war diesmal nicht bei der Sache. Sie dachte an Leibniz. Sie hätte sich gewünscht, daß er länger in Berlin geblieben wäre, statt nach ein paar Wochen gleich wieder nach Hannover aufzubrechen. Aber der Bruder hatte bereits diskret signalisiert, wenn Herr von Leibniz noch länger ausblieb, würden die Mäuse seine Bibliothek auffressen und nachgefragt, wie lange er eigentlich noch an seinem unsichtbaren Buch arbeiten wollte, dessen Daseinsbeweis ihm offenbar so große Mühe machte. Sie verstand dies weniger als Mahnung, mehr als eine kurfürstliche Selbstcharakteristik. Was wußte so ein Hubertusjünger wie Georg Ludwig schon von geistiger Tätigkeit!

Die Gespräche mit Leibniz beschäftigten sie. Irgendwie hallte alles von ihm in ihr nach. Sie täuschte sich nicht, aber bei ihm spürte sie diese ganz andere Wahrnehmung. Er benaschte sie nicht mit seinen Blicken, er berührte ihr Wesen. Ihm gefielen ihre Gedanken, und ihr gefiel es, ihn damit beeindrucken zu können. »Dieser Leibniz ist ein Phänomen«, sagte sie ganz unvermittelt, »es gibt wohl nichts, was er nicht weiß. Selbst die Begriffe für das nebensächlichste Detail verwendet er so exakt, daß ich den Eindruck habe, er wird uns eines Tages beweisen, daß Gott ein Mathematiker ist.«

»Schon möglich«, entgegnete Fräulein von Pöllnitz, »auf jeden Fall gibt es nichts, was er nicht kann. Er soll ja für das letzte Sommerfest in Braunschweig die Kleider der Damen mit einer phosphorhaltigen Flüssigkeit getränkt haben, damit sie nachts im Park leuchteten. Offenbar liebt er es, die Frauen wie Glühwürmchen zwischen den Büschen hin und her huschen zu sehen. Bei unserem nächsten Sommerfest sollten wir auch alle in Leibnizschen Leuchtkleidern erscheinen und ihm zur Freude die Glühwürmchen spielen.«

»Ich sag doch, daß dieser Mann Ideen für alles hat«, meinte Sophie Charlotte amüsiert, und Fräulein von Pöllnitz bemerkte nur: »Kein Wunder, daß er auf dem Taufkissen zum Staunen der Anwesenden den Kopf gehoben hat, um das Sakrament zu empfangen. Er war wohl doch von Anfang an dem Herrgott ein Stück näher.«

Das mochte ja alles so sein, aber Sophie Charlotte wollte im Moment nur das andere hören: Leibniz war mit keinem zu vergleichen. Sie kannte genügend faselnde Wanderphilosophen und gelehrte Akademiker, die sich als die würdevollsten Würdenträger gaben und von denen nichts als gewärmter Kohl kam. Leibniz war die Ausnahme. Wenn er sich launig einen Selbstdenker nannte, dann fand sie das mehr als berechtigt, denn er brauchte wahrlich keinen um Rat zu fragen. Das imponierte ihr. Außerdem wußte sie: Durch ihn bekam ihr Hof ein hohes Ansehen, denn längst hatte sich herumgesprochen: Wo er war, war der Geist.

Gerade darum wog es für sie um so schwerer, daß ihm ihre Gedanken gefielen. Diese andere Art der Wahrnehmung ließ sie aufleben. Sie fand es wunderbar, einmal all ihre Lebendigkeit ins Wort zu legen, ihren Fragen, ihren Zweifeln, dem ganzen unverfälschten Empfinden spontan Ausdruck zu geben. Darin auch noch verstanden zu werden war so ungewöhnlich und selten, daß sie meinte, es handle sich um ein Naturereignis. Mit ihm die Welt zu durchstreifen, ohne den Ort verlassen zu müssen, kam ihr wie eine Selbstherausforderung vor. Jedesmal stand dann alles in ihr auf dem Sprung, als müsse sie den ganzen Verstand einbringen und alle Register ziehen, denn sie wollte ihn mit keinem Wort enttäuschen.

Irgendwie hatte aber alles noch etwas darüber hinaus. Wenn er so vor ihr saß und zu sprechen begann, war ihr, als würde er auf sie zugehen, sie umarmen, in die Höhe heben und alle Sinne in ihr wecken. Da lag ihre Seele blank vor ihm, aufnahmebereit für jedes Wort, jeden Blick, jeden Ton, da war alles in ihr auf ihn eingestellt, alles voller Erwartung und wohlig angespannt. Immer lauerte sie auf den Moment, sich ins Spiel zu bringen, denn alles, was er sagte, klang so endgültig, so abgeschlossen und fertig, daß es sie reizte, mit ihren Zweifeln dagegenzuhalten und seine schönen Ausführungen zu unterbrechen. Sie wußte genau, daß ihn dann der Ehrgeiz packte, in seinen Begriffen noch klarer, noch einfacher zu werden, und er zu Tiefen aufstieg, die sie so noch nicht geschaut hatte. Dann glaubte sie jedesmal, er würde über sich selbst hinauswachsen und hatte den Eindruck, ihn zu Gedanken zu bewegen, die ihr allein gehörten und die er nur für sie in den Raum holte. Das gab ihr dieses prickelnde Gefühl, einen Genuß mit ihm zu teilen und steigerte ihre Lust, ihm mit jedem Wort unnahbar näherzukommen, um ihn ganz in ihren Bann zu ziehen. Nie hätte sie gedacht, daß ein Gespräch so viel Eros haben konnte.

Mit einemmal war ihr danach, etwas für ihn zu komponieren. Vielleicht ein Kammerduett. Auch wenn sie sah, wie ungeduldig ihre chère Pöllnitz darauf drängte, die Oper für den König zu besprechen – Sophie Charlotte verließ den Raum und setzte sich ans Cembalo.

Dichter Nebel lag über der Spree. Es schien, als breitete sich eine weite weiße Landschaft aus, die schon jetzt eine Vorstellung davon gab, daß der Winter unweigerlich bevorstand und nichts als frühe Dunkelheit und Kälte bringen würde. Die Sonne hielt sich in den Wolken versteckt, kein Windhauch regte sich, selbst die Luft stand starr und alles war gespenstig still. Plötzlich traten aus dem Diesig-Trüben die Konturen eines Kosarenschiffs hervor, eine riesige Takelage stieg hinter der Nebelwand auf, kam geräuschlos näher, schlich sich bedrohlich in den Morgen und legte am Ufer wie ein weißgrauer Schattenfleck an. Maskierte Gestalten, bewaffnet mit Degen, Säbeln, Flinten, Pistolen und Dragonergewehren drangen in den Lietzenburger Park ein, nahmen Deckung hinter den Bäumen und Boskett und stürmten dann quer über die Wiesen und Blumenrabatten direkt auf das Schloß zu, um es zu plündern. Die Wachen gerieten in Bewegung, Tambours trommelten, und schon ritt der Kronprinz an der Spitze seiner Kompanie heran, um im gezielten Angriff die Eindringlinge in die Flucht zu schlagen.

Sophie Charlotte saß umringt von einer Vielzahl geladener Gäste neben dem Gemahl auf einem Podest unter einem Baldachin und mußte dem Spektakel zusehen, das sich der Sohn als Geburtstagsüberraschung für sie ausgedacht hatte. Er war glücklich, ihr das Ergebnis seiner Exerzierübungen auf diese Weise endlich einmal leibhaftig vorführen zu dürfen. Doch sie hatte bloß Sorge, ihr schöner Rasen könnte zertrampelt werden, was in ihren Augen die ganze Sache nun wahrlich nicht wert war. Trotz des warmen Mantels, den ihr Friedrich Ali um die Schultern gelegt hatte, fror sie. In dieser frühen taunassen Stunde schon wach sein zu müssen war gegen ihre Gewohnheit und eine Strapaze, die sie sich gerne hätte ersparen mögen. Anderseits wollte sie aber den Enthusiasmus des Thronfolgers nicht mißachten.

Er brachte seine Truppen in Stellung – die erste Reihe kniend, die zweite Reihe stehend mit Bajonett im Anschlag, die Reihen dahinter gefechtsbereit, dann wurde die Regimentsfahne aufgerichtet, und er gab das Kommando zum Sturm. Dabei warf er ihr einen stolzen Blick zu, als wollte er seiner Frau Mama zeigen, daß er die Welt im Griff hatte und die Ordnung in ihr zu wahren wußte. Er stand so nah an ihrem Baldachin, daß ihr das Feldherrenblitzen in seinen Augen nicht entging, aber im stillen sagte sie sich, es wäre weit nützlicher gewesen, er hätte den *Gallischen Krieg* aus dem Lateinischen übersetzt, statt hier den kleinen Cäsar zu spielen. Daran hätte sie zweifellos mehr Freude gehabt, als hier in dieser Herrgottsfrühe zusehen zu müssen, wie ihr kleiner Sturmprinz den Park in eine Kampfarena verwandelte. Am Ende ließ er gar noch Laufgräben ausheben, Schanzen bauen und Gefechtsstände einrichten! Schrecklich, diese Begeisterung für Schlag, Schuß, Stich und Stoß! Aber man konnte sich eben seine Geburtstagsgeschenke nicht aussuchen. Als hätte sie es geahnt, fuhren über ihre weißen Kieswege plötzlich Geschütze heran, und etwas abseits wurde auch noch ein Zelt für den Feldscher aufgeschlagen. Friedrich Wilhelm führte heißherzig vor, wie er im Kampf Mann gegen Mann die Piraten in die Flucht schlug. Fast ungewollt hielt sie sich die Hand vor die Augen, um nicht sehen zu müssen, wie ein Bandit nach dem anderen in ihre schönen Zierbüsche stürzte, die Godeau nach Versailler Vorbild als Boskettgirlanden so sorgsam angepflanzt hatte. Sie zwang sich zu einer Gelassenheit, die fast schon an Selbstüberwindung grenzte, und schien wie von einem großen Druck befreit, als die Seeräuberbande ans neblige Ufer zurückgetrieben und der Rest festgesetzt wurde.

Kampferhitzt und feurig kam der Heldenprinz auf sie zugeritten und erstattete Meldung, daß die feindliche Invasion beendet war. »Die Eindringlinge wurden siegreich niedergestreckt.« Er verneigte sich und fügte ergeben hinzu: »Alles zum Schutze meiner verehrten Frau Mutter.« Dann ließ er 33 Salutschüsse zu Ehren ihres Geburtstages abfeuern, und sie war heilfroh, daß das Spektakel keine größeren Schäden an den Parkanlagen hinterlassen hatte. Anderseits fand sie es aber auch rührend, daß ihn ihr Geburtstag so beschäftigte und er keinen Aufwand scheute, um ihr eine Freude zu machen. Wenn auch eine Freude nach seinem Geschmack, aber immerhin: Das Motiv war ehrenwert, und er hatte lange dafür geübt. »Sie werden ganz gewiß einmal ein großer Militär werden«, sagte sie, und als sie in sein strahlendes Gesicht sah, fügte sie etwas leiser hinzu: »Besser wäre natürlich, daß Ihnen solche Zeiten erspart bleiben, wo Sie diese Fähigkeit unter Beweis stellen müssen.«

Die Gäste begaben sich ins Schloß, wo alles für einen festlichen Empfang vorbereitet war. Der Gemahl lobte seinen Sohn für die gelungene Vorstellung. Friedrich Wilhelm kündigte ihr daraufhin begeistert an, daß er schon jetzt für den nächsten Geburtstag die große Wasserschlacht vorbereitete, mit Kanonenbooten, Konvoischiffen und einer Corvette für den Vorpostendienst. »Ich lasse bereits die Rammtaktik üben, es wird großartig!« sagte er. Zwar wäre es ihr lieber gewesen, er hätte von Gondeln statt von Kanonenbooten gesprochen, und sie fragte sich, von wem er diese Haubitzenlust geerbt hatte. Aber sie wollte nicht schon wieder auf ihn einreden. Ihn in eine Richtung zu drängen, die ihm nicht lag, brachte nichts. Wahrscheinlich war seine Natur doch mehr auf Bewegung und Tätigkeit gestellt. Man konnte sich die Kinder eben nicht aussuchen. Allerdings schien auch diese Aktion seinem Eifer geschuldet, die Gegensätze zwischen ihnen bewußt herauszukehren, um desto deutlicher seine Selbständigkeit hervorzuheben. Sie wußte doch, wie es lief: Sie fand ihn schön, doch er wollte davon nichts wissen. Sie freute sich an seidenen Gewändern, er trug am liebsten Bauernkittel. Sie bevorzugte die kleinen niedlichen Hunde, er hielt sich dänische Doggen. Sie liebte Bücher, ihm waren sie ein Greuel. Sagte sie nur das Geringste gegen Gott, gab er sich sofort stockfromm. Jede Oper, die sie aufführen ließ, fand er zum Gähnen. Was immer sie tat – den kleinen Flegel schien nur das Gegenteil froh zu machen. Aber über seine Empörungsspielchen gegen alles, was erwachsen war, wollte sie sich jetzt nicht den Kopf zerbrechen. Er war wie er war, und einen besseren Sohn bekam sie nicht. Wahrscheinlich durfte man von den Kindern überhaupt nicht allzuviel erwarten.

Er gestand ihr, wieviel Freude es ihm machte, sich einmal nicht mit dem Gelehrtenquark, mit Kunst, Literatur und diesem ganzen Kokolores befassen zu müssen. Er war glücklich, vom gnädigen Herrn Vater, dem König, zwei Regimenter geschenkt bekommen zu haben. Nichts machte ihm mehr Spaß, als der Kommandant der Regimenter *Kronprinz zu Pferde* und *Kronprinz zu Fuß* zu sein. Die Arbeit mit ihnen war das Schönste, das Größte und Beste überhaupt. Dafür hatte er sich extra ein neues Dukatenbuch angelegt, denn es war sein Ziel, die beiden Regimenter mit höchster Sparsamkeit zu größtem Erfolg zu führen. »In der Verschwendung liegt nichts als Übel«, bemerkte er fast beiläufig, »aber ich muß an die Zukunft denken. Mit gut ausgebildeten Soldaten kann ein König mehr Eindruck vor seinem Volk machen als mit glitzernden Juwelen im Knopfloch.«

Diese Erkenntnis allerdings fand sie dann doch für einen Dreizehnjährigen eine reife Leistung. Glücklicherweise war der König von seinen Ministern umringt, so daß ihm diese Bemerkung nicht zu Ohren kam. Wahrscheinlich mußte sie in Zukunft ihren Kronsohn ganz anders sehen. Nicht so schöngeistig. Mehr als Technikus und Praktiker. Warum auch nicht. Hauptsache, der Gemahl war mit ihm zufrieden. Das schien offenbar der Fall zu sein, denn Seine Durchlaucht war guter Dinge und in letzter Zeit überhaupt mit allem in Übereinstimmung. Auch zu ihr kam er wieder öfter, vorweg das Prachtkissen und dann Er. Die Stimmungsschleife trat wieder voll in Aktion und tat ihre guten Dienste. Sie war schöner denn je gebunden, so schön, daß sie wie ein Nachtschmetterling auf dem Schnürwerk saß, was den Gemahl entzückte. Sie spürte: Er kam gern. Inzwischen hatte sie sogar den Eindruck, daß er ganz froh war, sich auf diese Weise bei ihr vom Protokoll erholen zu können. Es gab eben viele Arten, dem heiligen halben Stündchen seinen Sinn zu geben. Dies bestätigte ihr aber auch, wie richtig, goldrichtig es gewesen war, sich zurückzuziehen vom Herrscherhof, sich um das vermeintlich hochpolitische Treiben nicht zu kümmern und zu zeigen, daß andere Dinge ihr wichtiger waren. Anscheinend imponierte das ihrem königlichen Friedrich.

Ganz gegen seine sonstigen Gewohnheiten zog er sich nach dem Empfang in ihre Gemächer zurück – keine Mittagsruhe, keine Kutschenausfahrt zur Stechbahn, keine Jagd –, vielmehr nahm er einen Tee, einen Pekoe, der bei ihr ganz besonders gut schmeckte, weil sie ihn nicht nur mit Wasser aus geschmolzenem Eis zubereiten ließ, sondern, wie er meinte, außer mit Zimt auch noch mit Heiterkeit zu würzen verstand. Fast beiläufig, aber nicht ohne einen gewissen Stolz, erwähnte er, daß die Gesandten von England und Holland allerorts von ihrer erlesenen Musikbibliothek schwärmten und daß dies an den Höfen bereits die Runde machte. »Ich möchte, daß Sie mir im Stadtschloß auch eine Bibliothek einrichten«, sagte er. »Die schönste und prächtigste Bibliothek Europas soll es werden. Ich lasse Ihnen dabei völlig freie Hand und vertraue ganz dem Geschmack Ihres Geistes. Ich weiß, es wird ein Glanzstück werden.« Fast klang es zärtlich. Ungewohnt zärtlich. Und dann hatte er noch einen zweiten Wunsch: »Reden Sie in meinem Namen mit Leibniz, ob er nicht die Geschichte meines Vaters, des Großen Kurfürsten, schreiben will.« Das alles kam unerwartet. Bessere Wünsche zu ihrem Geburtstag hätte es gar nicht geben können. Fehlte nur noch, daß der König als bewährter Nichttänzer am Abend den Ball mit ihr eröffnen wollte. Dann allerdings hätte sie keiner mehr vom Glauben an eine wundersame Verwandlung abbringen können.

Mehrere Wochen hielt sich Leibniz nun schon in Berlin auf. Fast täglich empfing ihn die Königin zur Audienz und jede Stunde, die sie ihm schenkte, schien im Himmel verabredet zu sein. Zwar türmten sich die Briefe auf seinem Schreibpult und gerieten ihm zum Vorwurf, denn er hätte Varignon, Bernoulli und de Volder längst antworten müssen, aber Sophie Charlotte hatte Vorrang. Gleich, was geschah, selbst wenn ein Komet ihm vor die Füße gefallen wäre – erst kam sie und dann lange lange nichts.

Zu ungewohnter Morgenstunde stand er am Pult. Er hatte ihr versprochen, ein paar schriftliche Notizen über das letzte Gespräch mitzubringen. Was hieß versprochen! Sie hatte ihn darum gebeten, und nichts war ihm heiliger als ihr Wunsch. Auf weißem geglätteten Papier hielt er noch einmal fest, weshalb Gott in einer Unendlichkeit von möglichen Welten die beste aller Welten für uns ausgesucht hatte und weshalb seine Existenz trotz der Übel in der Welt nicht geleugnet werden durfte. »Seinen Kritikern sollte man sagen: Ihr kennt die Welt erst seit drei Tagen, ihr seht nicht weiter als bis zu eurer Nasenspitze, und dann findet ihr etwas auszusetzen? Wartet ab, bis ihr die Welt etwas besser kennt, und achtet besonders auf die Teile, die ein Ganzes darbieten; dann werdet ihr eine Kunstfertigkeit und Schönheit entdecken, die alle Phantasie übertrifft. Ziehen wir daraus die Konsequenzen für die Weisheit und Güte des Urhebers der Dinge auch bei den Dingen, die wir nicht kennen. Wir finden im Universum Dinge, die uns nicht gefallen; aber wir müssen wissen, daß das Universum nicht für uns allein geschaffen ist. Dennoch ist es für uns geschaffen, wenn wir weise sind: Es wird sich uns anpassen, wenn wir uns ihm anpassen; wir werden in ihm glücklich sein, wenn wir es sein wollen.« Er schrieb gleich ins reine. Ohne Entwurf, ohne Abschrift, als sollten die Worte ganz unmittelbar vom Kopf in die Hand gleiten und etwas von dieser Spontaneität festhalten, die alles viel näherbrachte und glaubwürdiger machte. Er gab sich Mühe, Sophie Charlotte nicht mit seiner Kritzelschrift zu behelligen, sondern den Buchstaben einen eleganten Schwung zu verleihen. Schon das Schriftbild sollte sie ansprechen. Alles, was von ihm kam, sollte ihr angenehm sein. Nur Schönes und Erfreuliches sollte sie mit ihm verbinden.

Jetzt, bei der Niederschrift spürte er, wie das Gespräch in ihm nachreifte. Wort für Wort stiegen noch einmal ihre Zweifel an der besten aller Welten vor ihm auf und gaben seinen Gedanken eine ganz eigene Dynamik. Plötzlich wußte er, was die Gespräche mit ihr so lebendig und unersetzbar machte: Es war ihre Art zu fragen. Es war diese Lust, eine Gewißheit aufzubrechen und von ihm eine gültige Auskunft zu verlangen. Ehe er sich versah, hatte sie die Richtung des Gespräches bestimmt, den ganzen Sinnhorizont abgesteckt und ihn mit ihren Fragen selber zum Fragenden gemacht. Das war die Herausforderung, die ihn in Atem hielt. Sie wollte das Warum des Warum wissen, und nichts reizte ihn mehr, als ihr in diese Tiefen zu folgen. Lieber Leibniz, was ist weniger als nie? Wieso sagen wir Universum und nicht Multiversum? Solche Fragen konnte doch nur jemand stellen, der selber wußte, daß er nichts wußte und darauf zielte, auch den anderen zum Nichtwissenden zu machen. Sie legte Schlingen mit klarer Absicht: Ihre Fragen sollten in sein Fragen übergehen. Eine raffinierte Art, ihn zu sich heranzuziehen. Sie tastete seinen Geist ab und griff nach seinen Antworten. Sie machte aus dem Denken ein sinnliches Bewegungsspiel. Stachelte mit ihren Fragen gegen alles Geordnete und lauerte darauf, daß er durcheinandergeriet. Vielleicht wollte sie gar keine gültige Antwort, sondern ihn nur aufs Glatteis führen, ihn zögern und zweifeln sehen, ein bißchen sprachlos erleben, stockend und stotternd, oder ihn vor seinen Wahrheiten wie einen Reiter vor dem Abgrund sehen. Vielleicht war sie gar nicht wirklich auf das Wissen hinter dem Wissen aus, sondern wollte bloß ihren Spaß haben. Er kannte doch ihr Lieblingssätzchen: Nichts ist ungesünder als traurig zu sein! Was wußte er schon, welchen Hintergedanken sie verfolgte! Doch worauf sie auch zielte – er spürte, ihre Fragen waren unberechenbar. Sie zwangen ihn, sich zu offenbaren und ihr seinen ganzen geistigen Vorrat zu Füßen zu legen. Warum heißt es: Von Ewigkeit zu Ewigkeit, Amen? Wieviel Ewigkeiten haben wir, lieber Leibniz?

Er sah Sophie Charlotte vor sich, sah diese eisblauen feurigen Augen, dieses aufsässige Lächeln, das immer schon die Antwort zu wissen schien und ihn in die Rage einer Erklärung trieb. Er wußte nicht, war es der Geist der Koketterie oder die Koketterie des Geistes, der aus ihren Fragen sprach und ihn jedesmal so angriffslustig und gleichzeitig auch so unsicher machte. Ständig hatte er Sorge, seine Antworten könnten der schönen Welfin nicht genügen. Das wäre seiner nicht würdig gewesen. Irgendwie nahmen ihre Fragen ihm das Bewußtsein einer gesicherten Erkenntnis. Dabei hatte er bislang geglaubt, alles streng mathematisch-syllogistisch zu denken! Und nun das! Zwar versuchte er, mit seinen Antworten bis zu einem gemeinsam Gemeinten vorzudringen, aber der eigentliche Wert der Frage, das Fragwürdige, blieb als eigene Größe bestehen und beschäftigte ihn fortgesetzt weiter. Noch nie hatte jemand von ihm verlangt, sich in einem Gespräch derart verausgaben zu müssen. Sie weckte seinen Ehrgeiz, jede Frage so zu beantworten, daß nicht der geringste Zweifel und nicht die leiseste Uneinigkeit im Raume zurückblieb. Auch wenn er ihr hundertmal gesagt hatte: Meine Philosophie, Majestät, ist nur Hypothese – es enthob ihn nicht einer klaren Beweisführung. Er wußte doch, daß sie auf das kleinste Wort Obacht gab, um es dann ganz überraschend mit seinem Gegenteil zu verknüpfen und zu zeigen, wie leicht es war, ihn von den Höhen der Ideen auf den Boden des Irdischen zurückzuholen. Aber genau das war es ja, was Sophie Charlotte so faszinierend machte und sein Gemüt in den Zustand einer fortgesetzten Erregung trieb.

Er stand ganz aufgewühlt vor seiner Niederschrift. Ihre Frage nach der Freiheit des Menschen und dem Ursprung des Übels ließ seine Antwort wie von selber auf das Papier fließen. Die Lust, die er dabei empfand, drang bis in die letzte Pore seines Denkens, das ganz auf Minerva Sophia gerichtet war. Er wußte nicht, ob er mit all dem seiner Natur näherkam oder sich von ihr entfernte – er wußte nur, daß er auf die Gegenwart von Sophie Charlotte nicht mehr verzichten konnte. Es wäre der Verlust seiner selbst gewesen. Ob Königin oder nicht, ob Hoheit, Majestät und von Gottes Gnaden, auf welchem allerhöchsten Thron sie in Zukunft auch sitzen mochte – sie war in ihm verankert wie eine Seerose im Grunde des Teichs. Sie war die Frau seiner Seele. Die Gefährtin seiner Gedanken. Er fühlte das Unzertrennliche, und mit einemmal kam aus der Tiefe seines Empfindens der Name, der dieses neue Leben wiedergab und der sein Wesen ganz erfüllte: mariage mystique. Ja, es war eine mariage mystique. Es war das Ungesagte und Geheimnisvolle, das ihn mit ihr verband.

Ein Tumult vor dem Haus riß ihn aus seinen Gedanken. Er ging zum Fenster und sah zwei Soldaten zur Rechten und zur Linken seiner Haustür stehen. Eckardt, sein Sekretär, stürzte ins Zimmer und sagte, daß er soeben von einem der Offiziere erfahren habe, sie seien von Ihrer Majestät, der Königin, als Ehrenwache für den berühmten Herrn von Leibniz abkommandiert. Einen Augenblick verschlug es ihm die Sprache. Von Sophie Charlotte derart öffentlich ausgezeichnet zu werden, war nicht nur eine Bestätigung seines Wirkens, es war das Größte überhaupt. Mehr Verehrung für ihn hätte sie vor aller Welt nicht bekunden können. Mehr Glück gab es nicht.

Nach all den Gesprächen war Sophie Charlotte überzeugt: Niemand konnte Leibniz auch nur von Ferne nahen. Trotzdem fragte sie sich, warum er bislang noch keine größere philosophische Arbeit veröffentlicht hatte. Vor etlichen Jahren nur ein Traktätchen im *Journal des savans,* sonst nichts. Dafür Briefe über Briefe, verstreut in alle Welt, die ganz gewiß die Empfänger beeindruckten und seinen Ruhm vermehrten, die sicherlich auch von Hand zu Hand wanderten, aber sie fand, es fehlte etwas Umfassendes, eine geschlossene Darstellung, ein Werk, in dem er einmal sein ganzes Wissen bündelte und den Bauplan der Welt anschaulich für alle enthüllte.

Zwar erwartete sie von einem Universalwissenschaftler und Erfinder nicht, daß er sich zum Dichter der Metaphysik wandelte, aber sie sah ja, wie leicht es ihm fiel, die verschiedensten Gegenstände miteinander in Beziehung zu setzen und aus allem die Summe zu ziehen. Er war geboren für das Auffinden der Wahrheit. Schon das hätte ihn für ein solches Werk prädestiniert. Doch offenbar fehlte ihm dazu die Lust oder die Ausdauer, oder er hielt es ganz einfach nicht für wichtig. Vielleicht lag aber auch die Welt so geordnet und klar vor ihm, daß er jede Notiz darüber als eine banale Wiederholung des Bekannten empfand. Sie wußte es nicht. Sie wußte nur, schon die Essenz ihrer Gespräche zu Papier zu bringen kostete ihn Überwindung. Es langweilte ihn, noch einmal das aufschreiben zu müssen, was bereits gesagt worden war, hatte sie doch den Eindruck, daß er in dem Moment, wo er einen Gedanken aussprach, meist schon mit ihm abgeschlossen hatte und sein Interesse sich bereits auf einen neuen Gegenstand richtete.

Manchmal, wenn er so leichtfüßig und elegant, so spielerisch einen Gedanken entwickelte, hätte sie sich hinter dem Vorhang einen Schreiber gewünscht, der Wort für Wort festhielt, was er von sich gab. Nicht nur, weil er so druckreif und vollendet sprach, als wäre alles in ihm vorformuliert, sondern weil im Eifer seiner Darstellung so mancher gute Einfall verlorenging. Ihre Mutter kannte das Dilemma. Für ihre Begriffe ging er viel zu verschwenderisch mit seinen Ideen um. Darum hatte sie ihm diesen Exzerpierschrank geschenkt: Wann immer ihn eine Idee überkam, sollte er sie sofort notieren und den Zettel nicht achtlos irgendwo ablegen, sondern in den Schrank werfen, damit er später, wenn er einmal vom Amt erlöst war und mehr Zeit hatte, alles wiederfand. Dann konnte er all seine Ideen ordnen und zu einem geschlossenen Ganzen fügen.

Das war zwar von ihrer verehrten Frau Mama sehr fürsorglich gemeint, aber Sophie Charlotte wollte sich auf ein Später nicht verlassen. Nicht bei einem Mann wie Leibniz, von dem keiner wußte, wohin ihn seine Ideen noch führen würden. Er mußte auf die Gegenwart verpflichtet werden, und hier sah sie, was not tat: Das neue Königreich brauchte eine Philosophie, und die konnte nur von ihm kommen. Auch wenn er die Mathematik für die einzig wahre

Wissenschaft hielt – in ihren Augen war Leibniz ein Philosoph. Nicht so ein abstrakter Stubenhocker, lau und tautologisch, sondern ein Mann, der das Ganze stets vor dem Teil sah, der mit der Stimme des Ausgleichs sprach und in allem die Mitte suchte, den Ort der Vernunft. Größeres war nicht zu wollen. Außerdem konnte er die Dinge so zu sich hinverwandeln, daß sie lebensbrauchbar wurden – genau das richtige für den Geist des neuen Königtums.

Einen Exzerpierschrank, um ihn zum Sammeln der Gedanken zu ermahnen, brauchte sie nicht. Sie fühlte, sie hatte andere Möglichkeiten. Aber sie wußte auch, daß sich ein philosophisches Werk nicht erzwingen ließ. Er war eigen in diesen Dingen. Allem, was nach Auftrag und Bestellung klang, begegnete er von vornherein mit Abneigung. Er hatte es ihr mehr als einmal gesagt: Er mußte den Willen haben, wollen zu wollen, und der konnte nur aus ihm selber kommen. Anders brachte er nichts zustande und war störrisch wie ein Esel.

Um ihn überhaupt in die Richtung ihres Wunsches zu lenken, mußte sie behutsam vorgehen; höchstens mal anklopfen und ihre Erwartung still mitschwingen lassen. Darauf ansprechen konnte sie ihn nur, wenn sie den Wunsch als etwas ganz Persönliches, als ihren Herzenswunsch formulierte. Dafür war er empfänglich. Auf gar keinen Fall durfte sie ihn drängen. Das vertrieb ihm die besten Gedanken.

Anderseits war sie auch ungeduldig, und es gab eine willkommene Gelegenheit, ihn einmal beim

Wort zu nehmen. Erst kürzlich hatte er ihr wieder voller Überschwang versichert: »Nichts ehrt mich mehr, als Ihnen einen Wunsch erfüllen zu dürfen«, und ein Mann der Floskeln war er nicht. Nun konnte er einmal beweisen, ob seine Ergebenheit ihr gegenüber tatsächlich die Sterne überstieg. Gesagt hatte er es jedenfalls. Nicht verschlüsselt, sondern ganz direkt. Mit einer Stimme, die tief aus seiner Empfindung kam. Sie war gespannt, wie ernst er es jetzt damit nahm. Um so mehr, als sie wußte, wie sehr bei ihm das Eine und das Andere eine Einheit bildeten. Biegsam und schmiegsam verstand er sich auf die Harmonie der Gegensätze. Ganz der Grandseigneur der Dialektik. Doch im stillen hatte sie eine fast diebische Freude daran, ihn mit einem Herzenswunsch einmal richtig in Bedrängnis zu bringen. Und noch dazu mit einem, der den Ehrgeiz seines Geistes berührte. Schon wie er sich herauswinden würde, war die Frage wert und nicht ohne Delikatesse.

Die Vorstellung, er könnte sich ihr zuliebe tatsächlich zu einem solchen Werk aufschwingen, löste schon jetzt den stillen Triumph aus, keinen unbeträchtlichen Einfluß auf ihn zu haben und ihm näher als jeder andere zu sein. Das tat gut. Kein anderer gab ihr dieses Gefühl, im Zentrum seiner Gedanken zu stehen. Keiner umkreise sie so wie er. Keiner ging so auf sie ein. Das zu spüren, war eigentlich schon Wunscherfüllung genug.

Aufgeregt berichtete Fräulein von Pöllnitz, was man sich drüben im Stadtschloß erzählte. Sophie Charlotte probte gerade am Cembalo ihren Part für die Oper *Polifemo,* wollte wie immer, wenn sie an ihrem Instrument saß, nicht gestört werden, doch ihre erste und liebste Hofdame hielt sich diesmal nicht zurück und unterbrach Ihre Majestät in der Arbeit. Die Gerüchte, die über die Königin und Leibniz kursierten, fand sie so empörend, daß sie ihr keine Ruhe ließen. Angeblich war er der große Favorit, ihr Maître de plaisir, der torkelnd im Morgengrauen das Schloß verließ. Von wegen Lietzenburg! Lustenburg nannten es die Lästerzungen und meinten, es sei himmelweit davon entfernt, ein Asyl der Tugend zu sein! Andere wollten gehört haben, daß die Königin mit ihm in ihrem Schlafzimmer auf dem Prunkbett lag, um sich von ihm die neuen Deckengemälde erklären zu lassen. Einige bedauerten sie auch, denn sie hätten ihr gerne einen jüngeren Liebhaber gewünscht und nicht so einen ausgezehrten Philosophen.

Nun mußte Sophie Charlotte ihr Spiel doch unterbrechen. Schon lange hatte sie der Hofklatsch nicht mehr so amüsiert. Molière hätte keinen besseren Komödienstoff erfinden können! »Wenn die Menschen für den Rest der Dinge nur halb soviel Einbildungskraft besäßen, ginge es mit dem Fortschritt weit besser voran«, sagte sie vergnügt, aber ihre Herzenspöllnitz war besorgt über diese Flüsterfront, die sich gegen Ihre Majestät auftat und gegen die nicht anzukommen war. »Das ist das Werk der Wartenberg!« entgegnete sie. »Die ist doch nur darauf aus, daß sich Ihr Verhältnis zum König trübt, damit ihr Ehemann noch mehr Einfluß auf ihn gewinnt und sie sich allerorts als die Regierende Gräfin aufspielen kann. Außerdem entspricht das ganz der schlichten Denkungsart der Dame: Ein Mann ist für sie ein Liebhaber oder nichts. Dafür hat sie ein Bettgespür. Andere Wahrnehmungsarten sind der Gräfin doch fremd!«

Sophie Charlotte versuchte ihre chère Pöllnitz zu beruhigen. Was dieses elende Gerede anging, so waren sie sich beide doch schon seit langem einig, daß dieses aufgeblasene Krötengeheck drüben im Stadtschloß an zwei furchtbaren Übeln litt: an Dummheit und Langeweile. Tödliche Krankheiten, die Nachsicht verdienten. Sie begriff ihre Aufregung nicht. Sophie Charlotte war sich nicht sicher, ob wirklich die angestrichene Isabella dahintersteckte. Sie glaubte vielmehr, daß die Gerüchte von denen in Umlauf gesetzt wurden, die daran interessiert waren, ihr ein Lotterleben zu unterstellen: eine Dämonin der Nacht, sündig bis in die Haarwurzeln, respektlos gegen den lieben Herrgott, ungläubig und atheistisch. Was sonst? Im Kopf natürlich nichts als einen esprit pervers. Um so leichter konnten sie dann gegen ihre Opernliebe zu Felde ziehen, wie es jüngst erst wieder Spener tat, der von der Kanzel herab predigte, daß die Oper das Obszöne war, nichts als Augenlust und Sinnentaumel, der aufs Sträflichste Sitte und Geschmack der braven Zeitgenossen verdarb. Sophie Charlotte war klar, woher der Wind wehte. Doch sie ließ sich von den Pietisten, diesen Kopfhängern, nicht einschüchtern. Sie war kein Lamm Gottes, das beim kleinsten Gegenwind erschreckte. Selbstverständlich wurde die neue Oper in Kürze in Lietzenburg aufgeführt. Ariosti hatte in seinem Libretto die Metamorphosen des Ovid bearbeitet. Sie war gespannt, was Spener dagegen sagen wollte. Offenbar wurde mit vielen Mitteln gekämpft, um den Beweis zu erbringen, daß nur eine leichtlebige und vergnügungssüchtige Regentin wie sie so unzüchtige Kunstformen wie die Oper bevorzugen konnte und mehr noch – diese Unsitte sogar zu fördern wagte! Darum mußte sie natürlich mit Leibniz schon auf dem Bett gelegen haben, Arm in Arm und Bein in Bein. Wie denn sonst und wo denn sonst! Weniger hätte dem Anliegen der Kunstfeinde nicht gedient. Nein, es lohnte die Aufregung nicht. So waren sie nun mal, die lieben Zeitgenossen: nichts im Kopf und immer nur an das eine gedacht. Kein Wunder, wenn für die meisten sich die Menschwerdung erst im Bett vollzog. Sie konnten sich mit ihren dürftigen Hirnen gar nicht vorstellen, daß die Lust womöglich schon viel früher begann. Plattköpfe mit Wetzmäulern – da durfte man nichts erwarten. »Wenn Dummheit selig macht, kommen viele in den Himmel«, sagte Sophie Charlotte, »da wird für uns kaum noch Platz sein.«

Fräulein von Pöllnitz fand das alles nicht komisch. Sie sah dahinter eine gezielte Strategie. Erst sorgt man für eine negative Imago, die setzt sich dann in den Köpfen fest, prägt die öffentliche Meinung, und schon ist Minister von Wartenberg bereit, den hartnäckigen Dränglern nachzugeben und den Etat für den Opernbetrieb zu kürzen. »Und Sie, Majestät, sind am Ende das Opfer einer Kampagne, können keine Musiker und keine Tänzer mehr bezahlen und müssen die Bühne schließen. Genau das ist gewollt, und der geschmeidige Kasimir hat wieder einmal allen zeigen können, daß seine Macht als Minister grenzenlos ist.«

Im stillen gab sie ihr recht. Vermutlich war es genauso, wie sie sagte, aber wie sollte sie verhindern, daß immerzu Pfeffer unter den Mäusedreck gemischt wurde? Wenn morgen jemand in Umlauf setzte, sie hätte sich für ihren bevorzugten Denker nackt oder zumindest im Naßgewand malen lassen, dann mußte sie es so hinnehmen. Sich aufzuregen oder laut dagegen anzugehen schürte nur den Eifer der Gerüchteköche, und am Ende hieß es gar noch, sie fühlte sich ertappt und wolle sich rechtfertigen. Anderseits hatte sie nicht die geringste Lust, dieses Geschwätzes wegen die Prüde zu spielen. Wenn sie 90 war, hatte sie noch genug Zeit dafür. 90 Jahre waren eine große Hilfe gegen die Freuden der Welt.

Allerdings gestand sie ihrer Pöllnitz ein, daß sie bei all dem Gerede in Wahrheit etwas ganz anderes ärgerte: Es war diese elende Scheinheiligkeit. Sie wußte doch, daß diejenigen, die hinter jeder schlichten Freude gleich ein frivoles Vergnügen sahen und am lautesten dagegen anschrien, jeden Hurenwirt kannten und sich heimlich zu den Bordellnymphen schlichen. Morgens wurde im andächtigen Gebet die eheliche Treue beschworen und abends auf dem Kackstuhl die Maitresse entretenirt. Mit den Worten der Predigt im Munde hielt man doch ständig Ausschau nach einer Buhldirne oder einem Bereiter. Nein, diese Frömmler waren nicht zum Aushalten. »Vielleicht sollten wir mal einen von Speners Jüngern zum Essen bitten und im Nachttopf ein Gelee servieren lassen. Das wäre die beste Antwort auf alles«, meinte Sophie Charlotte. Dann spielte sie ihrer Pöllnitz den Cembalopart aus *Polifemo* vor und fand, daß in der Basso-continuo-Stimme noch einiges verändert werden mußte. Sie ließ Bononcini, ihren verehrten Musikmeister und Komponisten, rufen, um sich mit ihm noch einmal über die Partitur zu verständigen. Bis ins kleinste sollten die Stimmen harmonieren. Diesmal, darin waren sich beide Frauen unausgesprochen einig, sollte es im *Teatro di Lietzenbourg* eine Operninszenierung geben, wie es noch keine gegeben hatte. Üppig ausgestattet, dazu die besten Sänger und Tänzer. Ein Fest für die Sinne. Jetzt erst recht. Es kam so ein stiller Ehrgeiz in ihnen auf, die Prediger und Gerüchteköche einmal so richtig sprachlos zu machen.

Doch in dem allgemeinen Gerede war noch etwas ganz anderes ans Licht gekommen, das Fräulein von Pöllnitz Ihrer Majestät auf keinen Fall vorenthalten wollte: Herr von Leibniz hatte einen Sohn! Sophie Charlotte wandte sich jäh vom Cembalo ab. Das allerdings war dann doch eine echte Neuigkeit. »Er heißt Wilhelm Dinniger und soll der vierte Sohn des Schulmeisters und Küsters Jacob Dinniger in Saarmund sein. Seine Mutter ist die Tochter eines Tagelöhners und angeblich bildschön«, sagte Fräulein von Pöllnitz. »Derzeit soll Leibniz seinen Sohn zu sich ins Haus geholt haben und ihn als Schreiber beschäftigen. Übrigens soll die Ähnlichkeit zwischen beiden verblüffend sein. – Eigentlich doch sympathisch, wenn ein Mann wie Leibniz sich der Sünde nicht verschließt«, fügte sie heiter hinzu, und Sophie Charlotte entgegnete schmunzelnd: »Was heißt hier Sünde? Es beweist vielmehr, daß er auf allen Ebenen ein Mann der Praxis ist! Vor allem weiß ich jetzt, wie er das jüngst gemeint hat, als er mir sagte: Wer mich nur aus meinen Schriften kennt, der kennt mich nicht. Bei nächster Gelegenheit werden wir ihm mal vorführen, daß uns nichts verborgen bleibt. Den Spaß lassen wir uns nicht entgehen!«

Spontan entschloß sich Sophie Charlotte, ihre Mutter in Hannover zu besuchen. Es wurde höchste Zeit, sie wieder einmal in die Arme zu schließen und ein paar Herzensdinge mit ihr auszutauschen, für die sich kein Brief eignete. Entgegen ihrer sonstigen Art legte sie diesmal Wert darauf, mit großem Gefolge in Herrenhausen zu erscheinen, zumal ihr Bruder, der Kurfürst, sie nach der Krönung noch nicht gesehen hatte und es ihr eine stille Genugtuung bereitete, sich bei dieser Gelegenheit dem lieben Bruderherz als Königin zu präsentieren. Dies um so mehr, als Georg Ludwig stets der Meinung war, daß ihm als dem ältesten der Geschwister auch die höchsten Titel und Ränge zustanden. Nicht daß sie ihm das Recht des Erstgeborenen streitig machen wollte, aber dem Primogenitus bei dieser Gelegenheit mal eine kleine Vorstellung zu geben, daß er nicht allein dazu bestimmt war, einer von Gottes Gnaden zu sein, konnte nichts schaden. Anschauung war noch immer der beste Lehrmeister.

In mehreren Wagen führte sie diesmal sogar noch ihre Musiker und Tänzer mit, denn sie wollte ein Konzert und einen Ball in Hannover geben und dem Bruder vorführen, was in Berlin am Königshof inzwischen à la mode war. Er sollte sehen, wie die Gique und die Sicilienne derzeit getanzt wurden. Das Menuett war langweilig, den Ridotto mußte er erleben! Den neuen Rhythmus! Ein Saltarello war nichts dagegen!

Georg Ludwig fuhr ihr höchstselbst bis Magdeburg in seiner Leibchaise entgegen, was sie mehr als aufmerksam fand. Immerhin eine schöne Willkommensgeste, die zeigte, wie sehr er sich freute. Er hatte in Herrenhausen in aller Kürze eine Suite für sie einrichten und mit 250 Ellen Brokatell bespannen lassen. In allen Fenstern standen bunte Glaspyramiden, die ihr zu Ehren erleuchtet wurden, als sollte jeder schon von weitem sehen, daß mit ihrer Anwesenheit Licht und Farbe kam. Schon an diesen Details spürte sie, der Primogenitus war stolz darauf, eine Königin zur Schwester zu haben. Er gestand sogar, daß er für sie am liebsten das ganze Reglement eines Staatsbesuches in Gang gesetzt hätte, aber bei einem Überraschungsbesuch wie diesem war das zeitlich nicht möglich. So etwas mußte anders vorbereitet werden, und er bat sie, ihm künftig längerfristig den Besuch anzukündigen, so daß er ihr all die Ehren erweisen konnte, die einer Königin gebührten. Das hörte sich gut an. Selbstverständlich hatte sie ihm ein königliches Geschenk mitgebracht, einen seidenen Knüpfteppich aus Persien mit seltenen Jagdmotiven. Ein Prachtstück, das sein Herz höher schlagen ließ. Ihr Gemahl hatte für den Schwager sogar noch ein Jagdgewehr mitgeben wollen, den Griff mit Diamanten besetzt, aber sie meinte, so etwas mußte er ihm selber überreichen. Flinten zu schenken, dazu konnte sie sich nicht überwinden. Sollten die Herren der Schöpfung sich gegenseitig damit beglücken, sie hatte genügend andere Präsentideen.

Ihr Bruder gefiel ihr diesmal überraschend gut. Er saß nicht auf dem hohen Roß, unterließ es auch, sich so neunmalgescheit zu geben und alles besser zu wissen. Irgendwie kam es ihr so vor, als hätte er endlich begriffen, daß sie nicht mehr das Figuelottchen war, das mit dem Meerschweinchen spielte. Diese Entwicklung schien beachtlich, und sie sah wieder einmal: Für eine positive Wandlung war es nie zu spät.

Bei einem Abendessen, das sie für die Familie gab, kam sie auf Leibniz zu sprechen und fühlte behutsam vor, ob der Bruder gewillt war, Leibniz zum Kanzler zu machen. Selbstverständlich hielt sie die Frage bewußt allgemein, um nicht in den Verdacht zu geraten, sich in die Regierungsgeschäfte des Primogenitus einzumischen. Aber schließlich hatte Leibniz große Verdienste um das Haus Hannover, war in ganz Europa bekannt und wurde sogar in Rußland und China geschätzt. Was sprach also dagegen, Leibniz die vakante Stelle anzubieten? Die Mutter gab ihr sofort recht, doch Georg Ludwig meinte mit einem süffisanten Schmunzeln: »Ich weiß, Sie haben ein großes Tendre für unseren Geheimphilosophen.«

Diese Bemerkung fand sie höchst unpassend und der gute Eindruck vom Bruder war schlagartig verflogen. Wohl wieder nur eine Selbsttäuschung, mehr nicht. Sie wartete bloß darauf, daß er jetzt noch mit seinem dümmlichen Schnippschnappschnurr anfing, aber das wagte er offenbar doch nicht. Sophie Charlotte ärgerte sich, daß ihr Bruder das geistige Format eines Leibniz nicht erkennen wollte und empfand seine Überheblichkeit geradezu als kränkend. Es war, als würde sie persönlich angegriffen, und auf einmal fühlte sie sich bemüßigt, Leibniz vehement zu verteidigen. Mag sein, es klang, als wollte sie sich selbst verteidigen, aber sie ertrug es nun mal nicht, wenn in ihrer Gegenwart das Genie von Leibniz kleingeredet wurde. »Was heißt Geheimphilosoph! Würden Sie den Begriff vom allgemeinen Besten kennen, verehrter Herr Bruder, würden Sie anders reden! Das ganze Denken von Leibniz ist auf die Beförderung des allgemeinen Besten gerichtet, und dafür ist er unablässig tätig.« Und dann zählte sie ihm fast vorwurfsvoll auf, was aus seiner Feder stammte und auf praktische Anwendung wartete: »Er hat Vorschläge für die Verbesserung von Handel und Gewerbe erarbeitet, Studien vorgelegt, wie man den Seidenanbau entwickeln kann, hat eine Abhandlung über die Senkung von Steuern verfaßt, Reformen für eine zentrale Gemeindeverwaltung konzipiert, hat Denkschriften zur Aufhebung der Leibeigenschaft verfaßt und Lösungen parat, wie man Arme in Arbeit bringen kann. Würden Sie ihn fragen, könnten Sie sogar erfahren, wie sich die Staatseinnahmen durch Lotterie und Versicherung erhöhen lassen. Vor kurzem hat Leibniz auch noch Pumpen für die Entwässerung von Bergwerksschächten konstruiert und ein Konzept für die Beleuchtung der Residenzstädte entworfen – alles Dinge, die sich praktisch nutzen lassen und die jedem zugute kommen. Von seinen mathematischen Entdeckungen ganz zu schweigen und schon gar nicht zu reden davon, daß er derzeit an einer universellen Weltsprache arbeitet, einer lingua academica, die nur aus Zeichen besteht. Wo findet man schon ein so universelles Genie, das sich auf so vielen Gebieten auskennt! Als ob es solche Menschen im Überfluß gibt!«

»Das ist es ja«, entgegnete Georg Ludwig, »Ihr geschätzter Leibnitius ist eben auf zu vielen Gebieten zu Hause. Er pendelt zwischen den Wissenschaften, pendelt zwischen den Religionen. Niemand weiß, wohin er wirklich gehört. Ist er Protestant, ist er Katholik – ich kann es nicht sagen. Aber was er auch sein mag – einer von uns ist er nicht.«

Das war typisch. Immer mußte alles in eine Schublade passen. Man gehörte dazu oder nicht dazu. Hatte dafür oder dagegen zu sein. Mußte zu irgendeiner Partei gehören und sich als Freund oder Feind zu erkennen geben. Das vereinfachte den Umgang. Diese Einordnungswut war für sie Ausdruck eines engen Geistes. Ein Leibniz ließ sich nun mal nicht einordnen. Er war weit davon entfernt, *dafür* und weit davon entfernt, *dagegen* zu sein. Er war lediglich vernünftig und stand über den Dingen. Alle Werte waren für ihn Annäherungswerte. Alle Grenzen Übergänge. Nichts verachtete er mehr als den Glaubenseifer, diesen unseligen Fanatismus, der keinem nutzte. »Dieses ganze Parteiengezänk ist doch für die Katz«, sagte sie. »Wer ein Feindbild braucht, um seine Position klar auszudrücken, kann einem nur leid tun. Kleinmütige Rechthaber, aber doch keine selbständigen Denker. Leibniz will die Zeit voranbringen. Darum will er das Beste von beiden Seiten nehmen und zum Gemeinsamen bündeln. Als ob das Miteinander ein Fehler wäre! Aber offensichtlich ist der große Weltblick das Ungewohnte. Und was ungewohnt ist, wird beargwöhnt und erregt Verdacht. Kein Wunder, daß er das Mißtrauen aller kleinen Geister auf sich zieht.«

Das wollte Georg Ludwig sich von seiner Schwester nicht sagen lassen, gleich ob sie Königin oder sonst etwas war, und beendete das unerfreuliche

Gespräch mit staatsmännischem Ton: »Ihr teurer Leibniz ist mit vielen Höfen im Gespräch. Er kennt Gott und die Welt und spinnt seine eigenen Fäden. Man weiß nie genau, welche Interessen er vertritt und in wessen Name er spricht. Versöhnung und Ausgleich! Das klingt ja recht gut, aber philosophisch gesehen ist er nichts anderes als ein Vertreter des Indifferentismus.« Um keinerlei Zweifel aufkommen zu lassen, fügte Georg Ludwig hinzu, daß er ohnehin nicht die Absicht hatte, die Kanzlerstelle neu zu besetzen. »In Hannover muß gespart werden, Punkt. Wir haben nicht das große Geld wie der König in Berlin.«

Sophie Charlotte hätte ihm jetzt gehörig widersprechen müssen, von wegen Indifferentismus und solchen Gemeinplätzen, aber sie wollte die beginnende politische Diskussion nicht ausweiten. Ein falsches Wort genügte, um eine Verstimmung der Höfe herbeizuführen, und daran war ihr nicht im mindesten gelegen. Im Gegenteil, sie war froh, daß es in Berlin kein Mißtrauen mehr gab, wenn sie ihre Hannoverschen Verwandten besuchte. Dennoch ärgerte sie sich. Da hatte das liebe Brüderchen nun mal ein so universelles Genie am Hof und tat, als wäre das nichts. Der Vater hatte Leibniz wenigstens noch geschätzt, die Mutter hielt im stillen so gut sie konnte die Hand über ihn, aber der Sohn, der Kurfürst, hatte das letzte Wort und traf souverän seine Entscheidungen. Sophie Charlotte kannte diese Konstellation. Mit ihrem Gemahl in Berlin war es ja nicht anders.

Auch ihm gehörte das letzte Wort. Plötzlich kam ihr der Gedanke, daß dies mit der Jagd zu tun haben mußte. Diese Jäger hatten alle keinen Weitblick und folgten einer falschen Leidenschaft. Zweifelsohne rührte diese Borniertheit und Engstirnigkeit daher. Niederstrecken statt aufrichten – das sagte alles. Das prägte den Charakter und setzte sie in ein negatives Verhältnis zur Welt. Sie machte sich Vorwürfe, dem Bruder einen Teppich mit Jagdmotiven geschenkt zu haben. Man durfte diese falsche Leidenschaft nicht noch unterstützen. Das nächste Mal bekam er etwas Nützliches. Ein Huygenssches Taschenfernrohr, sofern es ihr Etat zuließ.

Doch was Leibniz betraf, wußte sie jetzt wenigstens Bescheid. In Hannover war er mehr gelitten als geschätzt. Ein Grund mehr, ihn nach Brandenburg zu holen. Mit der Akademie hatte er schon Fuß gefaßt, und wenn er nun die Geschichte des Großen Kurfürsten schrieb, ließ sich ganz gewiß eine Stelle für ihn einrichten. Stand er unter ihrem Schutz, bekam er die Freiheit, die er wollte, und sie zweifelte nicht, daß sich dann sein ungefärbter Eifer zur Beförderung des allgemeinen Besten voll entfalten konnte. Vielleicht brachte er dann sogar das große philosophische Werk zu Papier. Diese Aussicht gab dem Abendessen doch noch etwas Erfreuliches.

In den letzten Wochen war ihr wenig Zeit geblieben, auch einmal über die eigene Situation nachzudenken, aber in Momenten wie jetzt, wo sie ganz ungestört ihr Frühstück auf der Terrasse nahm, drängten sich wie von selber die bilanzierenden Gedanken an. Zwar wurde ihr von allen Seiten abgeraten, das Dejeuner im Freien zu nehmen, weil es schädlich war, sich ungeschützt der Frühlingssonne auszusetzen, und die Gefahr bestand, sich eine Kopfgicht zu holen. Aber sie hörte nicht darauf, denn was ihr guttat, konnte nicht schädlich sein. Es gab für sie nichts Schöneres, als zwischen blühenden Mandelsträuchern ihren Morgenkaffee zu trinken. Vor sich die blaugelben Blumenrabatten, Knospen und Blüten wohin sie schaute, und der ganze Park voller Licht und Farben. Was wollte sie mehr? Alles schien ins Unbegrenzte zu spielen. Sie war sich nicht sicher, sah sie Farben oder hörte sie Töne. Waren es die Farben der Töne oder die Töne der Farben, die diesem Bild das malerische Kolorit gaben – sie wußte es nicht. Sie sah nur, in diesem Park hatte sich ihr Geschmack und Gestaltungssinn vergegenständlicht. In der ganzen Anlage war kein Baum und kein Strauch ohne ihre Zustimmung gepflanzt worden. Nichts diente dem Wohlbefinden mehr, als das eigene Werk betrachten zu können. Sie wußte jetzt, wer in Übereinstimmung mit sich leben wollte, mußte die Dinge selber in die Hand nehmen. Morgens aufwachen und gleich ins Freie hinaustreten, gleich seinen Fuß auf die Wiese setzen zu können – diesen Luxus hatte sie sich selber geschaffen, hatte ihren Willen gegen alle Vorschriften des Hofreglements durchgesetzt und genoß jetzt das Resultat wie einen gelungenen Akt der Selbstbehauptung. Sie hatte es richtig gemacht und auf nichts gewartet. Vor allem nicht darauf, daß von drüben, aus dem Stadtschloß, nur irgend etwas Erfreuliches für sie kommen konnte. Schritt um Schritt hatte sie sich aus dem Zentrum der Macht zurückgezogen und ihre eigene Welt gebaut. Ohne viel zu erklären, ohne viel zu begründen. Sie hatte sich die Freiheit genommen, wollen zu wollen. Ganz nach der Leibnizschen Maxime. So ließen sich die Sonne- und Mond-Entfernungen aushalten. Wenn der Gemahl jetzt kam, empfing sie ihn wie einen Gast, was nicht der schlechteste Empfang nach 18 Jahren Ehe war, und manchmal freute sie sich sogar auf ihren preußischen Friedrich. Freute sich, ihm zeigen zu können, daß es ihr gelungen war, ihrem Leben selber eine Richtung zu geben und ihren Hof als Förderer von Kunst und Wissenschaft zu etablieren. Allerhöchstpersönlich konnte er sich davon überzeugen: Ihre Opernaufführungen waren beliebt und zogen immer mehr Künstler in die Residenzstadt. Gab sie Konzerte, saß sie selber am Cembalo, was sich bis nach Italien herumgesprochen hatte und Eindruck an den befreundeten Höfen machte. Gerade hatte sie Christian Reuter den Auftrag für ein Lustspiel erteilt, das spätestens in drei Monaten auf die Bühne sollte. Mit den Arbeiten der Akademie der Wissenschaften war sie fortlaufend befaßt. Der Bau der Sternwarte stand unter ihrem Patronat. Zu tun gab es genug. Nein, sie brauchte den Gemahl nicht, um ihrem Leben einen Sinn zu geben. So klein ihre

Möglichkeiten auch waren – sie hatte sie genutzt und den Kreis ausgeschritten. Sich auf die Gegebenheiten einstellen und aus dem Vorhandenen das Beste zu machen war in ihren Augen ohnehin die einzig richtige Antwort auf alles und tausendmal besser, als sich mit einem illusionären Später zu trösten und alle schönen Erwartungen auf das Jenseits zu richten. Das waren doch nur fade Ausflüchte, um nicht einmal das wenige, was man tun konnte, tun zu müssen. Sie hatte das wenige getan. Und wenig war mehr als nichts. Leibniz hätte ihr jetzt bestimmt gesagt: Sie hatte die beste aller Welten richtig verstanden. Eine wohltuende Gewißheit, passend zum Frühlingsmorgen. Hätte er allerdings jetzt neben ihr gesessen, wäre die beste aller Welten gleich noch ein bißchen besser gewesen.

Sie spürte, die Gespräche mit ihm fehlten ihr. Sie mußte geistig mal wieder abheben, mußte raus aus ihrer Umgebung, dem flachen Weltleben und einmal all die vorgeschriebenen Vergnügungen, die kleinen und großen Divertissements hinter sich lassen. Es war höchste Zeit für das andere, das Eigentliche: wahrgenommen zu werden in dem, was sie dachte. Denn im Gespräch mit ihm war sie das, was sie sein wollte: kein Angebinde an das Protokoll, keine Magd des Zeremoniells, sondern ein eigenständiges geistiges Wesen – frei, unabhängig und selbstbestimmt. Sie mußte einfach wieder einmal ihre eigene Lebendigkeit spüren. Gewöhnlich hielt sie sich ja an die Maxime, lieber allein als in langweiliger Gesellschaft zu sein, doch für den ständig stillen Monolog, dieses biederbrave Reden mit sich selbst, war sie nicht geschaffen. Was nützte der schönste Gedanke, wenn er ohne Echo blieb? Das Wort mußte Antwort, die Wirkung Rückwirkung sein. Ihr fehlte das Gegenüber, das Nähe schuf und alle Sinne in Anspruch nahm. Sie brauchte den Austausch. Und was hieß Gespräch! Genaugenommen war es ein Spiel: Auskunft geben und zugleich Auskunft einholen, zu ihm und damit zu sich selbst vordringen, von sich fort- und auf ihn zubewegen, immer pendelnd auf dieser pfadlosen Wegstrecke zwischen Kopf und Herz – das war mit Leibniz besonders aufregend. Auch wenn er sich noch so fern der realen Welt bewegte, sie fühlte sich doch tief in ihr und hatte überhaupt den Eindruck, je weiter er mit seinen Gedanken vorauseilte, um so näher kam sie ihm. Es gab nichts Spannenderes.

Zwar wußte sie im Gegensatz zu ihm wenig von den großen, helighohen Materien der Welt, aber es war ihr ein Vergnügen, den Grand maître der Vernunft schon mit einer beiläufigen Bemerkung in das Universum seiner Vorstellungen zu treiben, ihn dabei ab und an vom Sockel zu locken und so ganz nebenbei spüren zu lassen, daß der Grundwiderspruch seiner Existenz ihr klar vor Augen stand: Das Reale idealisieren und Ideale realisieren. Wer das wollte, wagte sich auf den Weg des Ausgleichs, die via media, und stand mittendrin weit draußen. Sie hatte ihn durchschaut: ständig auf der Suche nach Lösungen und nie fertig mit der Wahrheit. Trotz der vollkommensten Kenntnisse – auch er nur ein Schöpfungsentwurf.

Zwar kein Tropfen im Ozean, aber auch nicht mehr als eine Wellenkrone. Ab und an mußte sie sich das vergegenwärtigen, denn er sollte schon spüren: Seine Gedanken mochten sich in den abstraktesten Höhen bewegen – sie holte ihn auf den Boden zurück.

Friedrich Ali reichte ihr besorgt einen Sonnenschirm und meldete, daß soeben die Fahrpost aus Halle eingetroffen war und im Hof eine Kiste für Ihre Majestät abgeladen wurde. Sie ließ sie öffnen, und als er ihr den beiliegenden Brief übergab, wurde sie daran erinnert, daß die nächste große Aufgabe bevorstand. Ein Buchhändler hatte erfahren, daß sie damit befaßt war, die Bibliothek des Königs aufzubauen, und darum erlaubte er sich, Ihrer Majestät eine literarische Kostbarkeit zu überreichen, die es nirgendwo mehr zu kaufen gab – die geschlossenen Jahrgänge der ersten Gelehrtenzeitschrift Deutschlands, herausgegeben von Christian Thomasius, einem Mann, der die Ehre hatte, von seinen Neidern und Feinden als höllischer Halunke bezeichnet zu werden, weil er nicht aufhörte, gegen Folter und Hexenprozesse zu kämpfen, und aus der Universität Halle einen Hort des Freisinns machte. Da jedermann wußte, wie sehr Ihre Majestät, die Königin, alle Bestrebungen der Vernunft unterstützte, war es ihm eine Ehre, sich von den seltenen Exemplaren der *Monatsgespräche* zu trennen, ganz in der Gewißheit, daß Sie ihnen einen Platz in der Königlichen Bibliothek einräumen würde.

Sophie Charlotte ließ die Postknechte bewirten und

wußte im Augenblick nicht, worüber sie sich mehr freuen sollte: über dieses außerordentliche Geschenk oder über den beigefügten Brief, der ihr spontan bestätigte: Sie wurde wahrgenommen in dem, was sie wollte. Offenbar hatte es sich im Land herumgesprochen, was ihr Ziel war. Der Buchhändler hätte es nicht klarer sagen können: die Bestrebungen der Vernunft unterstützen. Sie spürte, es war ganz ohne Schwulst und ganz ohne Schmeichelton gemeint. Mochten die drüben im Stadtschloß, diese neunmalwichtigen Weltmänner und Tabakschwelger auch meinen, sie sei politisch ausgeschaltet und ohne Einfluß. Eine Mindermächtige, weit abgestellt ins Grüne und mit der Betrachtung der Natur befaßt – ihre Wirkung war eine andere. Ohne viel Worte, ohne Großankündigungen, Manifeste und Absichtserklärungen, ohne alles Begleitgetrommel und ohne Paukentöne einfach nur für das Imaginäre arbeiten – das war es doch! Die Bestrebungen der Vernunft unterstützen – als ob das nicht die wichtigste, die wirklich historische Aufgabe war! Aber sie wußte ja von Leibniz – was sich nicht in exakt meßbaren Zahlen ausdrücken ließ, hatte für die Herren Politiker wenig Bedeutung. Für die Kraft des Unmeßbaren fehlte ihnen jedes Verständnis und jeder Sinn. Keine Vorstellung davon, daß auch Geistesstärken zu Pferdestärken werden konnten und eine belebende Atmosphäre auf Dauer mehr bewirkte als der prächtigste Truppenaufmarsch – irgendwann mußten sie es ja begreifen. Sie jedenfalls sah in der unerwarteten Büchersendung einen verheißungsvollen Auftakt für das bevorstehende Unternehmen. Der Gemahl sollte staunen, in welch kurzer Zeit sie ihm eine Bibliothek aufbaute. Und zwar eine, die ihren Intentionen entsprach: nicht ein beliebig zusammengestelltes Weltwissen oder gar eine Sammlung frömmelnder Predigten und theologischer Spitzfindigkeiten, mit denen sich reihenweise die Bücherschränke füllen ließen, sondern eine Bibliothek, um die ihn Kenner beneiden sollten – viel Philosophie, viel Naturwissenschaft, Schriften, die ihre Zeit vorangebracht haben: Kepler, Bruno, Galilei. Bacon, Descartes, Hobbes, Spinoza. Das gab dem Ganzen Profil. Es mußten ja nicht gleich 180 000 Bände wie in der Bibliothek von Wolfenbüttel sein, aber so wie seinerzeit Herzog August wollte auch sie den Bestand selber katalogisieren. Bei mehreren holländischen Auktionen hatte sie schon die ersten größeren Bestellungen aufgeben lassen. Natürlich wußte sie, daß ihr Fridericus primus wie überall auch hier nur das Schönste und Prächtigste haben wollte, die kostbarste Büchersammlung Europas. Womöglich träumte er von einem Buchaltar, auf dem Folianten mit gravierter Goldarbeit, mit Filigran und Edelsteinschmuck standen, jedes Exemplar ein diamantenbesetztes Horarium, doch für sie konnten wertvolle Bücher nur die Werke der fortschrittlichsten Geister sein. Allerdings brauchten gerade die eine stabile Hülle. Darum ließ sie die Thomasiussche Gelehrtenzeitschrift gleich zum Buchbinder schaffen, damit die Exemplare einen soliden Ledereinband bekamen, selbstverständlich mit aufgeprägten Wappen. Der königlich gekrönte Adler mit roter Zunge mußte schon sein. Und das Welfenroß war ja auch dabei. Gerade bei kämpferischer Lektüre schien ihr der Hinweis auf den Besitzer nicht verkehrt, vielleicht sogar der Sache dienlich zu sein. Eines sollte hinter den repräsentativen Einbänden für jeden Benutzer deutlich werden: Aus dieser Bibliothek sprach der Geist des neuen Königtums.

Leibniz hatte seine Beine in Schraubstöcke gepreßt, weil sich die Gicht wieder bemerkbar machte und er das Wachsen von Gichtknoten an den Kniegelenken verhindern wollte. Eigentlich hätte er ein Tierbad nehmen sollen und seine Knie in das noch warme Blut oder die noch warmen Kaldaunen geschlachteter Tiere tauchen müssen. Ein befreundeter Arzt hatte ihm geraten, zwei Tauben zu töten, in der Mitte durchzuschneiden und als warmen Umschlag auf die Knie zu legen, um die Gelenksteifigkeit spürbar zu lindern. Er schwor auf die Heilkraft eines Balneum animale, aber Leibniz hätte den Anblick einer gerade geschlachteten, noch blutenden Taube auf seinen Knien nicht ertragen. Es hätte ihn nur noch kränker gemacht. Dann doch lieber das Sitzen in den Zwingen. Zwar war es eine Tortur, aber er hatte damit stets gute Ergebnisse erzielt, und solange er den Schmerz durch Arbeit überwinden konnte, fand er alles noch erträglich. Arbeit gab es mehr als genug. Auch heute wußte er nicht, wo er zuerst anfangen sollte. Hätte er seinerzeit die Stelle als Bibliothekar im Vatikan angenommen, könnte er jetzt wahrscheinlich ein beschaulich philosophisches Leben führen, aber dafür zum katholischen Glauben überzutreten – dieser Preis war ihm zu hoch. Dann doch lieber die kleinen Pfründe im Hause der Welfen. Allerdings schien ihm die Arbeit über den Kopf zu wachsen. Der große Nominalkatalog für die Bibliothek war noch immer nicht fertig. Die Geschichte des Hauses Braunschweig, die ihm zu schreiben auferlegt war, wurde ständig angemahnt. Für den Kaiser in Wien hatte er eine Konzeption für die Errichtung einer gemeinsamen Schule von Katholiken und Protestanten zu erarbeiten, die mit Kurier noch in dieser Woche abgehen sollte. Im Hintergrund schwelte dieser unselige Streit mit Newton um die Erfindung der Differentialrechnung, der Nerven kostete. Zudem trafen täglich neue Berichte aus der Societät in Berlin ein, die er als Präsident durchsehen und abzeichnen mußte, und nun hatte er auch noch eine Zeitschrift gegründet, in der er monatlich die wichtigsten Neuerscheinungen in Auszügen vorstellte, um zu verhindern, daß bei der zunehmenden Bücherflut die Menschen die Orientierung verloren und am Ende nur noch minderwertigstes Geschreibsel lasen. Ganz zu schweigen von dem Postberg. Die Anzahl der Briefe, die bei ihm eingingen, nahm ständig zu. Das allein hätte manchen schon in eine gewisse Bedrängnis gebracht, doch er betrachtete die Korrespondenz als das große Auditorium, das er sich ohne Universität und ohne Professur geschaffen hatte und war nicht wenig stolz darauf, auf diese Weise mit den wichtigsten Gelehrten Europas in Verbindung zu sein.

Heute mußte er die Schraubstockstunden nutzen, um vor all den anderen Arbeiten erst einmal seinen Postberg abzutragen. Das Unerfreuliche, die Rechnungen, sortierte er gleich aus. Der Mietzins hatte sich schon wieder erhöht, und er wies seinen Sekretär an, noch heute die Mechanicis zu bezahlen, die er für den Bau seiner Machina arithmetica bei sich beschäftigte. Bekamen diese gottgleichen handwerklichen Herrschaften ihr Geld pünktlich, konnte er hoffen, daß sie sich Mühe gaben und endlich die Zahnräder so fein schliffen, wie er sie für die Rechenoperationen brauchte. Dann überflog er den Brief von Bernoulli, mit dem er derzeit die Begriffe der einfachen und zusammengesetzten Wahrscheinlichkeit diskutierte, las kopfschüttelnd das Antwortschreiben von de Volder, der nicht einsehen wollte, daß es Pflanzentiere gab, die durchaus der Ordnung der Natur entsprachen. Im letzten Brief hatte Leibniz ihm geschrieben, wenn die Unendlichkeit der Lebewesen genauer erforscht war, wird man eines Tages diese Pflanzentiere im Innern der Erde und in den Tiefen der Gewässer entdecken, doch dem widersprach de Volder auf das heftigste. Aber damit wollte Leibniz sich jetzt nicht aufhalten. Schließlich konnte man keinen zur Einsicht zwingen. Wichtiger war ihm der Brief von Varignon, mit dem er schon seit längerem über das Kontinuitätsgesetz korrespondierte. Leibniz ließ sich sofort seine Reisekanzlei bringen, die immer Papier, Feder und Tinte bereithielt, klappte sie auf, legte sie auf die Knie und antwortete postwendend. Er machte Varignon noch einmal deutlich, daß sein Kontinuitätsgesetz nichts anderes besagte, als daß man die Ruhe als eine unendlich kleine Bewegung, die Übereinstimmung als eine unendlich kleine Entfernung und die Gleichheit als einen äußersten Fall der Ungleichheit betrachten mußte. Dann setzte er ihm auseinander, daß im Universum alles derart miteinander verbunden war, daß die Gegenwart stets mit der Zukunft schwanger ging und daß jeder gegebene Zustand nur als Folge des vorausgehenden auf natürliche Weise erklärbar war. »Leugnet man dies, dann wird es in der Welt Lücken geben, die das große Prinzip des zureichenden Grundes umstoßen und uns dazu zwingen werden, für die Erklärung der Phänomene zu Wundern oder zum bloßen Zufall Zuflucht zu nehmen.«

Und doch war das Schreiben in dieser Haltung so anstrengend, daß Leibniz Mühe hatte, den Brief zu Ende zu bringen. Die Gichtschmerzen schienen ihm diesmal so heftig wie noch nie. Zwar hatte er am Vormittag eine längere Audienz bei der verehrten Sophie von Hannover gehabt und wußte, daß sie allerlei Hausmittel gegen den Schmerz kannte, aber er vermied es ganz bewußt, nach den Beozarkügelchen zu fragen, die aus den Därmen der wilden Ziegen gewonnen wurden und gegen Übel aller Art so hilfreich waren. Überhaupt wollte er von Krankheit und Unpäßlichkeit nicht sprechen, geschweige denn auch nur das geringste von seinen Gichtschmerzen andeuten. Allein der Gedanke, ihre Tochter könnte davon erfahren und in ihm einen alten kranken Mann sehen, einen hinfälligen Podagrici, für den man nur Mitleid empfinden konnte, vergrößerte das Übel nur noch. Es war ohnehin schon schlimm genug, daß er Sophie Charlotte seit neun Wochen nicht mehr gesehen hatte. Er in Hannover auf seiner hölzernen Dienstbank, sie in Berlin und dazwischen nur eine einzige Gewißheit: Er dachte Tag und Nacht an sie und konnte ohne dieses Denken nicht mehr sein. Ob er dies nun als einen Gedanken oder als ein Gefühl betrachten sollte – diese Trennung bekümmerte ihn nicht mehr, denn durch Sophie Charlotte hatte er längst erfahren, daß der Verstand nicht jenseits der Gefühle liegen konnte und er sich in einem korrigieren mußte: Die Verneinung der Sinnlichkeit machte nicht das Wesen des Geistes aus. Sie hatte ihm gezeigt, was für ein Eros in einem Gedanken liegen konnte. Überhaupt hatte sich durch sie so vieles geändert.

Seit er sich im klaren darüber war, daß ihn mit ihr eine mariage mystique verband und die geistige Nähe zu ihr ihm das Bewußtsein der Unzertrennlichkeit gab, lebte er in einer permanenten Sorge um sie und meinte, eine besondere Verantwortung für sie zu tragen. Nicht daß er eine fürsorgliche Natur gewesen wäre oder irgend etwas Väterliches für sie empfunden hätte, aber er fühlte, daß er voll in den Besitz dieser Frau geraten war und sie um seiner selbst willen behüten und beschützen mußte.

Mit einemmal vergaß er, daß seine Knie zwischen den Schraubstöcken eingepreßt waren und ließ sich gegen alle guten Vorsätze Kaffee und eine Zigarre bringen. Gewiß, es war die Sünde pur, galt doch der Genuß von beidem zugleich als Vorspiel des höllischen Feuers. Doch er war in der Stimmung, genau das zu probieren und etwas zu tun, das über die Grenzen des Vernünftigen hinaustrug. Am liebsten hätte er ihr jetzt einen Brief geschrieben, um ihr einmal zu sagen, wie er fühlte und wie es um ihn stand; wie viele Gedichte er für sie geschrieben hatte, von denen er nicht wagte, ihr auch nur eines zu überreichen, wie ungeduldig er die Tage zählte, bis er endlich wieder mit ihr reden konnte. Es hätte etwas Befreiendes gehabt, ihr zu sagen, daß sie mehr für ihn als nur eine Königin war, mehr als die Regina Borussiae, die Reine de Prusse, sie war seine Lebensgöttin. Seine Diva vitae. Doch das zu schreiben hätte sich nach billiger Schmeichelei angehört und war außerdem zu gefährlich. Die Schnüffler saßen überall. Selbst wenn er auch derzeit über Hofprediger Jablonski mit ihr die Briefe tauschte – die Postwege waren nicht sicher. Natürlich hätte er mit unsichtbarer Tinte schreiben können, mit Gummiwasser, Zwiebelsaft oder wie seinerzeit Ovid mit Milch, um unerwünschten Mitlesern zu entgehen. Aber er konnte es ihr nicht zumuten, jedesmal einen Brief von ihm mit Asche, Ruß oder Kohlenstaub zu bestreuen, damit seine Schriftzüge lesbar wurden. Und gar in Geheimschrift, in Chiffre quarré, mit ihr zu korrespondieren, erweckte erst recht den Verdacht, daß da etwas geschrieben stand, was sträflich pikant oder gar zutiefst konspirativ war. Sicher war nur das Ungeschriebene. Nur das Geahnte durfte zwischen ihnen sprechen.

Trotzdem wollte er ihr auch heute ein Zeichen geben, daß er an sie dachte und sein Eifer für sie grenzenlos war. Er rief seinen Kopisten und ließ für sie den jüngsten Forschungsbericht über den Seidenbau abschreiben. Sophie Charlotte sollte über die neusten Entwicklungen auf diesem Gebiet früher als jeder andere im Bilde sein. Immerhin wies der Bericht der Societät der Wissenschaften Ergebnisse aus, die für die Wirtschaft des Landes Sensation machten: 20 000 Seidenwürmer brauchten in 32 Tagen rund 700 bis 800 Pfund Blätter und ließen sich durch 10–12 gesunde Maulbeerbäume hinlänglich ernähren. 2500 bis 3000 Kokons ergaben 1 Pfund gute Fadenseide und etwa 4 Unzen Florettseide. Bei 20 000 Kokons konnte man mit 6–8 Pfund Seide rechnen. Wenn das keine Zukunft für Brandenburg war!

Auch wenn er ihr mit diesem Bericht indirekt signalisieren wollte, daß es viele Wege gab, sich die Wahrheit mitzuteilen, so hatte er darüber hinaus im stillen doch auch die Hoffnung, sie für dieses Projekt begeistern zu können. War sie bereit, den Seidenbau im Lande zu fördern, der alle Voraussetzungen für einen blühenden Wirtschaftszweig bot und einträglicher als der Wein- und Obstanbau war, würden alle sehen: Wer seinem Rat folgte, war mit der Zukunft im Bunde. Und mehr noch, die Herren Fachgelehrten durften sich überzeugen, wie recht er hatte, wenn er öffentlich forderte, daß sich alles Wissen auf die Anwendung beziehen mußte. Ach Principessa, noch viele Quellen des Reichtums hätte er ihr erschließen mögen!

Erneut tauchten Gerüchte auf. Die Wetzmäuler gaben keine Ruhe. Ihr Einfallsreichtum schien unbegrenzt. Diesmal dichteten sie der Königin eine morbide Lust an. Sophie Charlotte konnte nur lachen. Sie und das Morbide! Diese ewig kleinen Fieberphantasien der Plattköpfe! Wie die sich so ein gekröntes Leben vorstellten – eingewoben in einen Prachtkokon, geborgen in ihrer Lietzenburg, diesem Glitzerkastell, wo sich ihr alles erfüllte, alles ergab und sie sich die Rosen schaffen konnte, die im Himmel blühen. Sancta Simplicitas! Weil sie zwischen herrlichen Gemälden und kostbaren Porzellanen lebte, so tief im Luxus, im Feinsten des Feinen, im Reichsten des Reichen, in dieser Samt- und Seidenwelt, wo alles so heil und so vollkommen war, hatte sie angeblich eine morbide Lust auf alles, was diese schöne Welt zerstörte. Zweifeln, verneinen und Bewährtes in Frage stellen – das war ihr Lieblingsspiel. Ihre königliche Luxuslust. In diesem Überfluß zog sie darum auch magisch alles Verbotene, Extreme und Gegensätzliche an. Kein Wunder, daß sie jeden Aufrührer so faszinierend fand.

Sophie Charlotte war sich wieder einmal mit ihrer

Pöllnitz einig: Gegen solches Geschwätz konnte man nur viele Vaterunser beten. Mit Betonung der letzten Zeile: Erlöse uns von dem Übel. Amen. Glücklicherweise hatte sie ja von ihrem Leibniz die Weltgesetze kennengelernt und erfahren, daß nichts ohne Grund geschah, und diesmal lag der Grund auf der Hand: Sie empfing John Toland. Gegen allen guten Rat, gegen alle Warnungen und alle Befürchtungen. Mochten die Herren Priester ihn auch einen Satansdreck und eine Schmeißfliege nennen und behaupten, daß sein Gott der Teufel sei – auf derlei freundliche Schmähreden hatte sie noch nie etwas gegeben. Im Gegenteil. Sie freute sich auf John Toland. Genau das aber paßte den Altgläubigen und Hütern der reinen Lehre nicht. Doch für Sophie Charlotte war Toland kein Ketzer, sondern ein mutiger und kühner Neuerer. Er setzte die Baylesche Kritik fort und übertraf sie noch. Er war kompromißloser und radikaler, zog gegen den Aberglauben und diesen ganzen schwiemeligen Mysteriennebel zu Felde und zeigte, daß die Kirche ihre frommen Scharen bewußt in dicker Finsternis hielt. Sie sollten nicht wissen, sondern glauben, was die Priester sagten. Und was hieß hier Priester! Selbsternannte Himmelspolizisten, die vorschreiben wollten, was man zu denken hatte. Das war es doch, und das mußte auch mal einer aussprechen dürfen! Statt Nächstenliebe zu predigen, wie es ihr Beruf gewesen wäre, verfolgten sie mit Haßattacken jeden, der es wagte, von ihrer Glaubenslehre abzuweichen. Sie gab ihrer Mutter völlig recht, die ihr beim letzten Besuch erst wieder gesagt hatte: »Später wird uns niemand mehr fragen, von welcher Religion wir gewesen sind, sondern nur, was wir Gutes und Böses getan haben, alles andere ist Pfaffengezänk.« Toland sagte nichts anderes. Keine Frage, daß ihm ein ehrenvoller Empfang gebührte.

Selbstverständlich hatte sie in Vorbereitung des Besuchs sein *Christentum ohne Geheimnisse* gelesen. Daß dieses Buch auf Beschluß des irischen Parlaments vom Henker öffentlich verbrannt worden war, wunderte sie nicht. Nicht in diesen Zeiten. Wenigstens konnte sich Toland durch Flucht der Verhaftung entziehen. Sie hatte auch gehört, daß seinetwegen rasch noch ein Gotteslästerungsgesetz erlassen worden war, das jeden unter Strafe stellte, der die Wahrheit der göttlichen Religion und die Autorität der Schrift leugnete. Doch sie war sich sicher, daß damit kein einziger neuer Gedanke aufgehalten werden konnte. Mag sein, daß einigen der Empfang eines solchen Mannes als die Provokation schlechthin erschien. Aber sie wollte keine diskrete Begegnung zu später Stunde, verschämt und verhuscht, kein gut abgeschirmtes Geheimtreffen außerhalb der Residenz, nichts Verborgenes und Verstecktes, sondern alles hochoffiziell und bewußt vor den Augen der Öffentlichkeit. Darum hatte sie sogar noch die Hofpublizisten einbestellt, damit sie in ihren Zeitungen ausbreiten konnten, welcher Geist am Hofe der preußischen Königin herrschte. Sollten sie ruhig schreiben: Ihre Majestät interessierte es nicht, ob jemand den richtigen oder den falschen Glauben besaß, ihr ging es um die Vernunft. Es war höchste Zeit, daß die Vernunft zur Herrschaft kam. Mochten die Gerüchteköche dies auch als morbide Luxuslust bezeichnen – sie hatten keine Ahnung, daß man die Gärungen der Zeit aufnehmen mußte, um neuen Wahrheiten die Bahn zu brechen. Andernfalls runzelte doch alles dahin. Aber beschränkte Gemüter mußte man eben reden lassen.

Früher als erwartet meldete die Oberhofmeisterin die Ankunft von Mister Toland, und Augenblicke später stand er im Raum. Sophie Charlotte hatte Mühe, ihre Verblüffung zu verbergen, denn weder seine Jugend noch seine Schönheit wollten in ihr Bild von einem Philosophen passen. Auch seine Kleidung überraschte: keine Staatsperücke, sondern das eigene Haar kurz zugestutzt, dazu dieser taillenlose Knöpfrock bis an den Hals geschlossen, mit ganzen unzerschlitzten Ärmeln, keine Spitzencroate, keine Buntstickerei, nirgendwo Zierbesatz, kein Kavaliersdegen, nichts Überflüssiges. Rebellisch schlicht, geradezu die Einfachheit selber, als wollte er schon mit seinem äußeren Habitus die Zeit attackieren und ein Bekenntnis zur Rationalität ablegen. Wer so auftrat – fern jeder Mode –, der signalisierte auch dem letzten Zweifler, wie gleichgültig ihm das Gerede der Welt und jede Etikette war, ja daß er den Zwang, in welcher Form auch immer, verachtete. Dennoch stand er überaus respektvoll, fast mit frommer Scheu vor ihr und zeigte das allerehrfürchtigste Betragen. Doch dann im Gespräch brach der republikanische Geist aus ihm heraus, und er formulierte alles so kompromißlos, daß sie den Eindruck gewann, er wollte mit jedem Wort Inseln der Freiheit schaffen, auf denen sich die Enge überwinden ließ. In allem schwang eine Gottverachtung mit, die ihr zeigte: Er war eins mit sich. Er sagte, was er dachte. Ohne falsche Rücksicht, ohne Zwischentöne, ohne Unsicherheit. Der Mann war aus einem Guß. Aufrecht und überzeugt. Ganz so wie das Buch, das er geschrieben hatte.

Am Abend gab sie für ihn ein Festbankett, zu dem auch der König erschien. Gutgelaunt und ganz nebenbei gestand ihr der Gemahl, daß er es höchst unterhaltsam fand, einmal mit einem Mann zu reden, der Skandalerfolge schuf. Wo hatte er schon die Gelegenheit, mit einer Stechmücke, einer gadfly, an der Tafel zu sitzen! Ein echter Freethinker wie Toland gab dem Bankett eine besondere Würze. Der Abend versprach amüsant zu werden, und es konnte nicht schaden, sich von derlei Welt-Empörern sein eigenes Bild zu machen.

Gleich welche Motive ihn dazu bewogen hatten – Sophie Charlotte freute sich, daß ihr Gemahl gekommen war. Die Anwesenheit des Königs gab dem Ganzen einen hochoffiziellen Charakter und dämpfte das Geschwätz von der Luxuslust. Sie hielt eine kleine Begrüßungsansprache, und ehe sie sich versah, kamen sie auf Vorurteile zu sprechen. Alle waren sich einig und sahen darin eine Hauptquelle der Unwissenheit. Doch plötzlich stand die Frage im Raum, was für das

Gemeinwohl schädlicher sei – Gottesleugnung oder Aberglaube. Für Toland war es der Aberglaube, aber Beausobre, ihr französischer Hofprediger, ein exzellenter Kenner der Schrift, widersprach dem entschieden. Er sah in der Leugnung Gottes die Auflösung der Gesellschaft, den Umsturz aller Werte, und schon entbrannte eine heftige Diskussion.

Der König lauschte den Argumenten so gespannt, daß er darüber das Essen vergaß. Das war bislang noch nicht vorgekommen. Sophie Charlotte bemerkte es mit stiller Genugtuung. Wenigstens konnte sie dem Gemahl einmal vorführen, daß bei ihr andere Leute am Tisch saßen als diese unbelesenen Minister, die schlechte Manieren hatten, sich die Servietten an den Perückenenden festknüpften und ihre ganze Wißbegier in die Frage legten, ob es sich bei dem Braten auf dem Teller um Kalbfleisch oder um Lammfleisch handelte.

Auch am nächsten und am übernächsten Tag empfing sie den irischen Feuerkopf und erwies ihm die Ehre, in den kommenden Wochen ihr Gast zu sein. Zwar mokierten sich drüben im Stadtschloß einige darüber, daß Mister Toland weder Titel noch Rang besaß, doch das bekümmerte sie nicht. Sie hatten es nötig, gerade sie! Vornehme Säufer und Schuldenmacher, die entweder beim Wein oder beim Weib saßen! Sie wußte doch, woher sie kamen und wer sie waren! Sie kannte dieses Gesindel von Rang, dessen ganze Wahrnehmung auf nichts als den eigenen Vorteil gerichtet war. Sollten sie sich doch alle auf

Titel und Geburt Gott weiß was einbilden – bei ihr kam es allein auf das mérite personnel an. Und an persönlichen Verdiensten mangelte es John Toland nicht. Allein schon mit seinem Denken den Weg des Herkömmlichen zu verlassen zeigte doch, daß dieser Mann etwas sehr Rares – den Mut zum Eigenen – besaß, und den allein schon zu spüren war, als würde sie zu neuen Einblicken kommen.

Mal tauchte er zu den Quellen des Neuen Testaments hinab und versuchte ihr zu beweisen, daß die Urschriften nicht echt sein konnten, ein andermal widerlegte er die Auffassung von der Unsterblichkeit der Seele, weil die Seele nicht losgelöst vom Körper existieren konnte, oder kam auf Giordano Bruno zu sprechen. »Derzeit übersetze ich seine Satire *Die Austreibung der triumphierenden Bestie. Spaccio della bestia trionfante.* Noch in keinem Kunstwerk ist die geistige Diktatur des Papstes bislang treffender gezeichnet worden«, sagte er.

Brunos Werke bekanntzumachen fand Sophie Charlotte besonders verdienstvoll, hatte doch seinerzeit schon der Herzog von Braunschweig-Wolfenbüttel dem Geist des Fortschritts aufhelfen und Bruno als Hochschullehrer an die Universität Helmstedt berufen wollen. »Leider starb der Herzog, bevor es dazu kam«, meinte sie. »Gewiß hätte Bruno dann ein anderes Ende genommen, und der Scheiterhaufen in Rom wäre ihm erspart geblieben.«

Tage später bat Toland, ihr einen kleinen Diskurs über den Ursprung und die Macht von Vorurteilen überreichen zu dürfen, den er eigens für sie geschrieben hatte. Sophie Charlotte war begeistert. Sie nutzte ihre erste freie Minute, um Leibniz von ihrem Gast zu berichten. Für sie stand fest: Mit Toland ging ein neuer Stern am Philosophenhimmel auf. Er gehörte zu den Männern, die bleibende Helle schufen. Als sie den Brief siegelte, spürte sie, daß sich so viele Fragen in ihr angestaut hatten, die nur Leibniz beantworten konnte. Schließlich war er ihr Spezialist für Letztbegründung und kannte sich wie kein anderer in der unfaßbaren Vielfalt des Vorhandenen aus. Jetzt sollte er mal all seine Geheimkammern des Wissens öffnen und ihr den Rest der Welt erklären!

Leibniz ärgerte sich. Er verstand ihre Begeisterung nicht. Sie tat gerade so, als würde Mister Toland ihr eine neue Welt erschließen! Dabei hatte sie das doch alles schon von ihm gehört. Mehr als einmal hatte er ihr bewiesen, daß Priester und falsche Propheten die gleiche Komödie spielten, und sein ganzes Wirken darauf ausgerichtet, der Vernunft auf den Thron zu helfen. Aber vielleicht hätte er auch so dreinschlagend und draufhauend, so provokant und gottverachtend formulieren sollen, damit Minerva Sophia derart ins Schwärmen geriet. Von wegen – ein Stern am Philosophenhimmel, ein Mann, der bleibende Helle schuf! Eine Zumutung, ihm so etwas zu schreiben! Ihm, ausgerechnet ihm! Ob sie bewußt oder unbewußt diesen Toland favorisierte – Leibniz spürte nur, jede Zeile ihres Briefes wehte ihm eine so eisige Kälte ins Herz, daß er sich tief zurückgesetzt fühlte, ganz so, als sei er abrupt seines Platzes verwiesen worden. So gut ihm auch manchmal die schönen Träume taten – er war Empiriker genug, um den Unterschied klar zu erkennen: Diesem Toland schien sie jedes Wort unbesehen abzunehmen, aber wenn er, Leibniz, etwas zu seiner philosophischen Königin sagte, dann wurde stets ungläubig nachgefragt, einmal, mehrmals, als traute sie seinen Antworten nicht, und anschließend mußte er auch noch wie ein kleiner Schuljunge schriftlich bei ihr nachreichen, was gesagt worden war. Als ob erst einer von jenseits des Teichs, aus dem Lande der Glorious revolution kommen mußte, so ein smarter Inselprophet, um ihr die Augen über die eigene Zeit zu öffnen. Es war doch bekannt, daß es auch in Preußen kein einheitliches Christentum gab und die Lutherischen Professoren in Wittenberg den Reformierten die akademischen Würden verweigerten. Das konnte ihr doch keine Neuigkeit sein! Aber so waren eben diese geistig hochstehenden Frauen: Kaum tauchte irgendwo ein philosophischer Kampfhahn auf, lagen sie ihm bewundernd zu Füßen. Daß gegen ihn, Leibniz, neuerdings auch von den Kanzeln herab gepredigt wurde, nur weil er seit Jahren den Gottesdienst nicht mehr besuchte und es sich auch nicht antun wollte, mit diesem simplen Sonntagsgeschwätz der Pfaffen seine kostbare Zeit zu vertun – das nahm Sophie Charlotte als Selbstverständlichkeit hin. Das schien ihr das Normale. Haftete aber jemand der

Nimbus des Verfolgten und Gejagten an, trug er eine Ketzergloriole, dann war er sofort das Besondere, das Großartige, dann war er der Auserwählte an sich, der neue Messias.

Leibniz hatte ja gerade erst am Hof zu Hannover Herrn Toland erleben können, hatte gesehen, wie er vor seiner verehrten Freundin, der betagten Sophie von Hannover stand, mit großem Anspruch und großen Worten. Seine Feinde waren Gottes Feinde. Sehr beeindruckend. Ganz der intellectus finitus und furchtlose Sprecher des Commonwealth. Dann zog er auch noch wie ein Zauberer sein allerneustes Opus aus dem Ärmel, überreichte mit stolzer Autorengeste sein *Anglia libera* und las ihr auf der Stelle daraus gleich noch das Kapitel vor, das sie notwendigerweise entzücken mußte. Toland trat für die protestantische Thronfolge des Hauses Hannover ein und brachte es ohne Frage scharfsichtig auf den Punkt: Das Land konnte nur dann eine Zukunft haben, wenn Sophie von Hannover den englischen Thron bestieg. Nur mit der Urenkelin der Stuart war die bürgerliche Freiheit und religiöse Toleranz gesichert. Jeder vernünftige Mensch in England mußte Sophie von Hannover als Königin willkommen heißen. Kein Wunder, daß solche Worte der Kurfürstin zu Herzen gingen und sie ihn dafür gleich mit mehreren Orden belohnte.

Die Begeisterung der geschätzten Fürstin für Toland konnte Leibniz schon gut verstehen. Von der königlichen Tochter allerdings hätte er mehr, viel mehr, zumindest eine kritische Analyse der Tolandschen

Philosophie erwartet. Aber jede Zeile ihres Briefes zeigte deutlich, daß dieser junge Empörer ihre Gedanken im Sturm erobert hatte. Vielleicht waren es aber auch gar nicht seine Darlegungen, sondern nur der ganz andere Ton des Vortrags, der Sophie Charlotte so faszinierte: Der Ton, aus dem die Jugend sprach. Zweifelsohne war hier eine Generation unter sich, teilte sich ihre Erfahrungen und ihre Ansichten mit, ganz direkt und unbekümmert, ohne Rücksicht, ohne Umschweife, während er doch immer wie ein Lehrer vor ihr stand. Überlegen an Jahren, das war ja der Jammer. Plötzlich schien es ihm, als würde er mit einer Dimension konfrontiert, die unerreichbar für ihn war. Mit allem, aber mit der Jugend des John Toland konnte er nicht konkurrieren. Leibniz fühlte sich elend. Mathematisch betrachtet keine Zehnerpotenz, bloß eine Null, das Nichtvorhandensein einer Größe, die ziffernmäßig für leer stand, wenngleich ihr eine additive Macht innewohnte. Sollte Sophie Charlotte in diesem Toland den Rhapsoden der neuen Zeit sehen – in Wirklichkeit war doch er ihr Minnesänger! Ihm machte sie nichts vor. Er kannte sich in den Schwingungen des Herzgrundes aus. Er hatte ein Gespür für Zwischentöne. Die Vorstellung, sie hätte mit diesem Feuerkopf im Ovalen Saal in diesem raffiniert verspiegelten lauschigen Gartenpavillon gesessen, so wie jüngst mit ihm, bei flackerndem Kerzenschein, in dieser sinnenbetäubenden Atmosphäre, diesem knisternden Gegenüber, diesem Glutnest der Gedanken – diese Vorstellung machte ihn wahnsinnig. Sie quälte sein Gemüt und kam ihm wie eine Entweihung vor. Womöglich ließ sie jetzt gleich noch ein Sternbild nach ihm benennen, das ewig über allem leuchtete, unbeeinflußt vom Wechsel der Zeiten: Joannes Tolandus. Ein Fixstern, selbstverständlich ein Stern 1. Größe, heller als Sirius. Ihr war alles zuzutrauen.

Leibniz spürte, er stand nicht mehr über den Dingen, er stand mittendrin. Alles in ihm war aufgewühlt, wurmte und nagte, bohrte und stach. Er kam sich fremd vor, jenseits seiner Natur und allen ordnenden Geistes. Vielleicht näherte er sich gar dem Gemütszustand eines grauen Kindes. Er wußte es nicht. Er wußte nur, es war eine ganz neue Erfahrung – allerdings eine, auf die er lieber verzichtet hätte. Gleichzeitig machte er sich Vorwürfe, war doch er und kein anderer schuld an allem. Statt der Berater einer Königin zu werden, wie es sein Wunsch und sein Ehrgeiz gewesen war, hatte er sich in sie verliebt. Das band die Gedanken, machte unfrei und unbeweglich und nahm den sachlichen Blick. Er hatte sich selbst um eine Position gebracht. Alles war gegen seine Absicht gelaufen. Nun aber beschäftigte Sophie Charlotte seine Seele. Sorgte für Feuer und Regung. Der Rest blieb ein Spiel des Verstandes mit sich selbst. Sie führte ihn auf den Boden gefühlter Tatsachen. Durch sie erlebte er diese Realität des Immateriellen, die mit keinem Wort zu bezeichnen war und doch einen so starken Ausdruck hatte, daß sie alles in ihm veränderte und den

Eindruck gab, als würde er nur noch über weiche Wiesen gehen. Mehr Glück konnte es kaum geben. Nichts war realer als diese mariage mystique, die ihn mit ihr verband und die allein der Gewißheit entsprang, ihr näher als jeder andere zu sein.

Ihr Jubelbriefchen noch einmal zu lesen kostete Überwindung. Er überlegte, was er darauf antworten, wie er es formulieren sollte. Er wußte es nicht. Vielleicht hätte er jugendlich unbekümmert einfach drauflosschreiben sollen: Glück zu, Königin! So stehe ich vor dir, der Knecht deiner Knechte und der Schemel deiner Füße. Was willst du noch mehr?

Leibniz saß in seiner Hannoverschen Schreibstube, dieser Nebenbühne im Welttheater, und hätte für eine Antwort die Ruhe eines Jupiters gebraucht. Doch die besaß er nicht. Er wußte: Alles, was er in dieser Stimmung zu Papier brachte, konnte nur in einem Mißverständnis enden. Womöglich steigerte er sich auch in etwas hinein, was jeder Realität entbehrte. Er schien sich seiner selbst nicht mehr sicher. Sein Herz war auf den Kopf gestellt. Er sah Sophie Charlotte vor sich und sah sie in Gefahr. Auf einmal drängte ihn eine innere Stimme, ihr beistehen zu müssen. Er durfte Ihre Majestät nicht ungeschützt diesem Teufels-Toland überlassen. Er war ein zersetzender Kopf und in seiner Wirkung starstechend. Das war doch bekannt. Sie hatte ja keine Ahnung, in welche Kämpfe sie da hineingeraten konnte!

Jäh sprang er auf, überlegte nicht länger, packte Koffer und Bettkiste, warf sich in die Kutsche und fuhr nach Berlin. Im Augenblick gab es nur die eine Gewißheit: Stand er vor ihr, war die Antwort gefunden und alles löste sich von selbst.

Sophie Charlotte fuhr mit dem Gemahl durch die Stadt, achtspännig und von einem dichten bunten Kranz von Reitern umringt. Neben ihm die Schweizergarde, vor ihm die Gardes du Corps, hinter ihm das Gefolge der Hofkarossen und sie mit ihm in der Kutsche im trauten Gegenüber. Sie atmete auf, einmal nicht in diese düster staatsvertiefte Miene schauen zu müssen, die jedes Gefühl sofort in ein Pflichtgefühl verwandelte und alles so hölzern und zwanghaft machte. Ihr Brandenburger Sonnenfriedrich war gutgelaunt, fast schon kurz vor dem Summen wie beim Schnüren. Als oberster Bauherr hatte er sichtlich Freude daran, seiner Residenz ein neues Gesicht zu geben, und inspizierte mit ihr etliche Baustellen.

Sie fuhr selten in die Stadt, denn jedesmal war ihr der Rummel um ihre Person zu groß, und sie hatte ja auch mit ihrer eigenen Schloßbaustelle genug zu tun. Aber was sie jetzt sah, verblüffte sie nun doch. Sie fuhren durch die Lindenstraße, die er in zwei Baumalleen hatte anlegen lassen. Der mittlere Gang war ganz frei von den Schweinen, die sonst hier herumliefen und den Boden aufwühlten. Alles sah sauber aus. Auch das Zeughaus auf dem Friedrichswerder war mit seinem imposanten Viereck vollendet worden. Dahinter am Spreeufer in der Burgstraße schossen die Bürgerpalais wie Pilze aus dem Boden, eines schöner als das andere. Nirgendwo sah sie mehr ein Stroh- und Schindeldach. Überall waren chaussierte Straßen entstanden, die der Stadt etwas Großzügiges und Weites gaben. Ihr schien, als hätte sich Berlin über Nacht verändert. Als sei ein ganz neuer Flecken vom Himmel gefallen. Hätte das ihr Schwiegervater, der Große Kurfürst, noch sehen können, hätte er ganz gewiß einen anderen Blick auf seinen Sohn gehabt! Die Brüderstraße war nicht wiederzuerkennen. Hinter den Bogengängen Kaufläden über Kaufläden, Kunst- und Musikalienhandlungen, Delikatessengeschäfte, Kaffeehäuser, Wechselstuben, dazwischen ein elegantes Reithaus, die Börse und ein Lotteriecomtoir – sie faßte es nicht. Sie fragte sich, welchem Zauberboden diese plötzliche weltstädtische Betriebsamkeit entsprang – alles voller Reisewagen, Sänften und Kutschen, überall ein dichter, flutender Verkehr und dazwischen die Flaneurs und Weltspaziergänger, die inmitten des hektischen Treibens für eine beschauliche Atmosphäre sorgten.

Sie ließ langsam fahren, um dieses Ineinander der Gegensätze und dieses Erwachen in sich aufzunehmen. Vieles davon erinnerte sie an Paris, wo sie vor Jahren mit ihrer Mutter gewesen war. »Jetzt wird Berlin wirklich eine Königsstadt«, sagte sie begeistert, sagte es spontan und mehr zu sich selbst, doch der Gemahl verneigte sich geehrt.

Auf dem Neuen Markt stiegen sie aus. Die Zünfte standen Spalier. Die Fleischer-Innung gab ihnen ein

Ständchen. Sie besichtigten den Bau der beiden Kirchen. Ein großer Troß von Architekten, Bauberatern und Verwaltungsbeamten stand bereit, um den Königlichen Majestäten Auskunft zu geben. Doch der Gemahl wollte zuerst das Urteil der Königin hören. Schließlich war es ihre Idee, mitten im Herzen der Stadt eine deutsche und eine französische Kirche bauen zu lassen. Sie war beeindruckt. Schon im Bau war es ein grandioser Anblick, der für ihre Begriffe den Charakter einer Königsstadt ausmachte: Jede Religion hatte hier ihr Gotteshaus. Das symbolisierte Toleranz und Weltoffenheit. Gerade war die Neue Synagoge erbaut worden, denn für die Jüdische Gemeinde war die Alte Synagoge in der Büttelgasse längst zu klein geworden. Und sie sah es ja an der Parochialkirche, die unweit von hier stand und bald ihre Tore den Reformierten öffnen konnte: Hatte man erst einmal diese Herbergen des Glaubens aufgestellt, durfte man auch sicher sein, zufriedene Gläubige zu haben. »Für die Lutheraner, die Franzosen und die Reformierten haben Sie gut gesorgt. Eine vierte Kirche für die Katholiken sollten Sie auch noch bauen lassen«, sagte sie. »Das würde Ihren Ruf, ein toleranter Fürst zu sein, nur noch stärken.«

Er sagte nichts, aber sie sah ihm an, daß er dies zumindest als nachdenkenswert empfand, was erfahrungsgemäß schon fast einer Zustimmung gleichkam. Er ließ sich noch einige Details über den Fortgang der Bauarbeiten berichten, und sie bemerkte, wie man zwei Männer aufgeregt beiseite schob und sie gewaltsam davon abhielt, dem König und seinem Troß zu nahe zu kommen. Sie fragte, was da los sei, und erfuhr, daß es sich um Wünschelrutengänger handelte. Sie begriff nicht, wieso die dem König gefährlich werden konnten. Da ihr offenbar niemand eine Antwort geben wollte, begann sie mißtrauisch zu werden und ließ den Direktor der Akzisekammer rufen. Mit umständlichen Worten erklärte er ihr, daß dies mit den Steuern zu tun hatte. Ihre Majestät wußten doch, daß ein ganzes Bündel von Steuern erhoben worden war – die Perückensteuer, die Karossensteuer, jetzt auch noch die Jungfernsteuer, die alle unverheirateten Frauen bis zu ihrem 40. Lebensjahr zu entrichten hatten und seit kurzem die Krönungssteuer, von der man sich große Einnahmen versprach. Doch leider zeigte sich, auch die reichte nicht aus, um die Kassen zu füllen, und darum, nur darum bediente man sich der Wünschelrutengänger. Diese Quellenspürer mit ihren Haselstaudenruten waren die letzte Hoffnung, doch noch irgendwo verborgene Schätze zu entdecken, eine Goldader, Erze, Edelsteine – irgend etwas, das die Landeskassen über Nacht füllen konnte. Seine Majestät, der König, sollte aber davon nichts erfahren.

Sie verstand diese Geheimnistuerei nicht. Nach verborgenen Schätzen wurde doch nicht nur in Berlin gesucht. Mit der Glücksgerte waren viele unterwegs. Und was hieß leere Kassen! Wurden die Steuergelder für neue Straßen und neue Häuser ausgegeben, hatten schließlich alle etwas davon. Dann waren die

Gelder wahrlich nützlicher angelegt, als sich das hundertste neue Mäntelchen mit Diamanten besticken zu lassen.

Als sie die Sternwarte besichtigten, war sie von ihrem Friedrich Serenissimus zum ersten Mal richtig angetan. Offenbar wußte er endlich, welcher Art die Pracht sein mußte, die auch andere akzeptieren konnten, weil sie auch ihnen von Nutzen war. Immerhin, eine geradezu königliche Einsicht. Ging es so weiter mit dem Bau der Sternwarte, konnte sie in zwei Jahren eröffnet werden. Landbaumeister Grünberg schlug dem König noch ein Mezzaningeschoß vor, das zusätzlich in den viergeschossigen Turm gebaut werden sollte und eine bessere Beobachtungsplattform bot. Die Baubeamten schalteten sich ein, gaben zu bedenken, daß dies mit erheblichen Mehrkosten verbunden war, und warnten vor einer Überteuerung. Doch der König überließ ihr als der Schirmherrin des Observatoriums die Entscheidung. Sophie Charlotte dachte an ihre Gespräche mit Leibniz, der ihr mehr als einmal begeistert berichtet hatte, wie sehr die Sternwarte in Greenwich zum Ansehen Englands und seines Herrscherhauses beitrug. In Berlin sollte es nicht anders werden. »An wissenschaftlichen Einrichtungen zu sparen, wäre der falsche Weg«, sagte sie zum König und genehmigte das zusätzliche Geschoß. Selten war sie sich mit dem Gemahl in allem so einig, und selten war eine Stadtfahrt so schön.

Als sie nach Hause kam, erfuhr sie, daß Herr von

Leibniz im Audienzzimmer auf sie wartete. Sie ließ ihn gar nicht erst von der Oberhofmeisterin hereinbitten, sondern eilte selber zu ihm, denn die Freude, ihn zu sehen, war groß. So groß, daß er meinte, sie hätte gerade in diesem Augenblick keinen anderen als ihn erwartet. Er vergaß seine Eifersucht und war wieder so berauscht von ihrer Gegenwart, daß er ihr am liebsten Hände und Füße gleichzeitig geküßt hätte. Gerade darum beugte er sich diesmal besonders steif und distinguiert über ihre Hand, aus Angst, sein Mund könnte dieser Hand zu nahe kommen. Selbst versehentlich sie mit den Lippen zu berühren, wäre ein unverzeihlicher Fauxpas gewesen. Alles in ihm pulsierte so stark, daß er zu schwitzen begann und froh war, in weiser Voraussicht seinen Überrock mit florentinischem Veilchenspiritus benetzt zu haben.

Sie bat ihn in ihr Schreibkabinett und erwies ihm damit die ganz besondere Gunst, ihre Privaträume betreten zu dürfen. Eigentlich hätte er sich doppelt geehrt fühlen müssen, glücklich und auserwählt, doch schon die bloße Vermutung, daß sie auch mit Herrn Toland hier im Appartement privé gesessen hatte, minderte alles. Sie ließ gleich Wein und Kaffee kommen, lud ihn ein, mit ihr zu Abend zu speisen, en ambigu, wie er es liebte, und sagte – noch ganz überwältigt von den Eindrücken der Stadtfahrt: »Vor Stunden habe ich an Sie gedacht, und schon sitzen Sie vor mir. Das muß Gedankenübertragung gewesen sein. Glauben Sie, daß es so etwas gibt?«

Fast klang es wie eine Gewissensfrage, doch die

wollte er jetzt nicht beantworten. Zweifelsohne hatte ein gleichzeitiges Aneinander-Denken seine ganz eigene Kraft und eigene Magie und vermochte sicherlich vieles in Bewegung zu setzen. Zweifelsohne konnten die Gedanken eine solche Nähe zwischen zwei Menschen erzeugen, daß sie ihnen über die größten Entfernungen hinweg das Gefühl einer dauerhaften Bindung gaben. Aber er befürchtete, wenn er jetzt darauf einging, würde er zu viel von sich sagen, zu vieles preisgeben, und war erleichtert, als sie auf die Sternwarte zu sprechen kam. Sie schilderte ihm den Fortgang des Baugeschehens, freute sich, daß Berlin einen solchen Aufschwung nahm und daß ihr Friedrich im Begriff war, sich mit dieser Stadt ein Denkmal zu setzen, doch plötzlich hielt sie ein und sagte: »Ach übrigens soll ich Sie im Namen des Königs fragen, ob Sie nicht die Geschichte des Großen Kurfürsten schreiben wollen. Die Biographie seines Vaters aus Ihrer Feder würde ihn sicherlich ehren. Wenn Sie zusagen, richtet er eigens eine Stelle für Sie ein.«

Leibniz war völlig überrascht und spürte, daß er außerstande war, jetzt auf dieses Angebot zu antworten. Alles in ihm war so angespannt und das Gegenüber dieser Frau so verwirrend, daß er im Moment nur eines nach dem andern und nichts gleichzeitig denken konnte. Sein Sinn war jetzt auf ganz anderes gerichtet. Zwar wahrte er die Etikette, verneigte sich dankbar für das Interesse, das der Allerdurchlauchtigste und Großmächtigste König an ihm nahm und erbat sich noch etwas Zeit, um über dieses hochehrenvolle Angebot nachzudenken, doch dann hielten ihn keine Förmlichkeiten mehr, und er sagte: »Ich bin nur gekommen, weil mich Ihr Brief so tief beunruhigt hat.«

»Beunruhigt?«

»Herr Toland ist zwar ein Mann von beachtlichem geistigen Vorrat, doch ich fürchte, er sucht den Applaus der Kaffeehäuser. Sie sollten ihm zuhören, aber nicht recht geben.«

Sophie Charlotte sah ihn einen Moment lang irritiert an. Sie glaubte sich verhört zu haben, doch Leibniz fuhr unbeirrt fort, als müßte jetzt oder nie alles von seiner Seele: »Wer wie Herr Toland die Religion für Aberglauben hält, hat in jedem Winkelprediger einen natürlichen Feind, und Sie wissen, wie schnell man unter Atheismusverdacht geraten kann. Wie gereizt die Gemüter darauf reagieren! Wenn Sie sich von Herrn Toland auf seine Seite ziehen lassen, werden Sie an der Spitze einer Richtung stehen, die der Königin schadet.«

Sie faßte es nicht, was er sich herausnahm. Stand vor ihr wie Moses auf dem Berg und wollte sie belehren! Wollte ihr vorschreiben, was sie zu denken, vielleicht sogar, was sie zu tun und zu lassen hatte! »Ich weiß«, sagte sie spitz, »Atheismus ist Rebellion. Ja und? Diesen Luxus will ich mir schon gönnen. Und wenn ich zu weit gehe, verehrtester Leibniz, dann habe ich ja Sie an meiner Seite. Sie werden mich ganz gewiß auf den tugendhaften Weg der Mitte führen. Es versteht sich doch keiner auf die beste aller Welten so gut wie Sie!« Dann rief sie Fräulein von Pöllnitz und meinte nur: »Herr von Leibniz wünscht zu gehen.«

Ehe er begriff, wie ihm geschah und was ihm geschah, und er auch nur das Geringste erwidern konnte, brachte ihn Fräulein von Pöllnitz zur Tür. Als sie zurückkam, versuchte sie die Königin zu beruhigen. »Regen Sie sich nicht auf, Majestät! Haben Sie nicht seine Blässe gesehen? Er ist überarbeitet. Was er gesagt hat, ist doch nur das Ergebnis seiner Nacht- und Bett-Lukubrationen.«

»Lukubrationen oder sonstwelche Strapazen«, meinte sie tonlos. »Als erstes hat er zu begreifen, daß ich empfange, wen ich empfangen will. Auch wenn er offenbar alles weiß – das muß er noch lernen.«

Leibniz lag schlaflos. Wieder und wieder dachte er an das Gespräch und fand keine Erklärung. Er wußte nicht, was er falsch gemacht hatte. Er stand auf und rückte sein Bett in die Richtung des magnetischen Meridians, ziemlich nordsüdlich, in der Hoffnung, doch noch Schlaf zu finden. Dann rief er seinen Diener, der ihm das Genickkissen mit der Hopfenfüllung bringen sollte, das ihm schon manches Mal beim Einschlafen geholfen hatte. Zusätzlich nahm er ein Glas Wasser mit einem Teelöffel Weinstein und Magnesia, ging wieder zu Bett und versuchte erneut, Schlaf zu finden. Nein, er wußte nicht, was sie zu einer derart übersteigerten Reaktion veranlaßt haben konnte. Er hatte es doch nur gutgemeint! Er wollte sie doch nur warnen vor den möglichen Folgen, die ihr sehr nachteilig werden konnten. Aber wahrscheinlich mußte jeder seine Erfahrung selber machen. Er hatte sein Bestes getan. Mehr als fürsorglich auf eine Gefahr aufmerksam machen konnte er nicht. Anstatt ihm dankbar zu sein, wies sie ihm die Tür. Herr von Leibniz wünscht zu gehen. Unglaublich!

Die Turmuhr schlug drei. Er lag so wach wie noch nie und wußte nicht, stieg ein Tertianfieber auf oder kündigte sich ein Gichtanfall an. Er rätselte und grübelte. Die Gedanken räderten ihn. Er überlegte, ob er ans Pult gehen und ihr einen Brief schreiben sollte, ganz bewußt ein paar eisige Gletscherzeilen: Madame, was hilft es zu wissen, was geschehen sollte, wenn man nicht weiß, was einem geschieht? Ich bin fern der nebelhaftesten Ahnung. Es ist wahr, daß jede Wirkung von einer Unendlichkeit von Ursachen abhängt, so wie jede Ursache eine Unendlichkeit von Wirkungen hat, doch für mich gibt es diesmal nur ein *Je ne sais quoi*. Für immer ergeben Ihr Serviteur Leibniz. Aber wozu? Mit ihrem abrupten Verhalten hatte sie ihm doch nur den Beweis geliefert, daß sie auf ihren Apostel Toland nichts kommen ließ. Im Prinzip war ja eigentlich gerade das an den Frauen das Sympathische: Sie verrieten sich stets durch die nackte Empirie. Doch auch diese Erkenntnis half jetzt nicht weiter. Zwar war er bereit, sich Vorwürfe zu machen, nur wußte er nicht, wofür. Weder das Hopfenkissen noch die Weinstein-Magnesia-Mischung wirkten. Dabei hatte er schon seine eigenen Betten mit nach

Berlin genommen, denn nur in gut gesömmerten Betten konnte er schlafen. Doch jetzt half nichts mehr. Er begann zu zählen. Mit Faultierlangsamkeit: zweiundzwanzigtausend Billionen und eins, zweiundzwanzigtausend Billionen und zwei, zweiundzwanzigtausend Billionen und drei ... Doch er hatte den Eindruck, er käme damit nur der Unendlichkeit näher, aber nicht dem Schlaf. Die Turmuhr schlug jede Viertelstunde. Er sah zum Fenster. Draußen dieser blattlose Oktober, der Himmel ohne Sterne, kein lachender Mond, keine Spur eines Lichts, kein Laut, kein Ton, Schweigen ringsum, nur stille schwarze Nacht und in ihm diese dumpfe Gärung. Er lag auf der Lauer, wartete auf eine Eingebung der Vernunft, die ihm endlich sagte, was passiert war, doch es kam nichts. Der Verstand ließ ihn im Stich. Statt dessen sah er Sophie Charlotte vor sich, und auf einmal erschien sie ihm wie die Inkarnation der irdischen Dreifaltigkeit: klug, schön und mächtig. Das Bild brachte seinen Nervenäther gänzlich in Aufruhr. Vielleicht hätte er mit ihr ohnehin nur in der Sprache der Engel reden dürfen, um von vornherein die kleinsten Sequenzen eines Mißverständnisses auszuschließen. Er wußte es nicht. Von keiner Seite kam Rat.

Plötzlich fragte er sich, ob sie jetzt auch wach lag. Allein die Vorstellung, sie könnte jetzt gleichfalls an ihn denken, wirkte wohltuend, fast besänftigend. Schließlich verband ihn mit ihr eine mariage mystique, und schon darum hätte sie es spüren müssen, hätte fühlen müssen, wie sehr sie ihn verletzt hatte.

Mit einemmal bereute er, ihr bislang noch kein einziges seiner Gedichte zugesandt, geschweige denn davon gesprochen zu haben. Kleine Vertonungen seiner Seele, die alles bloßlegten und ihr sein ganzes Empfinden buchstabierten. Hymnen, eigens mit Schwanenfeder auf Pergament geschrieben, warum hatte er sie nicht abgeschickt? Das hätte ihm bei ihr vielleicht einen ganz anderen Stand gegeben. Wie sollte ein solches Wesen für diese Sprache nicht empfänglich sein! Aber es fehlte ihm der letzte Bekennermut. Er war eben in allem zu rücksichtsvoll. Darum genügte wohl schon ein läppisches Wort, das ihr nicht paßte, und sie wies ihm die Tür. Klarer konnte sie es ihm doch nicht sagen: Sie, die gegen jeden Fanatismus war, wollte bei ihrem englischen Rebell nichts dergleichen bemerkt haben. Jede Silbe träumig schön, jedes Wort ein Blütenblatt, jeder Satz ein Sommerstern. Er wußte Bescheid und begriff: Er stand vor der Anerkennung des Unvermeidlichen. Wenn eine Frau wie sie derart unkritisch einem Mann gegenüberstand, dann war es nicht aus Mangel an Wissen, dann war sie schlichtweg seinem Geist erlegen.

Erschrocken sprang er auf, denn nun war es mit dem Schlaf endgültig vorbei, und draußen graute schon der Morgen.

Stunden später hielt er ein Billett von der Königin in der Hand und glaubte, daß alles nur ein böser Traum gewesen war, Bild um Bild ins Nichts geweht. Sophie

Charlotte bat zu einem petit couvert. Sie wollte ihn sehen. Am liebsten gleich, auf jeden Fall heute noch. Aus diesen Zeilen kam wieder dieses besondere Air. Es las sich wie ein Minnezettelchen, ein billet doux. Voller Genugtuung sog er Wort für Wort ein und spürte, wie sich seine Zweifel verloren. Ohne Frage, sie wollte alles wieder gutmachen. Er wartete nicht auf das Essen, das ihm um diese Zeit aus dem Gasthaus gebracht wurde, beeilte sich mit der Toilette, sprang in den Staatsrock und fuhr auf dem kürzesten Weg zum Schloß Lietzenburg, wo ihn Fräulein von Pöllnitz zur Königin führte.

Sophie Charlotte stand in einem inkarnatroten Kleid wie die aufgehende Sonne vor ihm. Der Anblick ließ ihn vollends alles vergessen. Mit einem vieldeutigen Lächeln sagte sie nur: »Sie wissen doch, daß Sie zu den Menschen gehören, die ich lieber kommen als gehen sehe«, und bat ihn in das kleine Porzellankabinett, wo bereits gedeckt war. Vorab ließ sie in einem Delfter Schälchen Zuckerblumen und Orangenmarzipan für ihn reichen – eine Geste, die ihm zeigte, daß sie an alles gedacht hatte, was ihn erfreuen konnte. Sie wollte ihn versöhnlich stimmen. Er lebte auf. So vieles hätte auch er ihr in diesem Moment sagen mögen, aber er verließ sich dann doch darauf, daß zwischen ihnen nur das Ungesagte eine noch stärkere Wahrheit besaß.

Die Guéridons wurden hereingetragen, die Wachslichter angezündet, und er stellte sich darauf ein, wieder in einem Glutnest der Gedanken mit ihr sitzen zu dürfen, wieder in jeder Frage den Funken eines himmlischen Feuers zu spüren, dieses Knistern der Worte zu hören, dieses Sprechen ihrer Blicke zu sehen. Ganz still vor Erwartung lauschte er auf eine Regung ihres Gemüts, überließ sich diesem kleinen Präludium der Sinne, fühlte sich von der Vorsehung geleitet, doch plötzlich ging die Tür auf, und die Oberhofmeisterin führte Herrn Toland herein.

Einen Moment lang glaubte Leibniz, es müsse sich um ein Trugbild handeln. Er war so überrascht, daß er alle Mühe hatte, seine Enttäuschung zu verbergen. Jetzt erst sah er, daß für drei gedeckt war. Von wegen ein Fest der Versöhnung! Zur Disputation hatte sie ihn geladen. Er sollte mit Toland streiten, Wort gegen Wort, damit die Allerdurchlauchtigste Sophia entscheiden konnte, wer von ihnen beiden den größeren Scharfsinn besaß. Zu ihrem Spaß war er gebeten, ein Werkzeug ihrer Streitlaune! Es brannte ihm auf der Zunge, ihr das zu sagen, aber er wagte es nicht, ein zweites Mal ihren Unmut heraufzubeschwören. Immerhin hatte er ja auch als Akademiepräsident eine Funktion, die er nicht gefährden durfte. So gab er sich auf der Stelle höflich distinguiert und kühl korrekt, war ganz Etikette und ganz Reichsfreiherr.

Toland schien gleichfalls überrascht und begegnete dem Geheimen Justizrat Leibniz mit dem allergrößten Respekt, was ihm in dieser Situation auch angemessen erschien. Sophie Charlotte war in bester Stimmung. »Sie haben sich ja schon bei meiner Mutter in Hannover gesehen«, sagte sie. »Jetzt habe ich das Vergnügen, einmal aus berufenem Munde von zwei ganz verschiedenen Denkansätzen zu hören. Herr Toland, der Materialist, und Herr von Leibniz, der Realidealist – wann gibt es schon eine solche Gelegenheit!« Sie bat ihre Gäste, Platz zu nehmen, und als das Essen aufgetragen wurde, fragte sie übermütig, was der Unterschied zwischen einer Königin und einem Philosophen sei. Leibniz wollte dokumentieren, daß er sich in dieser vertrauten Umgebung so zu Hause fühlte, daß er selbstverständlich dem Gast als erstem die Antwort überließ, doch auch Toland wollte ihm nicht zuvorkommen, und so meinte sie nur: »Der Philosoph hat gewöhnlich einen Horror vor der Leere, ich aber habe einen Horror vor dem Vollen. Trotzdem, langen Sie zu, meine Herren.«

Leibniz sah ihren herausfordernden, aufmunternden Blick und wußte, daß sie jetzt eine Replik von ihm erwartete und er zur Disputation übergehen sollte, doch er dachte nicht daran. Er war nicht gekommen, um ihr eine Vorstellung zu geben. Lieber schwieg er und schlug keusch wie ein äthiopischer Stier die Augen nieder. In einem so prächtigen Raum konnte zur Not auch das Porzellan sprechen. Seine Meinung kannte sie zur Genüge, und jetzt gar in die Rolle gedrängt zu werden, sein Weltbild gegenüber einem philosophischen Klopffechter verteidigen oder rechtfertigen zu müssen, kam nicht in Frage. Dafür war Toland kein Partner. Wer die Welt ausschließlich materiell sah, sah sie zu einseitig. Doch über Grundsätze ließ sich nicht streiten.

Und zur Einsicht in die Vernünftigkeit der Vernunft konnte er den jungen Trommelphilosophen ohnehin nicht bringen. Dazu hätte er ihm in einigen Axiomen gründlich nachhelfen müssen, doch er wollte sich nicht in die Rolle des Lehrers oder gar Besserwissers drängen lassen. Am Ende hieß es gar noch, Reichsfreiherr von Leibniz wolle der Sonne gebieten, ihren Standort zu wechseln. Sollte er etwa hier an diesem Tisch erklären, daß man das große Prinzip beachten muß, das da lautet: Es gibt nichts, was nicht einen Grund hat, der bestimmt, warum es so und nicht anders ist, was verpflichtet, über das hinauszugehen, was materiell ist, weil der Grund der Determination dort nicht zu finden ist? Dann hielt er sich doch lieber an die Pistaziencreme!

Überdies gab es genügend Dinge, in denen er mit Mister Toland einig war. Seine Absicht, einen Bund gegen den Aberglauben zu gründen, konnte Leibniz nur unterstützen. Daß es Blut und Steine regnen konnte, daß der Himmel brennen würde und eine fünffüßige Kuh auf der Weide stand – mit all diesen Gespenstergeschichten mußte es wahrlich ein Ende haben. Auch an zwei Sonnen am Himmel konnte selbstverständlich kein vernünftiger Mensch glauben, und in Kometen die Vorzeichen von Staatsumstürzen zu sehen war genauso absurd wie die Behauptung, daß der Weltuntergang bevorstand, wenn die Mäuse im Jupitertempel das Gold benagten. Selbst die weitverbreitete Meinung, man könne eine untreue Ehefrau ganz leicht dazu bringen, über ihren heimlichen

Liebhaber zu reden, wenn man einem Frosch die Zunge ausriß und sie ihr nachts auf die Brust legte, war grober Unfug und nichts als mit Dummheit gepaarte Tierquälerei. Er konnte Mister Toland nur ermutigen, gegen den Aberglauben, diese volksverderbliche Betrügerei anzugehen.

Sophie Charlotte hatte die Herren nicht eingeladen, damit sie sich Nettigkeiten sagten und sich gegenseitig ihre Auffassungen bestätigten. Sie wollte endlich den Disput über die philosophischen Gegensätze. Immer wieder versuchte sie, das Gespräch auf diese Themen zu lenken, doch Leibniz wich geschickt aus und ging lang und breit auf Tolands Staatskritik ein. Keine Frage, sie lebten in einer Gesellschaft, wo Irrtum die Vernunft und Bestechung die Wahrheit überwog. Auch er war gegen die absolute Herrschaft und wollte, daß ein König sich wie jeder andere dem Gesetz zu beugen hatte. Selbst was die Kirche betraf, gab er Toland völlig recht. Auch er hatte sich schon mehr als einmal gefragt, wozu man überhaupt noch eine Kirche brauchte, wenn sie kein anderes Ziel verfolgte, als mit cäsarischen Mitteln ihre Macht zu erhalten. Schließlich erhob Leibniz das Glas und trank darauf, daß die von allen verehrte Sophie von Hannover als Königin den englischen Thron bestieg, so wie es Mister Toland in seinen Schriften forderte. Nein, Leibniz war nicht in der Stimmung, Gegensätze auszutragen und den Fechtmeister zu spielen. Nicht an diesem Tisch, nicht mit Toland und schon gar nicht zu ihrer Spaßlust. Sie hatte ihn mit diesem

Gast überrascht, und er überraschte sie damit, ihren Erwartungen nicht zu entsprechen. Das wollte er sich dann doch erlauben. Mit einem fast spitzbübischen Lächeln sah er zu ihr hin, als wollte er sagen: Wir sind quitt, Majestät. Nous voilà quittes, grande reine.

Noch Tage später war Sophie Charlotte ungehalten. Sonst konnte sich Leibniz nicht genug über die Welt verbreiten, wahre Gesänge konnte er anstimmen, doch in Gegenwart von Toland tat er so, als wisse er darüber nichts. Sie fand keine Erklärung dafür, wußte nicht, warum er sich einer Disputation verweigert hatte, wollte nicht lange darüber rätseln, wollte es von ihm selber wissen und ließ ihn durch ihren Kammerherrn zu sich bitten. Doch Leibniz kam nicht. Er entschuldigte sich mit Arbeit und sandte ihr statt dessen mit der alleruntertänigsten Empfehlung ein kleines Traktat über das Leib-Seele-Problem.

Sie faßte es nicht. Sie wollte ihn sehen, und er schob Arbeit vor. Er wagte es, ihr abzusagen! Entweder wußte er ihre Gunst nicht zu schätzen, oder sie hatte ihn mit ihrem Wohlwollen schon zu sehr verwöhnt. Auf jeden Fall verkannte er die Verhältnisse! Königin Christine von Schweden hatte Descartes in der allereisigsten Winterkälte jeden Morgen um fünf Uhr zum philosophischen Diskurs antreten lassen, nur um ihm den Standesunterschied deutlich zu machen, und sie, Sophie Charlotte, stellte sich ganz auf die Mimose Leibniz ein, empfing ihn, wann immer er seinen Fuß auf Brandenburgischen Boden setzte, und das war das Ergebnis! Er sagte ihr ab! Einfach so und ganz wie es dem Herrn der Axiome beliebte. Auch wenn er die Differentialrechnung und den Multiplikationspunkt erfunden hatte, auch wenn er über die Entstehung des Schalls genauso Bescheid wußte wie über die Textur des Wassertropfens und derzeit sogar den Bausteinen der Welt, den Monaden, auf der Spur war – einer Königin gab keiner einen Korb. Auch das größte Universalgenie nicht. Es war an der Zeit, ihn einmal ihre Macht spüren zu lassen. Er brauchte offenbar eine konkrete Vorstellung davon, brauchte ein Nachhilfestündchen in Empirie. »Schaffen Sie mir sofort den Leibniz heran!« sagte sie zu ihrem Oberhofmeister und ging aufgebracht ans Cembalo.

Augenblicke später setzte sich die ganze Hofmaschinerie in Bewegung, und sechs Reiter der Königlichen Leibgarde galoppierten über die neu angelegte Straße durch den Tiergarten nach Berlin, um auf Befehl Ihrer Majestät Herrn von Leibniz sofort ins Schloß zu verbringen. Als sie vor seiner Haustür standen und der Gardekapitän ihn aufforderte, seinen Anweisungen Folge zu leisten, war Leibniz so schockiert, daß er keine Worte fand, nicht einmal fragte, was das zu bedeuten hatte, sondern nur darauf bedacht war, jedes größere Aufsehen zu vermeiden. Er setzte sich rasch die Perücke auf, griff seinen Rock, rief seinen Kutscher und stieg dann betont langsam in seinen Wagen, damit alles nach Normalität aussah und es auf der Straße nicht gar noch zu einem

Auflauf kam. Es war schon peinlich genug, auf diese Weise nach Lietzenburg eskortiert zu werden: drei Reiter zur Rechten, drei Reiter zur Linken und er in der Kutsche – der Gefangene Ihrer Majestät. Er lehnte sich tief in das Polster zurück, um nicht gesehen zu werden. Er sah ein, daß er keine Chance hatte, sich dem Disput mit Toland zu entziehen. Sie wollte den Wortstreit und ließ ihn per Befehl dem Disput zuführen. Unerhört! Schließlich stand er nicht in ihren Diensten. Er war ein freier Mann. So etwas mußte er sich nicht bieten lassen. Von Rechts wegen konnte ihm nur der Kaiser in Wien befehlen und sonst keiner. Gern hätte Leibniz den Überraschungsakt als ein Spiel der Principessa abgetan, als ein Lustspektakel, aber ganz geheuer war ihm die Situation trotzdem nicht. Den Frauen und der Macht schien eines gemeinsam: Beide waren unberechenbar. Er durfte sich jetzt keinen Fehler leisten und mußte sich auf jeden Fall äußerst korrekt verhalten. Dennoch mußte er der Königlichen Sophia offen sagen: Nicht mit jedem lohnte es zu streiten. Vor allem nicht mit Menschen, die sich klüger als die Apostel dünkten. Locker gegen alles anzurülpsen und Freude daran zu haben, das Bestehende einzureißen und niederzutreten, statt die Möglichkeiten zu erkennen und das Vorhandene besser zu machen – diese Art war ihm zutiefst fremd und zuwider.

Kaum hatte er den Schloßhof erreicht, übergab ihn der Gardekapitän dem Oberhofmeister, und der führte ihn ins Vorzimmer des Audienzgemachs Ihrer Majestät, wo er angewiesen wurde zu warten, bis man ihn rief. Zwar stand eine lehnenlose Bank im Raum, doch es widerstrebte ihm, sich zu setzen. Auf der Bank hätte er sich wie ein armer Sünder oder Büßer gefühlt, und dieses Bild von sich wollte er niemandem geben. Er hatte keine Uhr, aber das Warten schien ihm endlos. Er begriff, sie wollte ihn demütigen. Sie wollte ihm zeigen, er war ein Untertan wie tausend andere Untertanen. Zweifelsohne hatte sie sich sehr über ihn geärgert.

Die Flügeltür ging auf, und ihm war, als öffne sich ein Schrein. Die Oberhofmeisterin führte ihn durch mehrere Zimmer ins Allerheiligste, und plötzlich stand er in einem Saal, an dessen Ende Sophie Charlotte unter einem Thronhimmel saß. So hatte sie sich ihm noch nie gezeigt, majestätisch und ernst, ganz Königliche Hoheit. Er wußte, was sie jetzt von ihm erwartete und was das Zeremoniell verlangte. Er näherte sich ihr langsam, blieb in gebührender Entfernung vor ihr stehen, dann kniete er auf dem rechten Bein nieder und verneigte sich so tief vor ihr, wie es kein Protokoll verlangte. Plötzlich war es ihm ein Bedürfnis, so vor ihr zu verharren, denn sie sollte spüren, nicht er, sondern sein Herz kniete vor ihr. Sie sollte sehen, kein Knecht und kein Untertan waren zu einer solchen Ergebung fähig, sondern nur ein Mann, der liebte. Er dachte nicht an seine gichtigen Gelenke, denn es war der Moment eines großen Glücks, ein Moment, der ihr allein gehören und der tief zu ihr sprechen sollte. Wenigstens ein einziges Mal sollte sie das Ungesagte, das ihn mit ihr verband, auch sehen können und die Stille hören, die sie beide umfing.

Der Anblick des knienden Leibniz war so ungewohnt und bewegend, daß sie einen Moment lang nicht wußte, ob er sie aufwühlte oder nur verlegen machte. So hatte sie noch keinen Mann vor sich knien gesehen – so selbstvergessen und hingebungsvoll; so ergriffen und con amore zu ihren Füßen. Aller Ärger war verflogen. Vorbei, verweht, griesgrau gestrig. Er hatte das Zeichen verstanden. Sie stand auf, reichte ihm lächelnd die Hand, verließ den Raum und ging mit ihm in den Park. Er atmete auf, daß sie einmal ohne Begleitung ihrer Hofdamen war und ihn offenbar auch nicht zur Disputation befohlen hatte.

Die Oktobersonne schien ungewöhnlich warm. Das sommerspäte bunte Grün gab dem Park eine satte Tiefe. Ihm war, als ginge er durch eine gemalte Landschaft. Die Farben steigerten sich gegenseitig und begannen so stark zu oszillieren, daß er sich nur noch von Purpur und Rubin umgeben sah und im Augenblick nicht sicher schien, ob dies vielleicht bloß sein innerer Zustand war.

»So ist das, Monsieur«, sagte sie heiter, »wer lieber arbeiten will, statt die Königin zu sehen, wird auf der Stelle zu seinem Glück gezwungen.«

Leibniz erschrak über dieses Mißverständnis. »Ich möchte Sie immer sehen, Majestät, Tag und Nacht, nur wollte ich mit Mister Toland nicht disputieren. Mit Verlaub – Ihre Schwärmereien für ihn ertrage ich nicht.«

Seine Eifersucht auf Toland fand sie zwar ein bißchen kindisch, aber wenigstens ehrlich. Sie hatte schon verstanden: Es gab an ihrem Tisch nur einen einzigen Philosophen, und das war er. Gottfried Wilhelm Maximus. Der große Leibniz. Denker aller Denker. Hymniker der Harmonie. Prophet des Universums. Er duldete keinen neben sich. Er war eben einzig und unvergleichlich. Sie sah es ihm nach. Wenn schon *er* keine hohe Meinung von sich haben durfte, wer denn dann? Bei anderen hätte sie die Eitelkeit gestört. Bei ihm war sie gerechtfertigt.

»Immerhin nennt mich Toland die *republikanische Königin*. Von Ihnen habe ich so etwas Schönes noch nicht gehört«, sagte sie genüßlich provokant und freute sich im stillen, mit ihrem koketten Ton ihn sichtlich in eine kleine Verwirrung zu treiben. Wenn Leibniz für Momente sprachlos war, gefiel er ihr besonders. Da ließ er am tiefsten blicken, war ganz er selbst, war so herrlich unsicher, so herrlich hilflos und glaubwürdiger als jedes seiner Worte.

»Ich würde Ihnen nie einen solchen Beinamen geben«, entgegnete er so entschlossen, als hätte er wieder in seine Form zurückgefunden. »Jede Charakteristik für Sie kann nur ein beschränkter Begriff sein.«

Eigentlich hatte sie sich ja vorgenommen, gegen ihn zu sticheln, ihn ein bißchen zu ärgern und vom hohen Roß zu holen. Endlich einmal wollte sie auf die berüchtigte Stelle im *Bayle* zu sprechen kommen, wo Diogenes eine Frau auf der Straße in die Arme nimmt und auf die Frage eines Passanten, was er da treibt, kühl bemerkt: Ich pflanze einen Menschen. Sie wollte Leibniz so richtig schön verlegen machen und fragen, ob er auch schon mal einen Menschen gepflanzt hatte, dabei diskret an Descartes erinnern, der sich von Anfang an zu seiner unehelichen Tochter Francine bekannt hatte, doch sie brachte es nicht über sich. Nicht nach diesem Kniefall. Außerdem sagte sie sich, daß es schon seine Gründe haben würde, wenn er sich nicht zu seiner Vaterschaft bekennen wollte. Sie wußte ja selber, wie kompliziert es mit den Kindern war. Sie kannte zur Genüge die Schwierigkeiten mit dem eigenen Sohn. Mal war er gegen die Mutter, mal gegen die anderen, mal gegen sich selbst, mal gegen den Luxus, mal gegen das Lernen, und derzeit war er gegen seinen Erzieher. Allerdings konnte ihn Sophie Charlotte diesmal verstehen, und darüber ließ sich mit keinem so offen reden wie mit Leibniz. »Graf Dohna ist zu streng mit dem Kronprinzen«, sagte sie. »Er nutzt die kleinste Gelegenheit, um ihn sexuell zu züchtigen und verbietet ihm das harmloseste Rendezvous. Angeblich will er ihn nicht in die Liebe wie in ein Messer rennen lassen. Doch das finde ich falsch. Gleich, ob es gut oder schlecht ausgeht: Liebe poliert den Geist und macht die Umgangsformen sanfter. Meinen Sie nicht?«

»Unbedingt, Majestät.«

»Man muß wenigstens einmal im Leben richtig geliebt haben, sonst steht man arm da und weiß nichts von sich selbst.« Dabei sah sie ihn von der Seite lauernd herausfordernd an, als wollte sie ihm ein Selbstbekenntnis abluchsen. Doch so sehr sich Leibniz auch freute, nach all dem Spektakel mit ihr einmal allein durch den Park spazieren zu können – um jeglichen neuen Mißverständnissen vorzubeugen, hielt er sich vorsichtigerweise noch ganz an das Protokoll und gab sich staatsmännisch zurückhaltend.

»Jetzt wird der Kronprinz fünfzehn. In diesem Alter habe ich geheiratet. Ursinus hat mir damals in der Hochzeitspredigt eine fruchtbare Ehe gewünscht. Keine glückliche, eine fruchtbare. Sie sehen ja: Beides ist ein ziemlich frommer Wunsch geblieben. Aber was kann auch schon ein Pastor über diese Dinge sagen! Eigentlich ist doch in puncto Ehe jeder gute Rat von jeder Seite völlig umsonst.«

Doch Leibniz sah das anders. Gewiß, von Liebe wollte er nicht reden. Liebe war etwas ganz anderes, und wenn sie kam, dann kam sie von Gott. Genaugenommen glich die Liebe doch dem Geist: Sie setzte an, wo sie wollte, und war wie der Tau, der bald auf ein Rosenblatt, bald auf einen Kuhdreck fiel. Göttlich blieb die Liebe allemal und bedurfte keiner Erklärung. Aber die Ehe war vom Menschen gemacht, und dafür gab es Regeln. Zwar wußte er, daß die wenigen, denen eine glückselige Ehe beschieden war, keinen Rat brauchten. Für den Rest jedoch war die Ehe eher eine nüchterne Bewältigung von Gemeinsamkeit, und die machte nun mal gewisse Prinzipien nötig. Gleich, wie sie darüber dachte – er wollte sie ihr nicht vorenthalten. Natürlich war Ehre, Reichtum und Schönheit auf die Dauer keine Garantie, auch nur eine halbwegs gute Ehe zu führen, denn er kannte zu viele, die übergenug davon hatten und sich trotzdem nicht ertragen konnten. Entscheidend war einzig der Umgang miteinander. »Das erste ist der Respekt voreinander«, sagte er. »Gegenseitige Achtung und Respekt sind die wahre Grundlage, um zu einer ehelichen Freundschaft zu kommen. Darin liegt die gegenseitige Akzeptanz, aber auch die nötige Distanz, die es braucht, um sich ein Gefühl von Freiheit zu bewahren. Genaugenommen ist eheliche Freundschaft das Höchste, was man für dieses Leben im Verein erreichen kann.«

»Sie vergessen das Gespräch.«

»Das ganz gewiß nicht. Eheleute sollten sich von Anfang an daran gewöhnen, alles miteinander zu bereden. Das schafft Bindung. Haben sie sich nichts mehr zu sagen, ist es eh mit allem vorbei. Aber solange sie miteinander im Gespräch bleiben, ist das Band nicht zerschnitten und alles lösbar. Vor allem bietet es aber auch die Möglichkeit, zu Entscheidungen zu kommen, denen letztlich beide folgen. Es kann ja nicht sein, daß die Frau dem Mann oder der Mann der Frau Gehorsam zu leisten hat und der eine tun muß, was der andere ihm vorschreibt. Im Gespräch findet sich die Gemeinsamkeit immer wieder neu. Wo die fehlt, ist die Ehe das Begräbnis der schlichtesten Erwartungen, vom Vergnügen ganz zu schweigen.«

Sophie Charlotte dachte nur: typisch Leibniz. Überzeugend analysierte er Dinge, die er gar nicht kannte. Im stillen fragte sie sich, ob dies nicht generell das Wesen eines Philosophen ausmachte oder ob aus ihm diesmal nur der unbefleckte Optimismus eines Junggesellen sprach. So gut sich das auch anhörte: Vieles war eben leichter gesagt als getan. Aber er sah wohl überall die vorherbestimmte Harmonie.

»Eines scheint mir besonders wichtig«, meinte er, »wenn man schon ständig so nahe beieinander ist, darf man sich nicht auch noch gegenseitig in seinen Vorlieben beschränken. Nein, man muß sich die Freiheit gestatten, die man vor der Ehe genossen hat.«

»Wenn der Kronprinz heiratet«, warf sie ein, »müssen Sie ihm das unbedingt als Hochzeitspräsent überreichen. Ihre Goldenen Regeln kann er sich rahmen lassen.«

Leibniz verneigte sich geehrt. »Und noch eins: Viele glauben, mit der Heirat sind sie an ihr Ziel gekommen. Sie haben den anderen in ihren Besitz gebracht und meinen, nun müßten sie auf ihr Äußeres keinen Wert mehr legen. *Er* schlurft den ganzen Tag mit der Nachtmütze herum, *sie* mit ungekämmten Haaren, und jeder bietet dem anderen einen Anblick, der nur als Zumutung bezeichnet werden kann. Nein, Tag für Tag, Jahr um Jahr und in jedem Alter sollten Eheleute darauf achten, in Kleidung und Reinlichkeit nett und proper zu sein.«

Sie lachte auf. Selten hatte sie sich über eine Bemerkung von ihm so amüsiert. Nett und proper! Geschniegelt und gestriegelt, appetitlich und ansprechend, rein und sauber, Bürste und Bimsstein. Bislang wußte sie gar nicht, daß auch Wirtshausworte zu seinem Sprachschatz gehörten. Er war eben immer eine Entdeckung. Ach, ihr Leibniz! Ihr Seher Gottes! Plötzlich blieb sie stehen und sagte voller Übermut: »Wenn Sie so gut über die Ehe Bescheid wissen, warum haben Sie dann eigentlich noch nicht geheiratet?«

Einen Augenblick schien er irritiert, war sichtlich verlegen und zögerte, doch dann meinte er: »Vor etlichen Jahren wollte ich es tun. Aber die Person, die dafür ausersehen war, ließ mit ihrer Antwort zu lange auf sich warten, und danach fehlte mir die Zeit.«

»Und jetzt?«

»Jetzt hat sich alles geändert. Jetzt, Majestät, sind Sie meine Lebensgöttin.« Er erschrak, daß ihm dies so vermessen und ungebührlich über die Lippen gerutscht war. Wie konnte er sich nur so weit zu ihr vorwagen, so unüberlegt und spontan sein Innerstes offenbaren! Doch gerade das fand sie wunderbar. Echt und unverfälscht. Sie war hingerissen. So etwas hatte ihr noch keiner gesagt. Seine Lebensgöttin! Was für ein Wort! Es schloß ihre Sinne auf. Wann wurde sie schon in solche Höhen gehoben und wem hätte sie mehr sein können! »Sprechen Sie ruhig weiter«, sagte sie, »ich lasse mich ganz gern mal über die Sterne tragen!«

Die Oberhofmeisterin brachte Monsieur Leibniz zu seinem Wagen, und er glaubte seinen Augen nicht zu trauen. Die Kutsche der Königin stand bereit, um ihn nach Hause zu bringen. Er faßte es nicht. Er war überwältigt. Er fühlte sich, als würde ihm ein Lorbeerkranz gewunden. Fast zögernd und voller Ehrfurcht stieg er ein und bat darum, daß langsam gefahren wurde. Jeden Augenblick wollte er auskosten. Alle sollten sehen, daß er und kein anderer in der Kutsche der Königin saß. Diesen Platz einnehmen zu dürfen war eine Auszeichnung, die mehr zählte als jedes Ordensband. Jetzt war ihm klar: Er hatte niemanden neben sich zu fürchten. Er besaß das Primat, sich über die großen Materien des Seins und des Denkens mit ihr zu verständigen. Er stand hoch in der Gunst der Königin und war ihr Vertrauter. Er allein. Zwar gab er sich hochbeschäftigt, hielt ein Buch in der Hand und tat so, als interessierten ihn die banalen irdischen Dinge nicht, doch er achtete darauf, nahe am Fenster zu sein, damit auch der letzte Neugierige sehen konnte: In dieser Kutsche fuhr nicht nur ein Mathematiker, Philosoph und Erfinder, sondern ein Lehrer der Fürsten. Eine Person ersten Ranges. Noch nie glaubte er sich seiner Bestimmung so nah. Sein Geist machte ihn den Macht- und Würdenträgern dieser Welt ebenbürtig. Die Berliner wußten ja gewöhnlich gar nicht, wen sie in ihren Mauern beherbergten. Nun bekamen sie es von höchster Stelle bestätigt. Immerhin war er auch der Präsident der Akademie, und als solcher von der Königin geschätzt zu werden stützte sein Amt. Eine solche Schutzherrin zu haben ließ nicht nur die kleinen Neider und ewig wankelmütigen Bedenkenträger verstummen. Der Präsident in der Kutsche Ihrer Majestät – das war der Anblick, der auch dem letzten Zweifler den Schluß nahelegte, daß die Akademie allerhöchster Fürsprache gewiß sein konnte. Das machte zusätzlich Eindruck und schuf Respekt.

Je näher die königliche Karosse der Stadt kam, um so größer wurde der Auflauf. Hin und wieder schaute er unauffällig vom Buch auf und sog die Blicke all der Topfguckernasen begierig ein. Sie bereiteten ihm das größte Behagen. Die entgegenkommenden Wagen, die Sänften und Chaisen hielten an. Alle machten Platz für die Kutsche der Königin. Wie von selber bildete sich in der Straße eine Gasse, die ihm wie eine Schneise des Himmels erschien. Die Menschen blieben stehen, nahmen die Hüte ab, grüßten und verneigten sich, und auf einmal war ihm, als würde er die Vorzüge der Macht körperlich spüren. Alles ergab sich, schuf Freiheit und Raum und wartete auf Handlung. Im stillen beneidete er Sophie Charlotte darum. Nicht daß er wie Platon von der Herrschaft des Weisen träumte, aber die Macht beschleunigte doch vieles. Hätte er an ihrer Stelle auf dem Königsthron gesessen, hätte er zwar auch nicht im Handumdrehen aus Brandenburg einen blühenden Sonnenstaat schaffen können, doch die vielen Ideen, Entwürfe und Vorschläge, die jetzt in seiner Schublade verstaubten, wären längst zum Wohle aller umgesetzt. Hier auf dem goldgestickten Platz der Königin wurde ihm bewußt, daß es zu idealistisch war, wenn er ihr sagte: Man muß den Willen haben, wollen zu wollen. Jetzt sah er: Man mußte auch die Möglichkeiten haben, können zu können. Andernfalls blieb alles Illusion. Immerhin: *Er* hatte den Willen und *sie* die Möglichkeiten. Ein Grund mehr, ihr in Zukunft noch viel öfter praktische Projekte zu unterbreiten.

Plötzlich kam ihm das Angebot des Königs in den Sinn, die Geschichte des Großen Kurfürsten zu schreiben und damit die Nachfolge Pufendorfs anzutreten. So honorabel das Angebot auch war – er fühlte, wenn er es annahm und damit in preußische Dienste trat, würde er sich unwillkürlich in eine Abhängigkeit von Sophie Charlotte begeben. Aus dem Etat ihres Gemahls bezahlt zu werden hätte ihn ihr gegenüber unfrei, ja geradezu befangen gemacht. Doch er wollte sich ihr nicht ausliefern. Er wollte souverän bleiben. Vor allem wollte er sich nicht in die Lage bringen, mit ihr jemals über seine Geldangelegenheiten reden zu müssen. Unvorstellbar die Peinlichkeit, irgendwann womöglich genötigt zu sein, sie um eine Aufstockung zu bitten! Es gab schon genug andere, die ihr nichts weiter zu empfehlen hatten als ihre Privatinteressen, und er wußte, wie sehr sie die verachtete. Von dieser Frau waren alle Abhängigkeiten denkbar, außer der finanziellen. Finanzielle Abhängigkeit depotenzierte. Das Amt eines Preußischen Historiographen wurde zwar mit 1000 Talern nicht schlecht bezahlt. Immerhin hätte er 400 mehr als derzeit in Hannover erhalten, aber es war nicht genug, um seine Unabhängigkeit zu opfern. Außerdem konnte er sich Interessanteres vorstellen, als die Geschichte von Fürstenhäusern zu erforschen. In dieser Hinsicht hatte er für das Geschlecht der Welfen schon genug getan. Und nun gar wieder etwas über einen großen Staatsvater zu Papier zu bringen, war nicht gerade das, wonach sein Geist fieberte. *Ihre* Biographie allerdings hätte er liebend gern geschrieben. Das wäre natürlich etwas ganz anderes gewesen. Einmal nicht in der Vergangenheit herumstochern müssen, sondern über Sophie Charlotte etwas zum Geist der eigenen Zeit sagen können. An ihrem Beispiel zeigen, daß Frauen mit einem entwickelten Verstand geeigneter als Männer waren, um in den raffinierteren Regionen des Wissens voranzukommen. Denn die Männer bedachten inmitten ihrer Geschäfte meist nur das Notwendige. Frauen – wenn sie der täglichen Sorge enthoben waren – dachten unbefangener und aufmerksamer über die Feinheiten der Dinge nach. Gab man ihnen die Möglichkeit, ihren Geist auszubilden statt ihn auf die Toilette zu beschränken, dann waren ihre Neugier und ihr diffiziles Denken für die menschliche Gesellschaft nützlicher als all die Pläne von Eroberern, die nichts als Unordnung und Zerstörung bewirkten. Das zu schreiben wäre reizvoll und spannend gewesen. Die reinste Lustarbeit. Es hätte ihm Vergnügen gemacht, den Beweis zu erbringen, daß die erste Königin Preußens der Unsterblichkeit würdiger war als alle Göttinnen der Antike. Doch der Biograph ihres Schwiegervaters zu sein, wäre wieder nur so eine dienstgraue Auftragsarbeit gewesen.

Als die Goldkutsche in die Königsstraße einbiegen

wollte, ließ Leibniz einen Umweg fahren. Er hatte es nicht eilig, nach Hause zu kommen. Nicht in dieser herrlichen Prachtkarosse, in der er sich gar nicht anders als königlich fühlen konnte. Die Lindenstraße hatte er bereits passiert, aber er wollte auch noch in die anderen belebten Meilen, in die Burg- und in die Brüderstraße. Am liebsten hätte er die ganze Stadt umrundet, sie anschließend in Nordsüd- und Ostwestrichtung durchquert und wäre dann noch einmal im Zentrum auf und ab gefahren, um sich auch dem letzten Haupt- und Residenzstädter zu zeigen. Er in der Kutsche der Königin – dieser Anblick sollte sich den Berlinern einprägen. Sie sollten sehen: Wer von der Königin geschätzt wurde, war ein Bevorzugter des Glücks. Ach was, bevorzugt! Für ihn galt mehr, viel mehr. Er war auserwählt. Die Hauptstädter sollten fühlen: Wer von einer solchen Frau geschätzt wurde, war ein Auserwählter des Glücks.

Sophie Charlotte faßte es nicht. Sonst gab sie ja selten etwas auf das Geschwätz, das von drüben aus dem Stadtschloß, dieser Gerüchteschmiede kam, doch diesmal sprachen die Tatsachen für sich: Der Gemahl hatte eine Maitresse.

Alles, aber das hätte sie ihm nicht zugetraut. Dieser Protokoll- und Pflichtmensch ein lüsterner Faun – sie wollte es nicht glauben. Woher ihm plötzlich der Sinn dafür kommen sollte, war ihr ein Rätsel. Sein herrgottsfrühes Aufstehen, seine Arbeitsbesprechungen, seine Audienzen und ab und an ein bißchen schnüren – das war ihr Grundherr, wie er leibte und lebte, und nun das! Es wollte einfach nicht in ihre Vorstellung, denn es schien ihr gegen seine Natur zu sein. Anderseits war es auch nichts Ungewöhnliches oder gar Fremdes. Ihr Vater, Ernst August, hatte ja auch eine Maitresse. Sieben Kinder mit der Frau Mama gezeugt, das Thronerbe gesichert und für den Rest noch einmal tief ins Fleisch gelangt – so waren sie eben, diese fährtengerechten Jäger, von den Balz-Affären ihres Bruders ganz zu schweigen. Erst zum Fuchsprellen und dann zur Maitresse – sie kannte den Gang der Dinge. Fast hätte sie ihren ruhmwürdigen Friedrich, ihren buckligen Äsop, mitleidig belächelt, wenn er sich dafür nicht ausgerechnet die Wartenberg ausgesucht hätte. Jede andere hätte sie hingenommen, aber die Wartenberg war eine Kränkung. Diese vulgäre Dame empfand sie als eine Zumutung, als einen Angriff auf ihre Person.

Sophie Charlotte war gerade dabei, ein Geschenk ihrer Cousine, der Herzogin von Orleans, in Augenschein zu nehmen – ein Reisecembalo, das soeben unversehrt aus Versailles eingetroffen war. Sie hatte so etwas noch nie gesehen und hätte nicht geglaubt, daß sich ein derart empfindliches Instrument einfach zusammenklappen und als rechteckige Kiste transportieren ließ. Die einschiebbaren Klaviaturen waren eine Sensation, eine Meisterleistung der Instrumentenbaukunst. Doch so sehr sie sich darüber freute, sie hatte im Augenblick nicht einmal die Ruhe, den Diskant auszuprobieren. Erst mußte sie mit ihrer chère Pöllnitz einen Kaffee trinken und die neue Situation erörtern. Sophie Charlotte begriff nicht, was um Himmels willen in den Gemahl gefahren war, sich ausgerechnet mit der Wartenberg zu vergnügen. Sie war weder jung noch gescheit, nicht im mindesten unterhaltsam, hatte nur Schmuck und Kleider im Kopf und war aus nichts als grobem Holz geschnitzt. Doch für Fräulein von Pöllnitz lagen die Dinge ganz klar: Es war die Liebe zur Pracht. Darin trafen sich der König und die Gräfin. »Gleiches wollen und Gleiches meiden – das schafft Bindung«, sagte sie. »Denken Sie doch bloß an die Auftritte dieser Dame in der Stadt und mit welchem Leuchten in den Augen der König die Berichte darüber entgegennimmt!«

Sophie Charlotte kannte deren Paraden: In goldenen Florstoff gehüllt, die Mouches im Gesicht mit Brillanten besetzt, fuhr Frau von Wartenberg in ihrer carmesinsamtenen Karosse coupée sechsspännig durch die Stadt. Links und rechts der Pferde je drei Beiläufer und voraus die Leibgarde ihrer Verehrer – ein beachtlicher Train von Diplomaten und Hofkavalieren in Equipagen, Staatskarossen und Chaisen – ein Aufzug, der auch den letzten Berliner ans Fenster lockte. Mindestens einmal in der Woche ließ sie sich auf diese Weise als erste Dame des Königreichs bestaunen. Daß sie sich damit so beliebt machte wie falsches Geld, so weit reichte ihr Verstand nicht. Sophie Charlotte hätte es nicht gewundert, wenn die

Gräfin sich demnächst den Residenzstädtern in einem mit zwölf Pferden bespannten Lustwagen präsentieren wollte, um einen noch größeren Genuß zu haben. Sie wußte: Die Wartenberg besaß ein Naturell, dem nichts genügte. Fräulein von Pöllnitz hatte schon recht: Genau das gefiel ihrem Friedrich. Die Wartenberg kitzelte seine Prachtlust heraus. Dafür war er empfänglich, und Lust war Lust, gleich welcher Couleur. Statt ihr zu untersagen, für 24 000 Taler eine eigene Tafel bei Hofe zu halten und dieser Verschwendung Einhalt zu gebieten, schien er ihr Treiben noch zu unterstützen. Dabei war es genaugenommen auch noch *sein* Geld, das sie vor aller Augen so ungeniert verschleuderte. Womöglich bezahlte der Gemahl seinen Premier Wartenberg nur darum so königlich, weil er wußte, daß seine Frau mit dem Geld genau die Pracht inszenierte, die ihn entzückte. Es war ja kein Geheimnis: Wer den König in der Verschwendung noch übertraf, dem gehörte seine ganze Bewunderung.

Erst kürzlich hatte der Gemahl seinem Premierminister, Marschall von Preußen und Kanzler des Schwarzen Adlerordens, Reichsgraf Kasimir Kolbe von Wartenberg am elegantesten Kai der Stadt, in der Burgstraße, von Schlüter ein Palais bauen lassen, die Attika mit vier Statuen geschmückt. Eine wahre Fürstenresidenz! Als ob das nicht übergenug war, schenkte er ihm jetzt auch noch einen Bauplatz an der Spree für ein Lusthaus, damit sich der geplagte Premier von seinen Regierungsgeschäften erholen konnte. Vielleicht war dieses Monbijou indirekt aber auch für seine Frau gedacht. Sophie Charlotte wußte es nicht. Sie wußte nur: Seit der Krönung sprach ihr Friedrich durch Wartenberg, und sie zweifelte nicht: So wie die Seele die Idee des Körpers war, so verkörperte Wartenberg die Seele des Gemahls, und da keiner mehr sicher sein konnte, wer aus wem sprach, folgte vorsichtshalber inzwischen jeder den Anordnungen beider. Der König und sein Kasimir waren eine unzertrennliche Einheit. Jetzt teilte Wartenberg auch noch seine Frau wie das letzte Stück Brot mit ihm und gab damit wohl den überzeugendsten Beweis seines Vertrauens. Nun war man solidarisch im Opfer vereint: Der eine gab seine Frau, der andere sein Geld, und so formierte sich ein glückliches Dreierpaar. Voilà!

Fräulein von Pöllnitz fand, man müsse dem Ganzen mit Humor und Süffisance begegnen und meinte in einem launigen Ton: »Einst die Rickers aus dem Wirtshaus und jetzt die Prachtperle des Königs – dieses Glück ist einer Anteilnahme wert. Sie sollten Herrn von Besser bitten, dazu die nötige poetische Begleitmusik zu liefern. Ein sattes Dutzend erotischer Gedichte auf dem Geburtstagstisch des Königs – das wäre doch mal etwas ganz Besonderes! Wozu haben wir einen Hofdichter? *Arme weiß wie Schwanenflügel, Schenkel wie Atlas so glatt* – Herrn von Besser fehlt es nicht an Worten!«

Sophie Charlotte fand die Idee gar nicht so schlecht. Warum eigentlich nicht. Für Neues war der Gemahl immer aufgeschlossen. Damit band sie für ihn einmal eine Stimmungsschleife ganz anderer Art. Gerade erst war Herr von Besser als Zeichen der Wertschätzung seiner Werke zum Oberzeremonienmeister ernannt worden. In der Tat: Keiner verstand sich auf das Verseschmieden so wie er. Diskret brachte er zweideutige Stanzen zu Papier, die begierig von Hand zu Hand gingen und die im stillen jeder auswendig kannte: *Kein Purpur-Pfirsich ist so sanft und zart gespalten, kein kleiner Raum hat so viel Überfluß.* Auf diese Töne verstand er sich. Er war nun mal der Sänger der Amornische. Diesmal mußte er aber alles übertreffen und das Ganze mit einem gewissen Gassenton würzen, damit jeder wußte, wer gemeint war. Das war ihr ein Extrahonorar schon wert. An einem intimen Präsent für den Gemahl wollte sie nicht sparen.

Fräulein von Pöllnitz schien ganz in ihrem Element und ging noch einen Schritt weiter. »Zu seinem Geburtstag verzichten wir diesmal auf eine Operninszenierung oder ein Singspiel, sondern es gibt ein Lustballett mit Fackeltanz. Als Höhepunkt muß die Ballerina auf Friedrich zugehen und ihm vor aller Augen das Strumpfband der Wartenberg um den Degen winden. Das wäre eine délicatesse absolue.« Die Szenerie stand Fräulein von Pöllnitz schon jetzt in aller Pikanterie vor Augen: »Ein wunderbarer Gratulations- und Glückwunschskandal, wie es ihn drüben im Schloß noch nicht gegeben hat!«

Doch Sophie Charlotte wollte nichts überstürzen und erst einmal die weitere Entwicklung abwarten.

»Eins nach dem anderen«, sagte sie, wandte sich wieder ihrem neuen Reisecembalo, diesem einmaligen clavecin brisé, zu und gab Ordre, Herrn von Besser zu rufen.

Im Antichambre wartete der Vorleser. Sophie Charlotte hatte keine Lust, Larrey hereinkommen zu lassen. Sie wollte nichts vorgelesen haben, wollte niemanden sehen, keine Stimme hören und alles, was auch nur im mindesten an ein Programm erinnerte, weit von sich fernhalten. Sie lag in ihrem Schlafzimmer auf dem Kanapee und schaute auf das Deckengemälde. Einmal am Tag brauchte sie das: alles rigoros hinter sich lassen und das ganze Drumherum vergessen.

Sie war zufrieden mit der Arbeit des Malers. Vor Jahren hatte sie Terwesten verpflichtet, in fresco, trampo oder auf Leinwand etwas zu verfertigen, und bislang hatte er sie noch nicht enttäuscht. Doch die *Auffahrt Psyches in den Götterhimmel* war ihm besonders gut gelungen. Auch diesmal schien sie sich nicht sicher, ob sie auf ein Bild des Sichtbaren oder ein Bild des Unsichtbaren schaute. Sie sah nur die satten Tiefen des Himmels, genoß das Ineinander von Form, Licht und Farbe, das alles so wirklich und so lebendig machte, als sollte sie mit hinauf ins Grenzenlose geführt werden und wie die Gestalt der Psyche gleichfalls entschweben. Es gab nichts Schöneres, als auf dem Kanapee zu liegen, an die Decke zu schauen und sich aus der Zeit tragen zu lassen. Es waren kostbare Momente, die ihr das Gefühl gaben, wenigstens einmal am Tag tief und befreiend durchatmen zu können und sich selbst zu gehören.

Je länger sie das Bild betrachtete, um so mehr schien es ihr, als würde es zu atmen beginnen. Die Schatten vibrierten, die Lichter der Luft funkelten, die Figuren gerieten so stark in Bewegung, daß sie nicht mehr wußte, waren sie an der Decke oder standen sie neben ihr, und plötzlich löste sich aus den Farben ein Wort und fiel wie Tau auf sie nieder: Lebensgöttin. Ein Sphärenwort. Seit es ausgesprochen worden war, lag es wie ein tiefer warmer Grundton in ihr, klang und schwang in allem mit, hellte alles auf und stimmte so zukunftsfroh. Auf diesen Höhen ließ es sich aushalten. Noch keiner hatte ihr einen solchen Namen gegeben, noch keiner sie auf ein solches Postament gestellt. Immerhin wußte sie jetzt: Wenigstens für einen war sie alles. Für Leibniz war sie etwas Großes und Vollendetes. Eine Lebensgöttin. Warum nicht. Mag sein, es war ein Bekenntnis, das fast schon den Charakter eines Gelübdes trug. Mag auch sein, daß es übertrieben war, aber es tat gut. Gerade in dieser Situation, wo sie nicht sonderlich üppig mit Empfindsamkeiten verwöhnt wurde. Ohne Leibniz wäre sie einsam gewesen. In karger Landschaft unverstanden und einsam.

Ihre Mutter hatte ihr ja immer gesagt, daß das Hofleben genügend Materie bot, um trübselig zu werden, ihr aber im letzten Brief auch sehr deutlich geschrieben, wie man sich dagegen schützen konnte: mit der Einsicht, daß es nicht lohnte, die Dinge überhaupt noch ernstzunehmen. Das ganze aufgeblasene Tagesspektakel war doch nur mit Humor zu betrachten. Anders ließen sich all die Unzumutbarkeiten gar nicht überstehen. Nein, es lohnte nicht, auch nur einen ernsthaften Gedanken darauf zu verwenden, was in ihren Gemahl gefahren war und was ihn zu dieser Dame zog. Wozu sich darüber den Kopf zerbrechen. Einen Stein, der ihr zu schwer war, hob sie nicht auf. Hinsehen, lachen und weitergehen – das war es. Weglachen, einfach alles weglachen. Damit hatte ihre Mutter bislang die besten Erfolge erzielt und mehr als eine Demütigung unbeschadet überstanden. Eine praktischere Philosophie gab es gar nicht. Und was hieß Philosophie?! Genaugenommen war es doch nur der andere Blick, der rettende Spaßblick, der alles auf sein schlichtes Grundmaß zurückführte und die Dinge so nüchtern sah, wie sie waren. Unwillkürlich mußte sie an den gestrigen Tag denken: der tausendmaltausendste Empfang von tausendmaltausendster Wichtigkeit. Im Alabastersaal Zierdegen neben Faltfächern, Männer neben Frauen, von denen sich viele mit dem Puder aus verfaulter Eiche ihr Haar rot gefärbt hatten. Baufällige Erscheinungen, wohin sie schaute. Die einen dick bis zu den Zähnen, die anderen stinkend wie die Böcke. Es war immer dasselbe. Die Minister und Räte mit abgebleichten, abgeregneten und abgekämmten Fuchsohr-Perücken, deren Strähnen wie Schweineborsten auf der Stirn standen.

Selbstverständlich alle mit einer Miene, als seien sie Jupiter höchstselbst. Als hätte ihr Wort eine Bedeutung für den Erdkreis. Dabei kannte sie die diensttuenden Herrn: langweilige Schmeichler, die nichts mehr fürchteten, als ihren Posten zu verlieren. Daß etliche von ihnen auch noch stillheimlich eine Pension vom Französischen Hof bezogen, schloß sie nicht aus. Wurmstichige Kürbisse, galant verpackt. Passend dazu die Gespräche: der übliche Tritschtratsch. Ursinus beneidete den Bischof von Bamberg, der einen eigenen Hofstaat mit 30 Kammerherren hatte, sich von 9 Pagen bei Tisch bedienen ließ und 16 Züge Kutschenpferde besaß. Ilgen fragte sich, warum am Preußischen Hof noch immer die rechteckige Tafel beibehalten wurde, statt endlich wie am Französischen Hof zur ovalen Tafel überzugehen, und Wittgenstein quälte sich mit der Entscheidung, ob er beim anschließenden Essen zu den Ortolanen oder den Fettammern greifen sollte. Nein, es lohnte nicht, die Dinge ernstzunehmen. Nur mit dem Spaßblick waren sie zu ertragen.

Wäre Leibniz jetzt bei ihr gewesen, hätte sie sich über alles mit ihm amüsieren können. Geteiltes Lachen war doppelte Freude. Er kannte ja all die weltbedeutenden Figuren, und sie wußte, wie er über sie dachte: Zogen mit Mühe und Not drei halbwegs gerade Linien und glaubten schon, ein Euklid zu sein. Leibniz hätte ihr ganz gewiß eine vergnügliche Analyse geliefert. Vielleicht hätte er ihr generell geraten, das Leben am Hof mehr mathematisch zu betrachten, als eine Wahrscheinlichkeitsrechnung, als die ars conjectandi, die Kunst des Vermutens, war doch nichts in diesen heilig hohen Gefilden zufälliger als die Gewißheit. Ohne Frage, er fehlte ihr. Sie ärgerte sich über ihren Bruder, den Kurfürst Durchlaucht, der Leibniz zunehmend als Hannoversches Hof- und Staatseigentum in Anspruch nahm und ihn mit immer neuen Verwaltungsarbeiten belastete. Auf keinen Fall konnte es so weitergehen. Sie mußte eine Lösung finden und Leibniz nach Berlin holen. Nicht für sechs Monate und nicht für zwölf Monate, sondern für immer. Sie wollte ihn in ihrer Nähe haben, sich gemeinsam mit ihm am göttlichen Walten der Dummheit erfreuen. Lachen und nachdenken – wo gab es schon einen Mann, der dieses doppelte Vergnügen so vollendet mit ihr teilte! Ohne diesen gleichgestimmten Ton der Seelen war das Leben doch fad. Eine spröde, trockene Angelegenheit. Ja, sie vermißte ihn.

Sophie Charlotte stand auf und ging in ihr Schreibkabinett. Nach einem Feuerbriefchen war ihr zumute, ein paar flammenden Zeilen. Statt dessen bat sie in ein paar knappen Sätzen Herrn von Leibniz, den Präsidenten der Akademie, so rasch wie möglich zu kommen, weil sie einige dringende Fragen über die Zukunft der Seidenraupenzucht in Brandenburg mit ihm besprechen wollte. Sie zweifelte nicht, daß er den offiziellen Post- und Mitleserton schon richtig zu deuten wußte.

Plötzlich stand ihr Sohn im Raum. Aufgebracht und ungehalten. Er fragte nicht, ob er störte, platzte einfach so herein, aber sie kannte ja seine rüden und violenten Manieren. Der Kronprinz war außer sich. Er kam gerade aus der Küche und hatte Unterschleifen entdeckt. Der schwarze Handel blühte. Von den Lieferungen wurden offenbar beträchtliche Mengen privat abgezweigt und in die Stadt weiterverkauft. »Angeblich will der Kücheninspektor nichts bemerkt haben und leugnet«, sagte er und nahm sich vor, ab sofort das Personal persönlich zu kontrollieren. Gleich ob Küchenschreiber, Küchentürhüter, Meisterkoch, Pastetenkoch, Einkäufer, Unterkoch, Französischer Mundkoch, Pastetenbäcker, Küchenjungen, Küchenfrauen, Holzschreiber, Küchengerätsverwalter, Spießtreiber, Bratenwender, Kesseltreiber, Küchenträger, Feuerböter oder Holzhacker – er fand ganz gewiß die undichte Stelle und brachte die Diebe allesamt auf die Festung Spandau! Alles, was angeliefert wurde, wollte er zukünftig auf der Tafel wiedersehen, Stück um Stück, und wenn er es selber zählen mußte!

Er legte ihr eine Rechnung auf den Tisch, die er dem Küchenschreiber abverlangt hatte. Hier war schwarz auf weiß belegt: Für das letzte große Fest bezogen sie allein aus der Neumark 640 Kälber, 7600 Hühner, 1102 welsche Hühner, 650 Gänse, 1000 Enten, 1000 Tauben, 120 Schock Eier – da konnte sie sich doch vorstellen, was bei solchen Mengen auf der Strecke blieb und in private Taschen wanderte! Nein, er nahm die Dinge jetzt selber in die Hand. In Zukunft wurden nur noch kleine Mengen eingekauft, und es mußte äußerst sparsam getafelt werden. Weniger essen konnte allen nur guttun!

Sophie Charlotte warf einen kurzen Blick auf die Rechnung und schob sie mit der Bemerkung zur Seite, daß diese ungewöhnlich hohen Bestellungen für die Hochzeitsfeierlichkeiten seiner Stiefschwester gedacht waren. Er mußte bedenken, daß aus diesem Anlaß mehrere Wochen Hunderte von Gästen an den Haupt- und Nebentafeln bewirtet worden waren! Doch der Kronprinz gab sich damit nicht zufrieden und bestand darauf, in Zukunft sämtliche Eingänge in der Küche selber zu kontrollieren. Dafür wollte er sich eigens ein Wirtschaftsbuch anlegen, um Woche für Woche die Zahlen mit denen des Küchenschreibers vergleichen zu können. Und wehe, es gab eine Differenz! Wen er beim Stehlen erwischte, dem sollten anschließend die Ohren fehlen! Nur drastische Mittel halfen noch! Gleich, ob die Diebereien groß oder klein waren – ließ man sie durchgehen, gab es nie Ordnung im Staat!

Sophie Charlotte wußte natürlich, daß der Sohn sich nicht traute, dies seinem Vater vorzutragen. Ihm hätte er es sagen müssen, nicht ihr. Sie hatte doch gar keinen Einfluß auf die Beamten drüben im Schloß. Außerdem sah sie es weit gelassener. Daß hier und dort ein Hühnchen mehr oder weniger von den königlichen Töpfen abgezweigt wurde, regte sie nicht auf. Die eigentliche Verschwendung lag ohnehin ganz woanders. Lieber sollte sich der Herr Sohn einmal bei der Familie Wartenberg umsehen! Dort hätte er um ein Vielfaches fündig werden können. Aber diese heilige Familie konnte zulangen, wo sie wollte, und haben, was sie wollte, denn sie stand unter dem Schutz des Gemahls. Nicht umsonst trug der Premier Tag und Nacht ein Herz aus ostpreußischem Bernstein am Hals, das ihm der Gemahl als Zeichen ewiger Treue und Dankbarkeit geschenkt hatte.

Sophie Charlotte wollte aber auch den Sohn in seinem Kontrolleifer nicht einschränken. Kontrolle konnte bei einem so großen Beamtenapparat nie schaden. Allerdings dachte sie im stillen, daß es unter diesen Umständen wohl kein Zufall sein konnte, daß ihr Jägerprinz Friedrich Wilhelm neuerdings mit Leidenschaft Seitengewehre und Monturen sammelte: auch er bereits ein Waidmann und am liebsten auf der Pirsch. Sie fragte sich nur, ob es ihm wirklich um Sparsamkeit ging oder ob sich dahinter nur die Freude an der Knauserei verbarg. Sie kannte doch seine Lust, alles spartanisch zu halten und selbst die geringste Form von Üppigkeit zu minimieren. Ginge es nach ihm, würde er wie ein Stallbursche auf Stroh schlafen und allen verbieten, mehr als nur das Nötigste auszugeben. Wenn sich diese Anlage in ihm verstärkte, hatte unter seiner Regierung keiner etwas zu lachen.

Seit Leibniz in der Kutsche der Königin gesessen hatte, empfand er seinen Reisewagen nur noch als einen Rippenbrecher – alles hart und unbequem, rumpelnd und schwankend, klirrend und knarrend. Es war höchste Zeit, beim Stellmacher einen neuen Wagen in Auftrag zu geben, einen mit moderner Aufhängung und gut ausgepolstertem Wagenkasten. Wer so viel wie er unterwegs sein mußte, durfte am allerneusten Komfort nicht sparen. Ein gutes Reisebefinden halbierte die Strapazen.

Diesmal hatte er sich auf regnerisches und stürmisches Oktoberwetter eingestellt, auf beschwerliches Vorankommen und morastige Wege, doch es war seltsam – jedesmal, wenn er zu Sophie Charlotte fuhr, schien die Sonne. Überhaupt kam ihm alles so glatt und ebenmäßig vor, als führe er gar nicht auf einer Straße, sondern bewege sich auf ein leuchtendes Ziel zu. Er hatte vier Postpferde gemietet, denn jeder Tag, den er früher bei ihr eintraf, war ein geschenkter Tag. Eckart, sein Sekretär, saß neben Heinrich auf dem Kutschbock. Leibniz hatte seinen Tisch aufgeklappt und nutzte die Zeit, um zu arbeiten. Er war um die Klärung des Terminus der unendlich kleinen Größe bemüht und versuchte, in ein paar kurzen Darlegungen zu begründen, warum das Unendlich Kleine als eine potentiell verschwindende Größe betrachtet werden mußte. Sicherlich erwarteten die Mitglieder der Akademien in Frankreich und England darüber mehr als nur eine knappe Aufzeichnung, aber wer ihn richtig zu lesen verstand, der wußte längst, daß bei ihm gerade im Fragmentarischen das Ganze lag.

In der Kutsche war es eng. Neben ihm auf dem Boden stand ein Geschenk für die Königin. Er hatte es sorgfältig in einen kleinen Holzkasten stellen lassen, damit nichts passieren konnte, denn es war etwas ganz Besonderes und Seltenes: eine Mimose. Johann Bernoulli hatte sie ihm geschickt, der treffliche Bernoulli aus Basel, der für ihn seit Jahren in dem unseligen Prioritätsstreit mit Newton Partei ergriff. Bernoulli hatte den Samen aus dem Botanischen Garten in Florenz bekommen und die Pflanze im Topf großgezogen. Sie gefiel Leibniz. Die rosavioletten Blütenköpfe und die doppelt gefiederten Blätter gaben ihr ein zierliches Aussehen. Daß die Mimosa pudica den Namen *Sinnpflanze* trug, wunderte ihn nicht, reagierte sie doch höchst empfindsam auf ihre Umgebung. Schon die geringste Berührung löste eine Bewegung aus. Erst senkten sich die einzelnen Fiedern, dann das Blatt, schließlich klappte ein Blatt nach dem anderen ab, und die ganze Pflanze knickte ein, als wollte sie sich schlafen legen. Daß ein äußerer Reiz eine solche Reaktion auszulösen vermochte, zeigte Leibniz: Es gab ein Dynamisches, auf Grund dessen die Gesetze der Kraft eingehalten wurden. Mit der Mimose konnte er der Königin anschaulich vorführen, daß alle Substanz aktiv war und daß das Lebendige, das innerlich Aktive, wie hier im Kleinen so auch im Großen, in allem Materiellen war. Obwohl sich die Mimose nach jeder Berührung rasch erholte, wußte er, daß dieses Abklappen ein Kraftakt blieb, der sie schwächer machte, was ihn an die Empfindsamkeit des Menschen erinnerte, die auch nicht überstrapaziert werden durfte. Dennoch wollte Leibniz ganz behutsam mit Sophie Charlotte ein Blättchen berühren, um zu sehen, wie die Mimose ihnen antworten würde und ob sie auf seine Berührung womöglich ganz anders als auf ihre Berührung reagierte. Vermutlich hatte sie von der Wirkungsweise dieser seltenen Pflanze schon gehört, aber in natura hatte sie ganz gewiß noch kein Exemplar gesehen. Er war sich sicher, ihr damit eine Freude zu machen, und genoß dies schon im Vorfeld, wurde ihre Freude doch immer mehr seine einzige Freude.

Einen Augenblick schaute er von seinen Notizen auf und meinte, noch nie durch eine so sonnentiefe, strahlendbunte Herbstlandschaft gefahren zu sein. Der Blick in das dichte rotgelbe Laub der Bäume führte ihm bildhaft vor, daß alle Unterschiede in der Natur nur Abstufungen der Vollkommenheit waren. Er lehnte sich in die Polster zurück, streckte die Beine aus, so gut es in der Enge ging, glaubte, mit jedem Atemzug die Farben tief in sich hineinzuholen, und mit einemmal sah er überall ihr Bild – über den Bäumen, zwischen den Ästen, hinter den Hügeln – groß und unübersehbar. Er wußte nicht, kam Sophie Charlotte ihm entgegen oder drängte er zu ihr hin, er spürte nur: Wo er auch war, er war unterwegs zu ihr. Er schloß die Augen und ließ sich tief in sich zurückfallen, als wollte er Anlauf zu seinen liebsten Vorstellungen nehmen. Die Beschäftigung mit ihr war das Schönste. Schon der leiseste Gedanke an Sophia Regina brachte alles in Bewegung. Er dachte sich als Held, der für sie etwas Einmaliges, Großes und Übermenschliches wagte. Er biwakierte auf dem Mond, machte der Sonne ein Kleid, zündete die Welt an allen vier Ecken an und sah sich auf einem Hundeschlitten durch ein weites Gletscherland rasen, um sie aus Schnee und Eis zu befreien. Die Vorstellung, dafür von ihr gefeiert und bewundert zu werden, hob sein Gemüt in Regionen, in denen er sich doppelt lebendig fühlte.

Keinen Augenblick zweifelte er mehr daran: Durch sie hatte er eine neue Empfindung bekommen. Alles um ihn herum kam ihm heller und lichter vor. Alles schien nur noch wohltemperiert. Es brauchte keines Beweises mehr: So groß die Reize des Wissens auch waren, die natürlich von denen nicht begriffen werden konnten, die sie niemals gekostet hatten – die Betrachtung über eine Leidenschaft war nichts gegen die Leidenschaft selber. Nichts gegen diese herrlich aufsteigenden Töne, die in ihm waren, die alles wie von selber zum Klingen brachten und irgendwie sanfter machten. Ohne Frage, er hatte sich verändert. Die Prioritäten waren neu gesetzt. Nichts konnte ihn mehr verdrießen. Der Chagrin war aus allem gewichen. Selbst sein ewigtristes Dienstgrau kam ihm nicht mehr so düster vor.

Wieder hatte der Kurfürst ein Halbdutzend Beamte zum Wirklichen Geheimen Rat ernannt, doch er, Leibniz, war nicht dabei. Er kam über den Geheimen Justizrat nicht hinaus. Im neusten Hofrangreglement rangierte er in dieser klammen Position ziemlich weit hinten in Klasse sieben, dieweil die Wirklichen

Geheimen Räte sich zur Klasse drei zählen durften und damit mehr Rechte und ganz andere Einkünfte hatten. Neuerdings bekam sogar der Hofbarbier soviel wie er: 600 Reichstaler, was nicht gerade wenig war. Früher hätte es ihn geärgert und mißgestimmt, inzwischen nahm er es nur noch beiläufig zur Kenntnis. Offensichtlich waren jetzt in Hannover die Haare wichtiger als die Gedanken. Unter diesen Umständen schien es fast verständlich, daß der Kurfürst ihm nichts als Desinteresse entgegenbrachte. Leibniz sah es eher mitleidig. Er kannte den Gang der Dinge. Die Ursache für die schlechte Behandlung war weniger am Hannoverschen Hof zu suchen, sie lag wohl mehr in seiner Art zu denken. Im Lande der einäugigen Schulweisheit war universelles Denken nicht geschätzt. Alles mußte klar eingeordnet und klar zugeordnet sein, denn man wollte wissen, worauf es hinauslief und wie es schmecken sollte. Entweder Mathematiker oder Diplomat, entweder Historiker oder Erfinder, entweder Konstrukteur oder Philosoph. Bloß nicht von jedem etwas, bloß nicht alles in allem. Das irritierte die Gemüter, überforderte nur und weckte den Verdacht, nichts wirklich gründlich zu wissen, sondern ein Hansdampf in allen Gassen zu sein. Wer begriff schon, daß Philosophie kein Lehrfach, sondern Bestandteil des Lebens war, aus allem sprach und in allem zum Vorschein kam?

Aber auch das bereitete ihm keinen Verdruß mehr. Davon war er gereinigt. Er lebte verdrußfrei und folglich mit dem höchsten inneren Komfort. Er wußte ja,

Sophie Charlotte sah es wie er: Wo der Sinn für das große Ganze fehlte, hatte ein verbindendes Denken keinen Platz. Er konnte gar nichts anderes als ein Störenfried sein, denn Fachgebiete und Fürstentümer hatten eines gemeinsam: Ihre hoheitlichen Grenzen mußten eingehalten werden. Das Einzelinteresse stand über allem. Darum war ihm klar, daß jedes neue Projekt, das der Allgemeinheit dienen konnte, mit schönster Regelmäßigkeit so lange zerredet, zerschrieben, zerhackt und zerpflückt wurde, bis auch der letzte begriff, daß daraus nichts werden konnte. Vom großen Vorausblick ganz zu schweigen. Nein, in diesem fremden Vaterland deutscher Nation hatten Universalisten einen schlechten Stand. Daran änderte auch ein doppelt vervierfachter Einwand nichts. Er dachte an Blaise Pascal und daran, daß er sich endlich die Zeit nehmen mußte, um seine Schriften herauszugeben. Ein Mann wie Pascal wäre doch in den deutschen Landen nie ernstgenommen worden. Nicht nur daß er die erste Omnibuslinie in Paris gegründet hatte und für dieses gemeinnützige Transportunternehmen auch noch ein Patent erhielt – er forschte über das Gewicht der Luft, konstruierte eine Schubkarre, schrieb diese herrliche Abhandlung über die Kegelschnitte, beschäftigte sich mit dem Glücksspiel, legte dabei die Grundlagen zur Wahrscheinlichkeitsrechnung, und alles wurde gleichermaßen geschätzt. Pascal konnte Gott danken, daß er Franzose war. Für Leibniz stand außer Frage: Wäre Sophie Charlotte nicht gewesen, hätte er längst seinen Wohnsitz in Frankreich genommen. Aber sie hielt ihn fest. Hätte er ihr eine Zahl zuordnen sollen, es wäre die Eins gewesen: das Einundalles. Sie, nur sie war die Gefährtin seiner Gedanken. Durch sie fühlte er sich in einen Aggregatzustand versetzt, in dem ihm der tägliche Griesgram mit all seinen nichtigen Querelen nichts mehr anhaben konnte. Die mariage mystique, die ihn mit ihr verband, ließ ihn doch in allem ein Stockwerk höher wohnen. Fast auf dem Himmelsgrund. Verdruß bereitete ihm nur noch ihre Abwesenheit.

Als er die Grenze Brandenburgs erreicht hatte, war an Arbeiten nicht mehr zu denken. Die Stunde, sie endlich wiederzusehen, rückte immer näher, und ein stilles Fiebern breitete sich aus. Er bekam wieder diesen physischen Begriff von Steigerung, war tief im Elementaren und überließ sich dem Gefühl, vom Boden losgelöst in die Residenzstadt einzuschweben.

Unterdes beriet Sophie Charlotte mit dem König über die Einrichtung der Bibliothek im Stadtschloß. Gerade war der sächsische Gesandte bei ihm gewesen und hatte davon geschwärmt, daß am Dresdner Hof für die Bibliothek das Holz von Orangenbäumen verwendet wurde, das sie dafür aus Afrika einführen ließen, weil es sich besonders gut für Drechslerarbeiten eignete. Der Gemahl wollte wissen, was sie davon hielt, denn er meinte, daß eine prächtige Präsentation schließlich auch ein sichtbarer Beweis für die Wertschätzung von Büchern war. Doch sie setzte andere

Schwerpunkte. Bücher sollten nicht präsentiert, sondern benutzt werden. Erst ihr Gebrauch sagte etwas über den Geist des Besitzers aus. Sie ging sogar noch einen Schritt weiter und ließ derzeit wertvolle wissenschaftliche Werke ankaufen, damit ein Teil seiner Bibliothek zugleich als Archiv für die Sternwarte und die Akademie benutzt werden konnte. »Das ist zwar eine ungewöhnliche Lösung«, sagte sie, »aber damit werden Sie Ihrem Ruf, ein Förderer der Wissenschaft zu sein, nicht nur gerecht, sondern übertreffen ihn noch.«

Ein solches Lobessätzchen schien ihr nötig. Sie kannte seine empfänglichen Seiten und wußte, daß sie ihn auf diese Weise am sichersten für ihre Konzeption gewinnen konnte. In der Rolle eines Förderers sah er sich am liebsten. Für seine Großzügigkeit bewundert zu werden, war ihm immer ein ganz besonderer Genuß. Daran knüpfte sie diesmal um so lieber an, weil ihre Konzeption von Vorteil für die Allgemeinheit war. Sie wußte von Leibniz, daß weder die Akademie noch die Sternwarte über die finanziellen Mittel verfügten, um sich derartig teure Fachbücher anzuschaffen. Nichts schien ihr sinnvoller, als das Geld des Königs so auszugeben, daß auch die Öffentlichkeit etwas davon hatte und es dem Aufbruch der Residenzstadt zugute kam. Geradezu beflissen erläuterte sie ihm darum den letzten Stand der Dinge, um ihm die Investition schmackhaft zu machen, und verschwieg nicht, daß der Astronom Kirch aus Guben, der als Direktor der Sternwarte vorgesehen war, ihr bereits versichert hatte: Der erste Stern, der hier entdeckt wurde, sollte zu Ehren des Königs *Friedrichsstern* heißen und als solcher in den Sternkatalogen der Neuzeit verewigt werden. Auch die Akademie entwickelte sich ganz in seinem Sinne. Sie war bereits in vier Klassen eingeteilt, hatte 30 Mitglieder, davon 7 Hugenotten, was eindrucksvoll bewies, wie gut es ihm gelungen war, die Franzosen zu integrieren. Überhaupt standen die Arbeiten der Akademie in hohem Ansehen. In China wurden sie bereits übersetzt, und der russische Hof interessierte sich brennend dafür.

Sophie Charlotte redete und redete, ließ kein Detail aus, gab sich äußerst sachkundig und kompetent. Sie wollte dem Gemahl schon mal vorführen, daß es etwas anderes war, über die geistige Entwicklung des Landes zu reden als über Gold, Borten und Ornat. Ohnehin kam es ihr gelegen, über Bücher zu sprechen. Hier konnte sie ihr ganzes Wissen ausbreiten, und er begriff vielleicht, daß sie andere Themen beschäftigten als das Gerede über die Maitresse. Sein Verhältnis zur Lust des Fleisches mußte er schon selber klären. Darüber verlor sie kein Wort, sondern tat, als wisse sie von nichts und gab sich ganz philosophisch: Was sie nicht wahrnahm, existierte für sie nicht. Eine einfache Logik, aber wohl mehr noch eine Art Lebensschutz.

Dennoch suchte sie ganz unauffällig nach Spuren seines neuen Glücks; nach irgendeinem Talisman der Lust. Schließlich hatte der Sonnenkönig ja auch den

Busen seiner Maitresse in Gips abformen lassen und trug das Juwel als goldene Miniatur an der Uhrenkette. Sophie Charlotte meinte, irgendwo beim Gemahl so ein Glitzerklümpchen entdecken zu müssen, musterte seinen Hals, sein Handgelenk, sein Bandelier – aber sie fand nichts. Kein allerliebstes Füßchen in Diamant gefaßt, kein allerliebstes Brüstchen, kein Näschen, keine Locke, gar nichts. Das war ungewöhnlich, denn er ahmte doch sonst so gerne den großen Ludwig nach.

Der Gemahl schien sichtlich beeindruckt von ihren Ausführungen, sagte, daß sie in allem damit fortfahren solle und dabei ganz auf seine Unterstützung rechnen könne. Dann nahm er ihren Arm, führte sie aus dem Raum und blieb vor der Tür des gegenüberliegenden Zimmers stehen. »Das ist *meine* neuste Erwerbung«, sagte er mit einem leicht amüsierten Unterton und zeigte auf die Sopraporte, die er sich von Schlüter hatte anfertigen lassen: ein schlafender Löwe, auf dem eine Venus ruhte. »Suchen Sie nicht weiter nach der Bedeutung. Ich will Ihnen nur sagen, ich habe mir eine Maitresse zugelegt. Sie wissen ja, ohne Maitresse macht ein König keine gute Jalousie. Aber Sie brauchen nichts zu befürchten: Es ist nur eine Maitresse en titre. Im Sommer gehe ich eine Stunde mit ihr in der Öffentlichkeit spazieren, im Winter sitze ich eine Stunde mit ihr in diesem Raum. Damit ist dem Protokoll Genüge getan.«

Sophie Charlotte sah ihn an und meinte, noch nie so tief in sein Wesen geschaut zu haben. Die Nachricht an sich war ihr ja nichts Neues. Nur die Art ihrer Mitteilung fand sie so überraschend. Nach all den langen Ehejahren schien ihr die Ehrlichkeit der letzte Beweis der Achtung voreinander. Zwar gab es keinen Grund zu jubeln, aber seine Aufrichtigkeit löste bei ihr fast ein stilles Triumphgefühl aus und zeigte: Sie hatte sich in ihm nicht getäuscht. Er liebte nun mal das schmückende Beiwerk – und sei es eine Maitresse. Das paßte zu ihm: eine Protokollmaitresse. Das entsprach seinem Wesen. Hätte er sich plötzlich zu einem Mann gewandelt, den eine wüste Sinnlichkeit prädominierte, sie hätte die Welt nicht mehr verstanden und an ihrer Menschenkenntnis gezweifelt. Er blieb sich treu. Er war nun mal nicht der Mann, der gern mit Frauenhaar spielte und ein elegantes Tänzerbein – nach vorn gestellt, als wollte er gerade zu einem Curanto antreten – hatte bei ihm noch keiner gesehen. Er war ihr grundkorrekter, pflichtbewußter Äsop, der momentan mit Eifer und Leidenschaft an seinem eigenen Gebetbuch schrieb und von dem sie wieder einmal nicht sagen konnte, lebte er für das Zeremoniell oder war das Zeremoniell sein Leben. Sie spürte, daß ihm bei allem die Aufrichtigkeit ein Herzensbedürfnis war, als hätte er Sorge, sie zu verletzen. Das sprach für ihn, auch wenn die Wartenberg schon die Kränkung an sich war. »Eine Maitresse en titre«, sagte Sophie Charlotte mit einer leise spöttelnden Nachdenklichkeit, »und ich dachte schon, die Stimmungsschleife zu binden sei nun nicht mehr nötig.«

»Um Himmels willen«, entgegnete er fast etwas erschrocken, »das eine hat doch mit dem anderen nichts zu tun. Das sind zwei ganz verschiedene Dinge.«

Sie sah auf den bedrohlich schlummernden Löwen über der Tür, den Schlüter so imposant gearbeitet hatte, sah neben sich ihren kleinen buckligen Äsop, ihren treuen Schnürmeister, und fragte sich, worüber er sich eigentlich mit der Wartenberg unterhalten wollte. Aber möglicherweise gehörte sie zu denen, die Verstand bekamen, wenn Gott ihnen ein Amt gab. Wer so weit gekommen war wie diese Dame, dem mußte man wohl alle Wandlungen zutrauen. Ihre Mutter hatte geraten, sich mit seiner Maitresse unbedingt gut zu stellen. Egal, ob er mit ihr schlief oder nicht – in jedem Falle hatte sie einen gewissen Einfluß auf ihn. Selbst täglich eine Stunde spazierengehen schuf eine Nähe, die nicht unterschätzt werden durfte. Sie sollte ihr höflich und zuvorkommend begegnen, vor allem als die ohnehin Überlegene keine Eifersucht und keinen Haß entwickeln, sondern klug versuchen, sie für sich zu gewinnen.

Das war zwar von ihrer liebsten Frau Mama gut gedacht und strategisch wohlüberlegt, aber mit einer Frau, die sich für nichts als Juwelen und die neuste Pariser Mode interessierte, gab es nirgendwo auch nur den Ansatz einer Übereinstimmung. Die Wartenberg war ihr einfach zu dumm. Und die große Mama wußte doch aus eigener Erfahrung: Kam man dummen Menschen auf dieser Ebene entgegen, wurden sie frech. Für die feineren Spielarten des Verstandes hatten sie nun mal kein Empfinden, im Gegenteil:

Jede Freundlichkeit und jede Annäherung nahmen sie zum Anlaß, noch respektloser und anmaßender zu werden. Darum mußte man ihnen immer wieder vorführen: Die gleiche Augenhöhe gab es nicht. Gerade wenn sie wie die Gräfin meinten, alles erreicht zu haben und sich mit ihrem Geld Gott weiß wie überlegen und großartig vorkamen – in der Welt des Verstandes zählte es nicht. Das wollte Sophie Charlotte ihr schon deutlich zu verstehen geben. Sie war es ihrer Selbstachtung schuldig. Außerdem dämpfte das den Übermut der Dame und brachte die Verhältnisse wieder ins Lot.

Der Gemahl lud sie noch zu einer Partie Schach ein. Sie nahm sich vor, ihn diesmal nicht gewinnen zu lassen und auch nicht remis zu spielen, damit er sich anschließend besser fühlte. »Diesmal setze ich Sie schachmatt«, sagte sie frohlockend.

»Es wird mir ein Vergnügen sein«, entgegnete er lächelnd und nahm mit ihr am Spieltisch Platz.

Noch ehe sich Leibniz innerlich auf die Audienz bei der Königin eingestellt hatte, saß er schon neben ihr in der Kutsche und fuhr nach Moabit, der terre maudite. Die Überraschung war gelungen. Sie wollte mit ihm das Areal besichtigen, wo eine Plantage für Maulbeerbäume entstehen sollte, hatte sie sich doch sagen lassen, daß sich der kärgliche trockene Sandboden Moabits für die Pflanzung der weißen Maulbeerbäume besonders gut eignete.

Leibniz war sprachlos. Daß sie seine Konzeption für den Seidenbau so energisch in die Tat umsetzte, zeigte ihm: Sie hatte den praktischen Wert seiner Ideen erkannt. Sie wußte, worauf es ankam: Wurde die Seidenraupenzucht professionell betrieben, konnte ein blühender Wirtschaftszweig entstehen und Brandenburg zu Wohlstand und Reichtum kommen. Nicht nur Näh- und Steppseide, nein, die herrlichsten Seidenzeuge konnten dann im Land erzeugt werden und von hier aus in die ganze Welt gehen. Die Königin vertraute seinem universellen Denken. Sie bewies Weitsicht. Er hatte ja immer gespürt, daß dies eine glückliche Symbiose war: Er besaß den Willen und sie die Möglichkeiten. Der Wille, wollen zu wollen und die Möglichkeit, können zu können – was für ein einmaliger Zusammenklang! Ein Spiel des Zufalls, das seine eigene Notwendigkeit schuf. Es war ein großer Tag für ihn. Ein Triumph- und Jubeltag. Und über allem auch noch die außerordentliche Ehre, an ihrer Seite durch die Stadt fahren zu dürfen. Er, der Vertraute der Königin. Ihrer Hoheit so nah, näher als nah, hoch in ihrer Gunst, berufen und auserwählt, zum Glück destiniert – es kam ihm wie eine öffentliche Weihe vor. Aristoteles wäre selig gewesen, hätte Alexander der Große ihm auch nur ein einziges Mal die Ehre erwiesen, neben ihm durch Athen gehen zu dürfen. Der Himmel hätte sich ihm aufgetan.

Einen Moment lang war Leibniz so, als würde sich der Kern seiner Philosophie an seiner Person demonstrieren: Wer der Vorsehung vertraute, für den hielt sie das Beste im allgemeinen und das Gute im besonderen bereit. Und dies ergab sich, wie alle sehen konnten, nicht durch Hinnehmen und Abwarten, schon gar nicht durch irgendein fatum stoicum, sondern einzig durch nützliches Tun. Er war sich selbst der Beweis, was ihm noch immer als das Glaubwürdigste erschien.

Auch wenn Sophie Charlotte nur mit Kleinem Gefolge fuhr – der königliche Zug erregte Aufsehen. Vorweg die Reiter ihrer Leibgarde, achtspännig die Kutsche, zwei Beiläufer auf jeder Seite und auf den Vorderpferden geschickte Piköre. Hinter ihnen in den Staatskarossen der Oberjägermeister, der Oberste Kammerherr, der Gartenintendant, die Architekten, die Berater und Domänenverwalter, und in eigenen Kutschen die Oberhofmeisterin von Bülow, die Erste Staatsdame von Pöllnitz, die Kammertürken und zum Abschluß wieder die Reiter der Garde, herrlichbunt und prächtig.

Obwohl es ein kalter Dezembertag war und leichter Schneegrießel fiel, fuhr sie mit offenem Fenster. Allweil drängten Menschen an ihre Kutsche heran, um sie zu begrüßen. Manche liefen einfach nur neben der Kutsche her, wollten einen Blick oder gar ein Wort von der Königin erhaschen und die Ehre haben, ein Stück lang neben ihr laufen zu dürfen. Die Leute traten aus den Häusern, liefen zusammen, grüßten, winkten, sie grüßte und winkte zurück, winkte und grüßte und war so sehr damit beschäftigt, daß Leibniz fast etwas grimmig wurde. Die Chance, ein einziges

Mal ihr so nah gegenüberzusitzen, in einem Raum, dessen Wände keine Ohren hatten, mit ihr ganz allein zu sein und vielleicht sogar etwas sagen zu können, was nur für sie bestimmt war, nur in diesem Augenblick – diese Chance war ihm genommen.

Kaum daß sie die Stadt verlassen hatten, ließ sie schneller fahren. Sie wollte pünktlich draußen im Dorf, in der terre des Moabites sein. Offenbar machte es ihr aber auch Spaß, ein so hohes Tempo vorzulegen, als hätte sie es darauf abgesehen, ihm einmal vorzuführen, daß Hannoverscher Galopp und preußische Zügel nicht die schlechteste Gangart war. Leibniz erlaubte sich, die Fenster zu schließen. Zwar war ein Gespräch bei diesem Rattern und Rumpeln nicht möglich, doch er bemühte sich, ihr wenigstens alles Wichtige von der Frau Mama, der verehrten Kurfürstin von Hannover, auszurichten, vor allem, daß ihre Aussichten auf den englischen Thron sehr gut standen und die Verhandlungen darüber auf dem besten Wege waren. Aber noch bevor er ausführlicher werden konnte, kam der Prachtwagen schon zum Stehen, und er sah sich plötzlich von einem regen Treiben umgeben. Fast hatte er den Eindruck, als gehörte es zur Macht einer Königin, ein solches Leben in die Einöde zaubern zu können, denn Menschen und Karossen schienen ihm wie aus dem Nichts auf dieses freie Feld geschneit. Allerdings war er erfreut, unter den anwesenden Honoratioren die Mitglieder der Societät zu sehen.

Konrektor Frisch vom Gymnasium zum Grauen

Kloster, sein eifrigster Mitstreiter für den Seidenbau, begrüßte im Namen der Akademiemitglieder Ihre Majestät und den verehrten Herrn Präsidenten. Dann zeigte er ihnen die neuen Häuser, die für die französischen Einwanderer gebaut worden waren, damit sie sich hier ganz dem Seidenbau widmen konnten. Auch das Areal, wo die Maulbeerbäume gepflanzt werden sollten, war schon abgesteckt. Als Leibniz die riesige Fläche sah, meinte er gutgelaunt, daß dies genau die richtige Abfolge sei, denn bevor man ein Heer von Seidenbau-Beamten einstellte, mußten erst einmal die Bäume wachsen, von denen sich die lieben Seidenraupen ernähren konnten. Seine Bemerkung löste ringsum ein so höflich verhaltenes Gelächter aus, daß er fast meinte, die Anwesenden beneideten ihn um das Privileg, so ungezwungen im Beisein der Königin reden zu dürfen. Er spürte, wie die Nähe zu ihr sein Ansehen in den Augen der Versammelten hob. Noch nie, dessen war er sich ganz sicher, hatte man ihn so bewundernd angeblickt, nie zuvor waren die Verneigungen so tief gewesen. Vielleicht sahen sie nun in ihm einen Mann von Einfluß, einen, der mit der Macht auf vertrautem Fuße stand und sie allein darum an Bedeutung übertraf. Ihm war es recht. Es stärkte seine Stellung als Präsident, und das konnte einer so jungen Institution wie der Akademie nur von Nutzen sein. Allerdings sah er voraus, daß nun die Zahl seiner Neider erheblich wachsen würde.

Der Schneegrießel wurde stärker. Friedrich Ali spannte sofort einen Schirm für die Königin auf, und

Friedrich Hassan legte ihr besorgt einen Pelz um die Schultern. Die Herren vom Fach umringten sie. Jeder drängte in ihre Nähe, um von ihr gesehen zu werden und vielleicht sogar die Chance zu haben, ein Wort mit ihr wechseln zu dürfen. Sophie Charlotte schlug vor, zur optimalen Ausnutzung des Areals zusätzlich Hecken zu pflanzen und auch die angrenzenden Felder mit Maulbeerhecken zu umgeben, denn Moabit sollte die größte geschlossene Plantage Brandenburgs werden.

Als sie auf die Details der Anpflanzung zu sprechen kam, merkte Leibniz plötzlich, daß sie seine *Anleitung zum Umgang mit dem Samen des weißen Maulbeerbaums,* die er ihr jüngst einem Brief beigelegt hatte, genaustens studiert hatte. Das überraschte ihn nun doch. Immerhin durfte er sich schmeicheln, daß sie damit die Fachkapazitäten verblüffte und in Staunen versetzte. Sie war im Bilde, und er, Leibniz, hatte sie ins Bild gesetzt, ohne ihr auch nur einen einzigen Rat gegeben zu haben, und dies bewußt und voller Absicht. Schließlich wollte er für sie kein Schulmeister sein. Das vertrug sie nicht. Jetzt sah er: Sie brauchte auch keinen Rat. Sie nahm seine Ideen intuitiv auf. Das war das Größte, war nicht zu erklären mit Zufall und nicht zu erklären mit Notwendigkeit. Es war dieses magische Dazwischen, das wie von selber sprach, immer gegenwärtig war und doch im Verborgenen blieb. Es war der Beweis ihrer tiefen geistigen Verbindung und das Geheimnis der mariage mystique.

Auf einmal zog sie aus einer Lederrolle ein Pergament und überreichte Leibniz feierlich die Lizenz zum Seidenbau. Mit allem – damit hatte er nicht gerechnet. Er war überwältigt. Fast hatte er Mühe, die rechten Worte zu finden, doch dann ging sein hymnischer Dank im Beifall unter. Einen besseren Beweis hätte sie ihm und all den anderen nicht geben können: Sie vertraute seinem universellen Denken, weil seine Ideen keine windigen abstrakten Gespinste waren, sondern Hand und Fuß hatten und auf die Praxis zielten. Mit seinen Überlegungen ließ sich etwas Nützliches zum allgemeinen Besten anfangen.

Vielleicht stand er in diesem fremden Vaterland deutscher Nation doch nicht ganz auf verlorenem Posten. Vielleicht war es falsch, davon auszugehen, daß hier nur die Unzufriedenen auf ihre Kosten kamen. Wenn es mit dem Seidenbau im Lande voranging, woran er keinen Augenblick zweifelte, hatte er noch genügend andere praktische Projekte, die auf Umsetzung warteten. Die Aussicht, daß all seine Vorschläge und Erfindungen, die in den Schubladen lagen, dank der Macht der Königin nach und nach Wirklichkeit werden konnten, war berauschend. Es gab mit einemmal wieder Hoffnung. Ein Tor in die Zukunft war aufgetan. Er hatte es ja immer gewußt: Mit einer vernünftigen Herrscherin auf dem Thron ließen sich brachliegende Kräfte in Bewegung setzen, und die Welt bekam ein ganz anderes Gesicht. Und was hieß Vernunft! Sie hatte den grundgelehrten Kollegen doch lediglich einmal ihre Kompetenz unter

Beweis gestellt. Das genügte vollauf, um ihnen mehr als einen Protokollrespekt abzuverlangen. Denn eines war den Herren doch klar: Eine kompetente Herrscherin zog magisch die Talente an sich. Sie konnten sich überzeugen: Sophie Charlotte stand bereit, die geistigen Kräfte des Landes zu stärken. Ab jetzt ging in diesen Fragen nichts mehr ohne die Königin.

Im Moment konnte Leibniz nicht sagen, hatte sie ihn oder er sie ans Ziel gebracht. Er fühlte nur, eine neue Epoche war eingeleitet. Es lag wieder Zukunft in der Luft. Es gab eine Aussicht auf bleibende Helle.

Abends beim Souper in Lietzenburg trank Sophie Charlotte mit ihm auf den gelungenen Gründertag. Seit langem hatte sie auf diesen vertrauten privaten Moment gewartet, denn jetzt konnte sie endlich wieder einmal in eine Welt wechseln, die sie ihre Umgebung vergessen ließ. Berge von Büchern hatte sie inzwischen gelesen, aber was nützte es, wenn sie mit keinem darüber reden konnte? Letztlich war Lesen doch ein Rückzug und In-sich-Hineinhorchen. Miteinander Reden aber war Hinwenden und Aussich-Herausgehen, zumal bei einem Gegenüber wie Leibniz, der im Gespräch nur zwei Möglichkeiten zuließ: entweder sich ganz einbringen oder gebührend schweigen. Sie bevorzugte das erstere, denn nirgendwo gab es soviel plaisir de l'esprit, nirgendwo in ihrer machtglänzenden und prachtliebenden Umgebung, die vor Geist nicht gerade überquoll.

Im Schreibkabinett ihrer neuen Winterwohnung hatte sie decken lassen. Ein großer Kaminaufsatz sorgte für mehr Wärme, was in dieser sibirisch rauhen Jahreszeit schon eine Wohltat an sich war. Weil sie wußte, daß Leibniz nicht nur gerne aß, sondern auch gerne gut und gerne viel aß, wurden mehrere Gänge serviert, die sie eigens für ihn ausgesucht hatte: Weinsuppe zuerst, danach getrüffelter Truthahn, gefülltes Kalbsherz, Pasteten zuhauf, Karauschen nach Lust, karamelisierte Renetten, wie er sie mochte, und natürlich seine geliebte Pistaziencreme mit Moschus parfümiert. Der Freund der Düfte sollte nichts vermissen.

Angesichts dieser festlichen Tafel war es Leibniz fast peinlich, hier in seinem schlichten Reiserock zu sitzen statt im samtenen Staatsrock, wie es einem solchen Anlaß angemessen gewesen wäre. Aber Sophie Charlotte hatte ihm keine Zeit gelassen, sich auf diese unverhofften Galastunden einzustellen. Sie liebte eben das Improvisieren. Nicht daß er sich in seinen Reisekleidern wie ein Mann der Landstraße vorgekommen wäre, doch er fühlte, sein Äußeres wurde dem Vergnügen, mit ihr allein zu speisen, nicht gerecht, und das bereitete ihm ein Unbehagen.

Sophie Charlotte dagegen genoß seine Gesellschaft. Gerade war in Frankreich geschrieben worden, daß Gottfried Wilhelm Leibniz als der größte Denker der Zeit gelten durfte, und es schmeichelte ihr, diesen Mann spätestens ab kommendem Jahr für Brandenburg gewonnen zu haben. Gleichzeitig machte es ihr aber auch Spaß, ihn nüchtern zu betrachten und ihm etwas von seiner Selbstgewißheit zu nehmen, damit er sah, auch ihn hatte der Herrgott in dieser besten aller Welten nicht vollkommen gemacht.

Der Page schenkte ihnen Vin de Champagne nach, und Sophie Charlotte trank Leibniz fast übermütig zu. »Immerhin weiß ich jetzt«, sagte sie in einem heiteren Angriffston, »daß Sie als Fünfzehnjähriger bei einem Spaziergang durch das Leipziger Rosenthal darüber nachgedacht haben, ob Sie sich der teleologischen Auffassung des Aristoteles oder der mechanischen Demokrits zuwenden sollten. Ich sehe, Sie haben früh zu rätseln begonnen. Aber die Frage, ob die Philosophie die Flügel eines Engels stutzen kann – diese Frage, lieber Leibniz, haben auch Sie bis heute nicht beantworten können.«

Es klang fast schadenfroh und so, als stünde auch er nur am Anfang der Dinge; ein kleiner Student, bemüht um das Diesseits. Brav und eifrig. Er sah dieses Lächeln und diesen lauernden Blick, und plötzlich war alles Äußere vergessen und sein Unbehagen verflogen. Da war sie wieder, diese Koketterie des Geistes, die alles in ihm in Bewegung brachte und sein Gemüt in eine Spannung versetzte, die wie ein Fieber in ihm aufstieg. Wieder war seine Lust geweckt, seine ganze Vorstellungskraft unter Beweis zu stellen, war doch die Vorstellungskraft die höchste Kraft, mit der er sich dieser Frau empfehlen konnte.

Dennoch erlaubte er sich, ihre Frage humorvoll zu nehmen. »Sie wissen doch, Madame, ich bin ein

Tigertier. Was ich nicht auf den ersten Sprung erreiche, das lasse ich laufen.« Mit einem salomonischen Lächeln erhob er das Glas, denn er spürte, daß sie es wieder einmal darauf angelegt hatte, ihn in die Widersprüche des Denkens zu treiben, um Antworten aus ihm herauszulocken, die sie dann genüßlich in Frage stellen konnte. Er kannte seine königliche Sophia. Hätte sie von ihm jetzt auch noch wissen wollen, wieviel Kamele durch ein Nadelöhr gingen – es hätte ihn nicht gewundert. Er sah, sie war auf Herausforderung gestimmt. Doch gleichzeitig empfand er die Hinwendung zu dem, was er dachte, als eine Form des Miteinanders, ohne die er sich arm gefühlt hätte.

Wie sie ihm so gegenübersaß, mit dieser munteren Spottlust, der heißblütigen Freude und dem hellwachen Blick, drängte sich ihm auf einmal der Vergleich zwischen Mutter und Tochter auf. In mehr als drei Jahrzehnten hatte ihm die Frau Mama unzählige Audienzen gewährt. Er kannte keine klügere Frau als die Kurfürstin von Hannover, die geschickt die politischen Fäden im Hintergrund zog und stets das Diplomatische und Staatsmännische in ihm weckte. Bis heute vergnügte die verehrte Frau Mama seinen Verstand, doch die Tochter vergnügte beides: seine Sinne und seinen Verstand. Das war ja das Aufregende und Einmalige, dieses Maß an Vollkommenheit, das er so noch nirgendwo gefunden hatte und ihm jedesmal deutlicher machte: Sophie Charlotte barg eine ideale Welt.

Die Kammerjunker trugen die Speisen auf. Für ein paar Augenblicke war er vom Gespräch abgelenkt und bemerkte am Fenster die Mimose. Sie stand in einem großen Porzellantopf, um den ein tiefrotes Seidenband gewunden war, das ihre Initialen trug. SCR. Sophie Charlotte Regina. Drei Buchstaben, um die seine Gedanken auch ohne diesen Anblick Tag und Nacht kreisten, angefangen bei Sophia, der Weisheit, endend bei Regina, der Königin. Doch er sah auch: Über das Schmückende hinaus wollte sie mit ihren Initialen die Mimose ausdrücklich als ihr ganz persönliches Eigentum kennzeichnen, das kein anderer berühren durfte. Daß sie ein Geschenk von ihm derart schätzte, ehrte ihn. Vor allem schien sie sich über die Seltenheit dieser Pflanze bewußt zu sein.

Mit einemmal war die Tafel so voller Köstlichkeiten, daß er nicht wußte, womit er beginnen sollte. Da er immer nur die dürftige Wirtshauskost gewöhnt war, brauchte er eine Weile, um sich auf das Nacheinander der Genüsse einzustellen. Sophie Charlotte sah mit Vergnügen, wie behutsam er sich den Speisen näherte und meinte, daß sie nicht die Absicht hatte, ihm mit philosophischen Spitzfindigkeiten den Appetit zu verderben. Sie interessierten weit wichtigere Dinge. Gerade hatte sie John Lockes *Versuch über den menschlichen Verstand* gelesen und wollte wissen, was Leibniz davon hielt. Sie jedenfalls war begeistert, hell begeistert. »Endlich führt jemand unser Erkenntnisvermögen auf einen realen Boden zurück«, sagte sie. »Erkenntnis kommt nicht aus irgendwelchen angeborenen Ideen, sie kommt aus der Erfahrung unserer Sinne. Sie ist nicht gottgegeben, sie muß erworben werden. Großartig! Locke hat völlig recht: Nichts ist im Verstand, was nicht zuvor in den Sinnen war. In diesem Satz steckt Revolution, lieber Leibniz!«

Ganz so, als hätte sie eine neue Wahrheit gefunden, sah sie ihn triumphierend an. Doch er schmunzelte und schwieg. Seine Gelassenheit regte sie auf. Sie vertrug diesen überlegenen Habitus nicht. Wenn er meinte, im Alleinbesitz aller neuen Gedanken zu sein – die personifizierte Vollkommenheit, die Vollendung der Vollendung und überhaupt der himmlische Weltprophet –, dann war es höchste Zeit, ihn wieder einmal von diesem Sockel zu holen. »Durch die Sinne nehmen wir die Welt auf, wie sonst? Wenn ich Sie hier nicht in Ihrer vollen Pracht sitzen sähe, hätte ich keine Vorstellung von Ihnen und könnte mir keine Gedanken machen, ob Sie sich nicht doch als ein Nachkomme Noahs fühlen. Nein, Locke hat völlig recht: Nichts ist im Verstand, was nicht vorher in den Sinnen war!«

Leibniz spürte auf einmal dieselbe Begeisterung, die seine königliche Rebellin schon Herrn Toland entgegengebracht hatte, und deshalb wollte er in seiner Reaktion diesmal vorsichtiger sein. Nicht ein zweites Mal ließ er sich zu einem so unsouveränen Gefühl hinreißen, zu dieser törichten Eifersucht, die nichts als eine Mißstimmung bei ihr ausgelöst hatte. Solche besitzergreifenden Gefühle mußte er niederhalten. Sucht und Eifer waren nun mal eine unglückliche Kombination und seiner nicht würdig. Und das alles wegen eines nichtigen Anlasses! Ein Groll war aufgestiegen und wieder verschwunden. Ein Blitz der Eitelkeit. Eine kleine Verkühlung. Ein Seelenschnupfen. Mehr war nicht geschehen. Zu gering, um noch einmal solche Turbulenzen zu riskieren. Außerdem schadete er sich nur selber, wenn er ihren Enthusiasmus minderte. Sie war schließlich die einzige weit und breit, mit der er überhaupt über Philosophie reden konnte. Sonst interessierte sich niemand dafür. Weder für seine noch für die Arbeiten anderer. Nein, es war ein Glück, mit ihr diese Fragen erörtern zu dürfen.

»Zweifelsohne Madame, John Locke ist ein fähiger Autor, aber nicht Mathematiker genug, um eine klare Beweisführung zu betreiben. Mit unseren Sinnen können wir nur Wahrheiten erkennen, die Tatsachen beschreiben, also zufällig sind. Durch sie erkennen wir aber nicht, was notwendig ist, also keine Vernunftwahrheiten. Denn wenn eine Sache eine Million Mal gelingt, bedeutet das nicht, daß sie bis in alle Ewigkeit gelingt. Nein, Notwendigkeit und Allgemeingültigkeit von Wahrheit können Erfahrung und Empfindung nicht erklären. Das kann nur der Verstand. Darum muß Mister Lockes These ergänzt werden: Nichts ist im Verstand, was nicht vorher in den Sinnen war, außer dem Verstand selbst. Andernfalls bleibt alles nur die halbe Wahrheit.«

Er konnte ihr die Skepsis ansehen und fürchtete,

ihrer Wißbegier nicht zu genügen. Aber er wollte, daß auch das letzte Wort von ihm ihr einleuchtete. Sein Denken sollte sich ihr klar und anschaulich darstellen. Darum fühlte er sich bemüßigt, weit auszuholen, kosmisch weit. »Gehen wir von dem universellen Prinzip aus, das alles zum Ganzen webt, dann wissen wir, daß es nirgendwo in der Welt eine Lücke und nirgendwo eine Leere gibt. Folglich kann auch unsere Seele kein leeres Täfelchen sein, das erst durch die äußeren Eindrücke beschrieben werden muß. Mit seiner tabula rasa, Majestät, irrt Herr Locke. Die Seele ist Teil des Weltganzen und darum voller Tätigkeit. In ihr sind die Nachwirkungen von dem, was gewesen ist und die Vorzeichen von dem, was kommen wird. Hier sprudelt der Quell der Reflexion, hier formt sich die Idee der Sache, die in uns ist, ganz unabhängig von aller sinnlichen Erfahrung.«

»Ich sehe, Sie wollen wieder mal auf das Göttliche hinaus, aber Locke geht es um die Realität«, warf sie ein.

»Die verkenne ich nicht. Doch es gibt Wahrheiten, die das Zeugnis unserer Sinne nicht brauchen, wie die Prinzipien der Mathematik, der Geometrie, der Arithmetik. Nicht alles empfangen wir von außen. Unterschätzen Sie nicht das Prinzip der inneren Tätigkeit! Die ewigen Vernunftgesetze sind in unserer Seele, gleich, ob wir von ihnen Gebrauch machen oder nicht. Wir gewinnen Erkenntnis von außen, aber auch von innen, aus der Reflexion. Die eine steht für die Erfahrung, die andere für den Beweis, und beides muß zusammengedacht werden.« Dann brachte er leichthin das eine mit dem anderen in Verbindung, stellte wie aus dem Nichts den großen Zusammenhang her und baute Stufe um Stufe das Gebäude der Erkenntnis vor ihr auf. Gebannt folgte sie seiner Beweisführung und spürte, wie sich gegen ihren Willen ihre Angriffslust verlor. Es war seltsam, aber es schien ihr, als müßte sie seinem Verstand erliegen. Sie fühlte, alles, was er sagte, war für sie gesagt und für sie gedacht. Mit jedem Wort ging er auf sie ein, mit jedem Blick kam er auf sie zu und zwischen allem lag so eine Melodie, die ihre Sinne durchtönte und das Gespräch still knisternd vorantrieb. Er mochte ja recht haben, aber es reizte sie, skeptisch zu bleiben. »Trotzdem, lieber Leibniz, für die meisten Menschen kommt die Erkenntnis aus der sinnlichen Wahrnehmung, für Mathematiker gelten offenbar andere Gesetze. Könnte es sein, daß Ihre Seele bei Geburt kein unbeschriebenes Täfelchen, sondern ein Tummelbekken reinsten Verstandes war?«

Leibniz überhörte ihre Ironie und wurde deutlicher. Sie unterbrach ihn und wollte es genauer wissen: Wie sollte Erkennen ohne wahrzunehmen überhaupt möglich sein? Er holte aus, sie hielt dagegen. Er bewies ihr den Irrtum, sie widersprach. Er schweifte ab, sie drängte zum Kern. Ihn packte die Ungeduld: Wahrnehmen war das eine, erkennen das andere, und sie sollte ihm sofort, sostracks erklären, wie sie zwei derart verschiedene Tätigkeiten so leichtfertig in eins setzen konnte. Schließlich richtete sich ersteres auf einzelnes und letzteres auf allgemeines. Sie gab eine Antwort, doch die genügte ihm nicht. Verneinen hier, bejahen dort, und plötzlich begannen ihre Gedanken zu musizieren – Kadenzen von Worten, hoch und tief, lauter und leiser, Dur und Moll. Sie wußte nicht, tönte es von innen, tönte es von außen, antworteten ihre Sinne oder antwortete ihr Verstand, waren es noch Worte oder war es schon Musik, eine kleine ekstatische Kammermusik, vielleicht eine gesprochene Sonate, vielleicht ein gesprochenes Duett – sie fühlte nur, sie war losgelöst aus ihrer Umgebung, hinaufgehoben in eine andere Befindlichkeit, war sich nah wie nie, frei und fern aller Zwänge und schwebte mit ihm in eine raumlose Welt.

Unvermittelt, als müsse sie wieder den Boden unter den Füßen spüren, sprang sie auf, wärmte ihre Hände am Kamin und sagte: »Auch wenn Sie es vermutlich nicht mehr hören können: Schreiben Sie das auf! Genauso klar, so lockerweg und ungezwungen.«

Geradezu erleichtert entgegnete er, daß es ihn ehre, diesmal ihren Wünschen zuvorgekommen zu sein. In einigen müßigen Stunden in Herrenhausen hatte er seine Auseinandersetzung mit Locke bereits zu Papier gebracht. Allerdings war es nur eine kürzere Abhandlung, denn derzeit hatte er eine ganz andere, weit umfangreichere Arbeit unter der Feder.

Er fand, sie sollte schon wissen, daß seinem Eifer nichts Zufälliges anhaftete, sondern daß er ständig auf die Erfüllung ihrer Wünsche bedacht war. »Ich bin gerade dabei, eine Théodicée zu schreiben, um einiges einmal grundlegend darzustellen«, sagte er. »Vieles von unseren Gesprächen über Gott und die Trübnisse der Welt werden Sie darin wiederfinden. Vor allem, wie man die Übel überwinden kann. Ich hoffe, schon bald mit dem ersten druckfrischen Exemplar zu Ihnen eilen zu dürfen, denn nichts drängt mich mehr, als Ihr Urteil darüber zu hören.«

Für Sophie Charlotte konnte es keine bessere Nachricht geben. Sie hatte immer gewußt: War er bereit, seine Gedanken zu bündeln, bekam das neue Königreich seine Philosophie. Nach einer so umfassenden Arbeit war es ihr zudem leicht, ihn beim Gemahl erneut ins Gespräch zu bringen, damit er die feste Anstellung am Berliner Hof bekam. Selbstverständlich mit einer Dotation, die seiner würdig war. Dann hörte endlich dieses ständige Hin- und Herfahren auf, dieses Warten und Briefeschreiben, und sie konnte so wie jetzt mit ihm in Lietzenburg, in ihrer Maison de plaisance, alle großen und kleinen Materien berühren, das ganze Universum durchstreifen, kreuz und quer, weltauf, weltab. Nein, sie wollte sich keine Gelegenheit entgehen lassen, glücklich zu sein.

»Ich sehe, Sie beginnen auf mich zu hören«, sagte sie fröhlich. »Wenn es Ihnen hilft, Ihre Gedanken schneller zu Papier zu bringen, dann sage ich Ihnen schon jetzt: Ihre Théodicée wird ein bedeutendes Werk.«

Leibniz hielt einen Moment inne. Dieser Satz glich einem Geläut. Ihre Bewunderung war das Höchste. Es gab nichts Größeres. Er war wie berauscht und konnte im Augenblick nicht unterscheiden, stand er neben ihr am Kamin oder lag er ihr zu Füßen. War er im Cabinet privé oder im Glutnest der Gedanken. Draußen die Nacht, mondlos und kalt. Drinnen die Venezianischen Lampen, die Wärme des Kamins, die flackernden Lichter auf den Guéridons und über allem dieses Otium Hannoveranum, diese heiter Hannoversche Beschaulichkeit, die sie verströmte, dieser musische Grundklang, aus dem die bejahende Art des Seins sprach, die alles in ihm veränderte. Er vergaß, wo er war und wer sie war, sah nur die Schönheit dieser Frau, sah in ihr Athene und Aphrodite in einem, sah das Strahlen ihrer Augen, sah ihr hellwaches Lachen, ihre hinreißende Lebendigkeit, sah ihre Jugend und begriff auf einmal die ganze Dimension seiner eigenen Verwandlung: Der Geist dieser Jugend war in ihm.

Sophie Charlotte ließ ihr Reisecembalo einpacken und brach nach Hannover auf. Es war tiefster Januar, eisig, frostig, mit Nord- und Ostwind, doch diesmal fürchtete sie die Strapazen einer Winterreise nicht, denn sie fuhr zum Karneval. Seit Wochen freute sie sich darauf. Ihr Gemahl war wenig begeistert davon. Gerade jetzt, da im Stadtschloß die großen Neujahrsempfänge begannen, hätte er sie gerne an seiner Seite gesehen, doch Sophie Charlotte wußte längst: Wer einen einzigen Tag im Zeremoniell verbracht hatte, der kannte hundert Jahre. Auch schien ihm der Aufwand der Reise in keinem Verhältnis zum Nutzen zu stehen, aber er war ja nie sonderlich erfreut, wenn sie zu ihren Verwandten nach Hannover fuhr. Und was den Nutzen betraf, so konnte ihn ihr Brandenburger Sonnenkönig gar nicht ermessen, weil er Ausdruck ihrer unterschiedlichen Naturen war. Ihr bedeutete der Karneval jedenfalls mehr als nur das Tragen verrückter Kostüme und Masken – es war der Wechsel in ein anderes Lebensgefühl.

Nicht daß sie sich kopfüber in den Strom der Vergnügungen stürzen wollte oder gar süchtig gewesen wäre nach diesem rauschenden Hintereinander von Lustballett, Oper, Komödie, Redoute, Maskenball, Ringrennen, Bassettpartie, Fackeltanz und Feuerwerk – aber allein die Gewißheit, daß alle Etikette aufgehoben war, bot eine Aussicht, für die eine Fahrt bei jedem Wetter lohnte. Auf diese Weise die trostlos trüben Winterwochen mit ihren grauverhangenen dämmrigen Tagen hinter sich lassen zu können, einzutauchen in ein buntes, brausendes und sausendes Leben, mitten im Trubel zu sein, auch einmal neben sich stehen zu dürfen, alles wegspielen, alles weglachen, die Seele lüften, die Sinne lüften – wenn das der Karneval bot, dann gehörte er ohne Frage zu den helleren Stunden des Daseins und kam mehr als gelegen.

Schon die Offene Tafel war eine Erholung. Essen können ohne Sitzordnung. Ob Herrschaftstafel, Damentafel, Kavalierstafel oder Marschallstafel – alles stand ihr frei. Selbstgewählte Tischnachbarn oder sitzen, wie das Los entschied – großartig! Selbst in der Oper und Komödie gab es keine Plazierung nach Rang. Da konnte schon mal der Zufall neben ihr Platz nehmen und alles gegen jede Gewohnheit laufen. Und schließlich bei den Maskenbällen das schützende Inkognito, das ihr das Gefühl gab, nicht die sein zu müssen, die sie war – von diesem Hauch von Freiheit wollte sie sich schon einmal anwehen lassen! Über ihre Kostümierung war sie noch unentschlossen. Bloß als venezianischer Domino, nur mit Zammerlücke, türkischer Mütze, Baskette oder Taftmaske zu erscheinen war ihr zu wenig. Vielleicht ging sie als Nymphe, vielleicht als Vestalin oder als Cœur-As. Um keinen Preis wollte sie erkannt werden. Am sichersten allerdings schien ihr das Kardinalskostüm. Auch wenn sie etwas rundlich geworden war – daß ausgerechnet sie sich als Kardinal verkleiden würde, darauf kam ganz gewiß keiner. Unerkannt bleiben und trotzdem dabeisein – das war spannend. In die Arme eines Tänzers geweht werden, von dem sie nicht wußte, wer er war, ihn nur aus der Bewegung, dem Rhythmus wahrzunehmen – das bereitete doch ein ganz anderes Vergnügen, als immer nur über das Parkett geführt zu werden, bloß weil ihr als Königin der erste Tanz gebührte. Herrlich, so ein Karneval! Für ein paar Wochen frei vom Reglement sein und fröhlich auferstehen – wenn das kein sonniges Ziel war!

Sie fuhr mit großem Gefolge, hatte ihre gesamte Dienerschaft, ihre Köche, Musiker, Tänzer und den Tanzmeister mit. Diesmal waren auch etliche Schleifwagen im Train. Für den Fall, daß sie in hohen Schnee gerieten, ging es mit den Schlitten schneller voran, und länger als sechs Tage wollte sie nicht unterwegs sein. Natürlich führte sie für ihre Pferde auch die eigenen Fouragewagen mit. Sie wußte, daß zur Karnevalszeit in Hannover alles knapp war und gerade Hafer, Heu und Stroh nicht nur als teure Zehrung, sondern als ein rares, kostbares Gut galten. Auf keinen Fall wollte sie die kurfürstlichen Reserven des Herrn Bruder in Anspruch nehmen müssen. Das hatte sie als Königin nicht nötig.

Sie war in dicke Pelze gehüllt und wagte diesmal das ganz und gar Ungehörige, das gegen jeden guten Geschmack und allen Anstand verstieß: Sie trug ein Beinkleid, eine Unterziehhose. Obwohl sie wußte, daß dieses Utensil nur zum Reitkostüm getragen werden durfte und ansonsten verpönt war, widersetzte sie sich ganz einfach der Vorschrift und dem guten Stil. Es sah sowieso keiner, sondern tat nur wohl und wärmte. Schließlich mußte sie sich nirgendwo ausziehen, und die Schnürstündchen entfielen wegen räumlicher Entfernung vom Gemahl ohnehin. Sie hatte Urlaub von der Stimmungsschleife. Darum hatte sie auch statt des ganzen Korsett-Kunstwerks, diesem Lust-Harnisch mit all seinen Haken, Ösen, Schnallen, Bändern, Rüschen, Rosetten und Florstoffen ganz bewußt warme Unterziehwäsche einpacken lassen. Was ging sie die Mode und die Schicklichkeit an! Für sie zählte nur eins: Was ihr guttat, konnte auf keinen Fall schlecht sein.

Obwohl sie sich gegen die Kälte weidlich gerüstet glaubte, hatte sie in Magdeburg das Gefühl, so durchgefroren zu sein, daß sie ihre Reise unterbrechen und in einem gut geheizten Zimmer und einem vorgewärmten Bett übernachten mußte. Doch danach gab es kein Halten mehr, und sie jagte hinauf nach Gifhorn zu den Relais, bekam neuen Vorspann, fuhr im dichten Schneetreiben nach Burgdorff, wo ihr Bruder, der Kurfürst Durchlaucht, mit seinem Gefolge bereits auf sie wartete und sie mit einem prächtigen Essen empfing. Viele saßen ihr zu Ehren an der fürstlichen Tafel, doch sie nahm nur eines wirklich wahr: die herrlich heiße Suppe, den herrlich heißen Braten, die herrlich heiße Chocolate. Sie konnte sich nicht erinnern, eine heiße Chocolate jemals mit so viel Genuß und so viel Hingabe getrunken zu haben.

Dann ging es in der Leibchaise des Bruders ohne Aufenthalt nach Hannover. Er wärmte sie etwas auf, denn er war selten guter Dinge. Zwar lag die Frau Mama mit einer Unpäßlichkeit zu Bett, aber diesmal hatten sich so viele Gäste von allen großen Höfen angesagt, daß in höchster Eile noch Stallungen gebaut werden mußten. Für die Küche hatte er zusätzlich Bratenmeister, Pastetenbäcker und Kapaunenstopfer einstellen lassen. Sogar ein dritter holländischer Brotbäcker war nötig geworden, um dem Ansturm gewachsen zu sein. Glücklicherweise hatte wenigstens das Opernhaus 60 Logen und Platz genug. In der Stadt allerdings gab es kein einziges freies Logiment mehr. Für Hannover standen wieder einmal

Wochen der Herausforderung bevor. Am meisten allerdings freute er sich auf die Jagd. Am Ende des Karnevals gab es die Große Treibjagd. Die Hatzhunde standen schon bereit. Die gesamte Jägerei vom Oberjägermeister über die Hofjäger und Jagdjunker bis zu den Wildhetzern und Jagdburschen – sie alle hatten neue Uniformen bekommen. Außerdem hatte er reich verzierte Jagdschirme erworben, wie sie in dieser Pracht noch keiner gesehen hatte. Auch neue Prellnetze und Schnappstangen waren im gesamten Jagdgelände aufgestellt – einen glänzenderen Abschluß des Karnevals konnte es nicht geben!

Eigentlich dachte sie, er würde ihr jetzt noch erklären, was ein jagdbarer Hirsch war und wie der Genickfänger für ihn beschaffen sein mußte, doch der Bruder hatte es sich nicht nehmen lassen, an den Toren Hannovers das große Empfangszeremoniell für sie in Gang zu setzen. Allerdings sah sie auch, wie er sich darin gefiel, als Hausherr zu agieren und ihr zu zeigen, daß er in der Prachtentfaltung dem Gemahl in Berlin in nichts nachstand.

Bei der Einfahrt in die Stadt erwarteten sie 6 sechsspännige Karossen, 10 Kavaliere, 4 Pagen, der Hoffourier mit 16 Lakaien, 4 Hoftrompeter und 12 Leibgardisten zu Pferde, die einen Korridor gebildet hatten. Die Trompeten verkündeten den Hannoveranern die Ankunft der preußischen Königin, und hinter den Fahnen beider Häuser, dem roten Adler und dem Welfenroß, formierte sich der Zug zum Schloß. Die Wachen präsentierten das Gewehr und rührten das Spiel. Am Steinthor schossen die Constabler Salut, und als sie über die Schmiedestraße zur Leinestraße einbogen, wurden ihr zu Ehren die 50 Kanonen auf den Wällen dreimal gelöst. Lieber wäre es ihr gewesen, statt mit Kanonendonner mit heißem Tee begrüßt zu werden, doch tröstlicherweise fuhr sie schon auf den Schloßplatz ein und war am Ziel. Sie sah die vielen Menschen, die ihr zu Ehren Aufstellung genommen hatten und dachte bloß, nur jetzt nicht noch artige Begrüßungskomplimente anhören müssen, nur jetzt nicht noch Hände schütteln. Nicht einen Augenblick länger wollte sie sich im Freien aufhalten müssen. Sie hatte kein Auge für das fürstliche Spalier auf der großen Treppe, sah nicht die Fahnen, sah nicht die Fackeln, hastete die Stufen hinauf ins Schloß, als müßte sie Zuflucht zu den geheizten Räumen nehmen, stellte sich an das erstbeste lodernde Kaminfeuer und atmete auf, die Kälte hinter sich zu haben. Dann ging sie zu ihrer Mutter, um sich nach ihrem Befinden zu erkundigen.

Eigentlich wollte Sophie Charlotte gleich ihr Reisecembalo aufstellen lassen und ein Konzert geben, doch alle waren fieberhaft mit den Vorbereitungen für den Maskenball beschäftigt, den sie zwei Tage später in Vertretung ihrer erkrankten Frau Mama eröffnete.

Noch nie hatte sie im großen Saal des Schlosses so viele Menschen gesehen, noch nie eine solche Farbenpracht, solche Lichterfülle und solchen Glanz. Es kam ihr so vor, als hätte der Herrgott für den Karneval in Hannover noch einen Schöpfungstag draufgepackt. Sie stand einen Augenblick still, lauschte diesem erwartungsvollen Taftrauschen im Saal und ließ alles auf sich wirken. Dann stürzte sie sich in die Flutungen der Pracht. Die Musik setzte ein, sie führte die Quadrille an und tanzte die acht Touren mit einem solchen Tempo, daß selbst die Zuschauer nur atemlos folgen konnten. Für sie war es lediglich die Vorprobe für den eigenen Maskenball, den sie am Rasenden Montag gab und auf dem sie zwei neue Tänze präsentieren ließ, die an Schnelligkeit alles übertrafen und hoffentlich anschließend für planetarische Unordnung sorgten. Kein Ort und kein Anlaß war idealer dafür.

Allerdings kam ihr diesmal die Tanzpause gelegen. Obgleich sie schwitzte, hatte sie noch immer so ein Kältegefühl, daß sie froh war, einen Moment am Rande zu stehen und sich ausruhen zu können. Plötzlich mußte sie an Leibniz denken. Gerade hatte er ihr geschrieben, daß er seine Akademiegeschäfte in Berlin getätigt hatte und in der kommenden Woche nach Hannover kam. »Ich büße zuviel ein, wenn ich nicht dann in Hannover bin, wenn Ihre Majestät dort ist.« Er wollte eilen, er wollte fliegen. Er tat recht daran, denn es warteten ein paar Überraschungen auf ihn. Fest stand: Sie blieb so lange in Hannover, bis mit dem gnädigen Herrn Bruder Kurfürst eine Lösung ausgehandelt war, den Präsidenten der Akademie für immer nach Berlin zu holen. Diesmal mußte es werden. Sie hatte Leibniz 1000 Taler anweisen lassen, eigens aus der Kasse des Gemahls, damit er sah: Der Berliner Hof wußte seine Bemühungen um die Societät zu schätzen. Und natürlich wollte sie grand Leibniz auch ein bißchen eifersüchtig machen. Er war so herrlich überzeugend und ganz er selbst, so gar nicht philosophisch, so gar nicht mathematisch, wenn sein Herz in Rage geriet. Gerade hatte sie von Tolands neuem Buch erfahren. Seine *Briefe an Serena* sorgten für Rumor und wie geraunt wurde, war Serena, die Heitere, sie und keine andere. Vielleicht war es aber auch besser zu warten, bis das angekündigte Widmungsexemplar bei ihr eintraf und sie das Buch gelesen hatte. Ernst nahm Leibniz doch nur den, der wußte, wovon er sprach. Jedenfalls mangelte es nicht an Gesprächsstoff. Sie freute sich auf ihn. Zwar war ihr nicht entgangen, daß er Kostümfeste wenig schätzte und sie stets erfolgreich gemieden hatte. Aber diesmal war es ja nicht irgendein Maskenball. Es war *ihr* Maskenball. Der große bal masqué de la Reine de Prusse. Und wenn er meinte, daß seine Bewegung mehr im Kopf als in den Füßen lag und sich für einen geschliffenen Menuett-Pas nicht begeistern konnte, gab es ja noch das andere Vergnügen: ganz verhüllt und unerkannt dem turbulenten Treiben zuzuschauen, sich gemeinsam über alles zu amüsieren und schon an den Kostümen die schußgerechten Jäger ausfindig zu machen und zu verfolgen, wie sie selbst auf der Tanzfläche noch alles parforce zur Strecke bringen wollten. Das allein war schon Spaß genug.

Vorzeitig verließ sie den Ball, denn das Kältegefühl wollte nicht weichen. Es zog sie in ihr warmes Bett. Am Morgen erwachte sie mit Schüttelfrost. Der kurfürstliche Leibarzt wurde gerufen, stellte eine catarrhalische Affection fest und ließ sie zur Ader. Er empfahl Mandelmilch, etwas Sauerhonig und einen Löffel Eibischsaft gegen Erkältung. Am nächsten Tag nahm der Husten zu. Der Arzt kam erneut, reichte ihr Möhrenzucker gegen Brustcatarrh, und als auch das nicht half, wurde ihr am Nachmittag ein Senfteig bereitet, der erfahrungsgemäß in diesen Fällen besonders rasch wirkte.

Stundenlang lag der Senfteig auf ihrer Brust, brannte auf der Haut, aber der Husten ließ nicht nach. Am Abend bekam sie hohes Fieber. Fräulein von Pöllnitz saß an ihrem Bett, und Sophie Charlotte meinte, fast ein wenig über ihre Lage spottend: »Es heißt wohl nicht umsonst: Carne vale! Leb wohl, Fleischgenuß! Jetzt beginnt die Fastenzeit, liebe Pöllnitz«, doch da kam der Wundarzt, ordnete kalte Wadenwickel an und ließ sie ebenfalls zur Ader. Wie er so an ihrem Bett stand und die Lanzette aus seinem Köfferchen holte, dachte sie nur: Zur Ader lassen und Klistiere setzen war alles, was diese Ärzte und Heilherren konnten. Purgieren und Clistieren war ihr ganzes Alphabet. Sie widersetzte sich zwar seinen Anweisungen nicht, aber sie spürte deutlich, der kurfürstliche Genesungsmeister tappte so tief im dunkeln wie sie selbst. Fast war es tröstlich, daß sie wieder einmal ihre Meinung von all den Arzneigelehrten und Medizinkünstlern bestätigt bekam, nur nützte ihr diese Einsicht jetzt wenig.

Stunden später überfiel sie eine Atemnot, die so bedrohlich war, daß sie selber erschrak. Sie wußte gar nicht, wie ihr geschah und was ihr geschah. Sie hatte sich nie Gedanken über ihren Atem gemacht, ihn eigentlich gar nie wahrgenommen, doch jetzt schien es das Schwerste der Welt, die Luft von außen nach innen zu holen. Nur Reste schien sie noch aufzunehmen, nur Zipfel eines Hauchs noch abzugeben. Irgend etwas lag quer, war versperrt, als finde die Natur keinen Weg zu ihr. Der Kampf mit dem Atem schwächte sie. Der kurfürstliche Leibarzt verordnete ihr Wein. Friedrich Hassan brachte sofort den Madeira, den er aus Sorge um sie längst bereitgestellt hatte, und Friedrich Ali reichte ihr kniend das Glas.

Plötzlich wurde sie kreideweiß und meinte, ersticken zu müssen. Alles Blut rauschte ihr aus dem Kopf, es war, als würde sie in eine aufschäumende Brandung stürzen und von einem mächtigen Sog hinaus aufs Meer gezogen werden. Alles entrückte, alles verschwamm, wurde lichtlos, schwarz und still. So seltsam still, so anders still, als gäbe es noch eine Stille hinter der Stille, weit abgelegen, in einer nie gefühlten Welt.

Fräulein von Pöllnitz begann zu weinen. Die umstehenden Hofdamen beteten. Ihr Bruder ließ den Priester rufen. Sophie Charlotte wollte aber mit dem

Priester nicht sprechen. Er konnte ihr nichts sagen, was sie nicht schon selber wußte. Sie trank den Wein. Für kurze Zeit kehrten die Kräfte des Atems zurück, und sie sagte lächelnd mit einer heiter-müden, aber entschlossenen Stimme: »Irgendwann gehe ich meine Neugier befriedigen über die Urgründe der Dinge, die mir Leibniz wahrscheinlich nie wird erklären können – über den Raum, das Unendliche, das Sein und das Nichts. Gern hätte ich meinem Gemahl die Gelegenheit gegeben, seine Prachtliebe mit einem glanzvollen Trauerzeremoniell zu krönen, aber noch ist es nicht soweit. Ich fühle, es geht vorüber.«

Leibniz war gerade dabei, seinen Reisewagen zu besteigen, um rechtzeitig zu ihrem Maskenball am Rasenden Montag in Hannover zu sein, als ein Sonderkurier heranritt, erschöpft vom Pferd stieg und ihm die Nachricht überbrachte, daß die Königin in der Nacht zum 1. Februar um zwei Uhr morgens gestorben war.

Leibniz ging in seine Wohnung zurück, ließ sich in den Lehnstuhl fallen, und die Welt blieb stehen. Tagelang kam er nicht mehr aus dem Zimmer und wies alle Besucher ab. Er wußte nicht mehr ein noch aus. Er hatte seine Glückseligkeit verloren. Niemand wollte von ihm jetzt mehr das Warum des Warum wissen. Und wer hörte ihm noch zu? Jetzt war er wieder der Barbar, den keiner verstand. Weit neben draußen.

Nach drei Wochen erhielt er vom Kurfürst die Aufforderung, sich alsbaldig am Hofe einzufinden und seiner Dienstpflicht nachzukommen.

Leibniz ließ seine Kutsche ganz mit schwarzem Trauerflor umhüllen, die Pferde bekamen Trauerdecken, er selber trug einen langen schwarzen Trauermantel und reiste ab.

Dann, auf der Fahrt nach Hannover, sagte ihm die Vernunft, daß es keinen Sinn hatte, zu trauern. Nicht der Gram, nur die Bewunderung war ihrer würdig. Die Bewunderung hielt sie lebendig. Darum gab es für ihn jetzt nur das eine: alles, was er Sophie Charlotte in den zurückliegenden fünf Jahren versprochen hatte, Seite für Seite zu Papier zu bringen, denn das Gespräch mit ihr mußte fortgesetzt werden. Noch heute wollte er mit dem Traktat über die Sprache der Engel beginnen.

Kurz darauf ließ der König im Land bekanntgeben, daß Lietzenburg, der Lieblingsaufenthalt seiner Gemahlin, in *Schloß Charlottenburg* umbenannt wird.

Renate Feyl
Das sanfte Joch der Vortrefflichkeit

Roman
Gebunden

Ein einfühlsamer Blick hinter die Kulissen der Literaturgeschichte: Renate Feyls Erfolgsroman über Caroline von Wolzogen, Schriftstellerin und Schwägerin Friedrich Schillers.

»Renate Feyls bisher bestvorbereitete Romanexpedition in die Literaturgeschichte.« *Walter Hinck, FAZ*

»Literaturgeschichte, so leichthändig für ein großes Publikum aufgearbeitet, macht endlich wieder Spaß.«
Ute Stempel, Neue Zürcher Zeitung

Kiepenheuer & Witsch www.kiwi-koeln.de

Renate Feyl
Die profanen Stunden des Glücks

Roman
Gebunden

In ihrem Roman »Die profanen Stunden des Glücks« erzählt Renate Feyl die Geschichte der Sophie von La Roche, der »Großmutter der Brentanos«, die den ersten Frauenroman in Deutschland schrieb. Klug, detailreich, voller Menschenkenntnis und Spott für den damaligen Literaturbetrieb lässt dieser wunderschön geschriebene Roman die Welt einer bedeutenden Frau vor uns erstehen.

 www.kiwi-koeln.de

Renate Feyl
Streuverlust

Roman
Gebunden

Renate Feyl erzählt die Geschichte einer großen Passion in unserer Zeit: Vera ist die Frau an der Seite von Roland Zarth, einem aufstrebenden Radiomacher, der alles daran setzt, seinen Sender als Nummer eins am Markt zu etablieren. Was dies für Vera bedeutet, die zwischen eigener Karriere und dem Wunsch nach Familie schwankt, zeigt dieser mitreißende Roman über den Leerlauf der Rotation auf höchst anschauliche Weise.

»Streuverlust« gestattet einen ironischen Blick hinter die Kulissen einer Welt, in der Erfolg alles gilt, schwarze Zahlen am hellsten leuchten und der Hit-Mix sanft die Werbeinseln umspült.